Undici minuti

Dello stesso autore, presso Bompiani:

L'Alchimista
Sulla sponda del fiume Piedra mi sono seduta e ho pianto
Manuale del guerriero della luce
Monte Cinque
Veronika decide di morire
Il Diavolo e la Signorina Prym
Il Cammino di Santiago

Paulo Coelho
Undici minuti

Traduzione di Rita Desti

COELHO, PAULO, *Onze minutos*

First published by Editora Rocco Ltda., Rio de Janeiro, 2003

Homepage: www.paulocoelho.com.br

This edition published by arrangements
with Sant Jordi Asociados Agencia Literaria S.L., Barcelona.

via Mecenate 91 – 20138 Milano

ISBN 88-452-5471-2

Prima edizione Bompiani: maggio 2003

Ventesima edizione Bompiani: ottobre 2004

Dedica

Il 29 maggio 2002, qualche ora prima di terminare questo libro, mi recai nella Grotta di Lourdes, in Francia, per riempire alcune bocce di acqua miracolosa alla fonte. Quando fui all'interno del recinto della cattedrale, un signore sulla settantina mi disse: "Sa che lei assomiglia a Paulo Coelho?" Risposi che ero proprio io. L'uomo mi abbracciò, mi presentò la moglie e la nipote. Parlò dell'importanza dei miei libri nella sua vita, concludendo con le parole: "Mi fanno sognare."

È una frase che ho udito spesso, e che mi riempie sempre di gioia. In quel momento, tuttavia, rimasi alquanto sconcertato, sapendo che *Undici minuti* trattava di un argomento delicato, scabroso, scioccante. M'incamminai verso la fonte e riempii le bocce; poi, quando tornai indietro, domandai a quell'uomo dove abitava (nel Nord della Francia, al confine con il Belgio) e annotai il suo nome.

Questo libro è dedicato a te, Maurice Gravelines. Ho un obbligo verso di te, verso tua moglie, verso tua nipote, e anche verso me stesso: parlare di ciò che mi inquieta, e non di quello che tutti vorrebbero udire. Alcuni libri ci fanno sognare, altri ci portano la realtà – ma nessuno di essi può sottrarsi alla cosa più importante per un autore: l'onestà con cui scrive.

Oh Maria concepita senza peccato,
pregate per noi che ricorriamo a Voi.
Amen.

Perché io sono la prima e l'ultima,
Io sono la venerata e la disprezzata,
Io sono la prostituta e la santa,
Io sono la sposa e la vergine,
Io sono la mamma e la figlia,
Io sono le braccia di mia madre,
Io sono la sterile, eppure sono numerosi i miei figli.
Io sono la donna sposata e la nubile,
Io sono colei che dà la luce e colei che non ha mai procreato,
Io sono la consolazione dei dolori del parto.
Io sono la sposa e lo sposo,
E fu il mio uomo che mi creò.
Io sono la madre di mio padre,
Io sono la sorella di mio marito,
Ed egli è il mio figliolo respinto.
Rispettatemi sempre,
Poiché io sono la scandalosa e la magnifica.

Inno a Iside, sec. III o IV(?),
ritrovato a Nag Hammadi

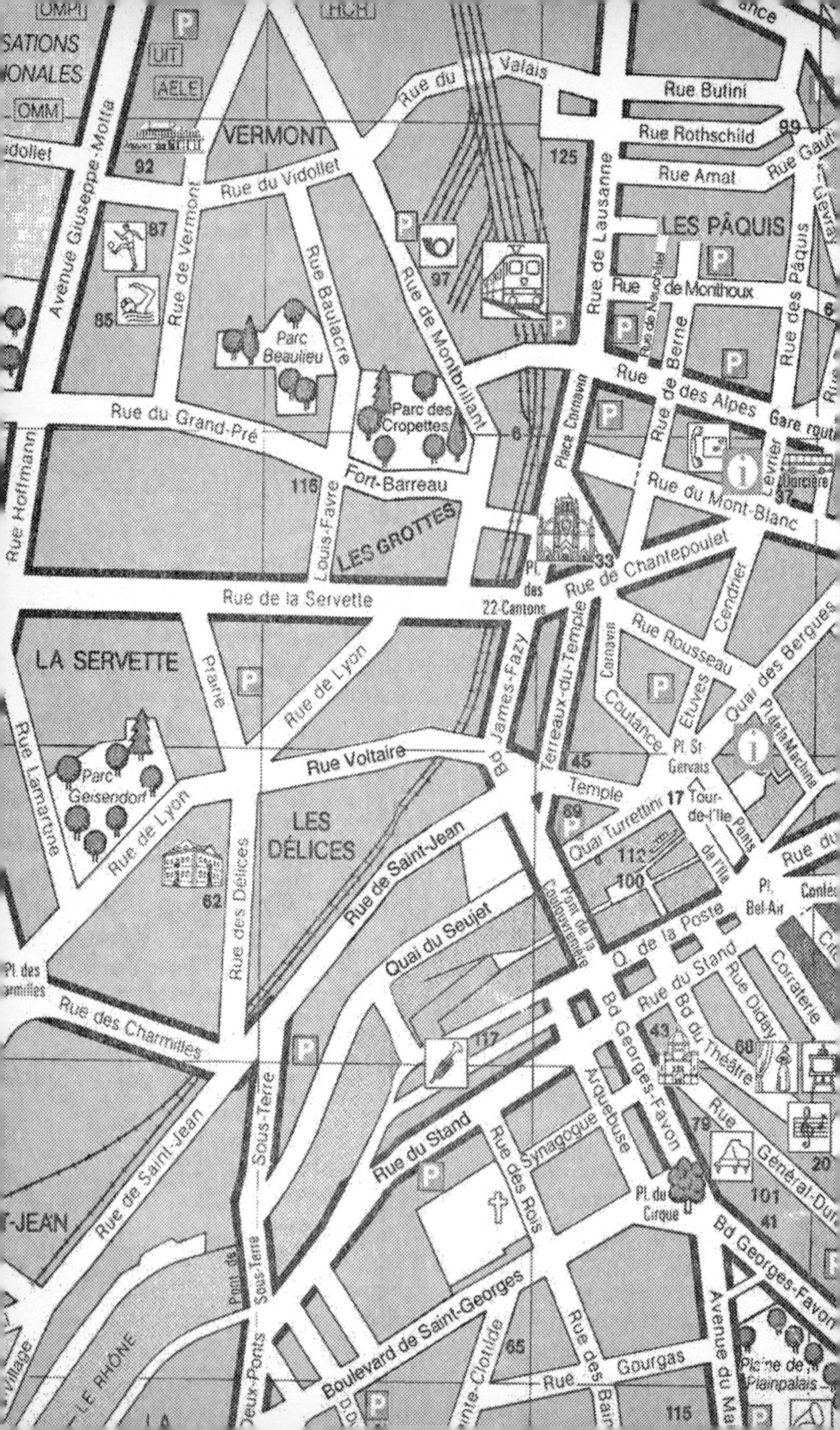

VERMONT
LES PÂQUIS
LA SERVETTE
LES GROTTES
LES DÉLICES
Rue du Valais
Rue Butini
Rue Rothschild
Rue Amat
Rue du Vidollet
Avenue Giuseppe-Motta
Rue de Vermont
Rue Baulacre
Rue de Montbrillant
Rue de Lausanne
Rue de Monthoux
Rue de Berne
Rue des Pâquis
Rue des Alpes
Parc Beaulieu
Parc des Cropettes
Rue du Grand-Pré
Fort-Barreau
Louis-Favre
Place Cornavin
Rue du Mont-Blanc
Rue de Chantepoulet
Rue de la Servette
Pl. des 22 Cantons
Rue Hoffmann
Rue Rousseau
Cendrier
Quai des Bergues
Rue de Lyon
Rue Voltaire
Bd James-Fazy
Terreaux-du-Temple
Coutance
Etuves
Pl. St Gervais
Temple
Tour-de-l'Ile
Quai Turrettini
Parc Geisendorf
Rue Lamartine
Rue des Délices
Rue de Saint-Jean
Quai du Seujet
Pl. Bel-Air
Q. de la Poste
Rue du Stand
Corraterie
Rue Diday
Bd du Théâtre
Bd Georges-Favon
Rue des Charmilles
Sous-Terre
Arquebuse
Synagogue
Rue des Rois
Pl. du Cirque
Rue Général-Dufour
Boulevard de Saint-Georges
Rue Gourgas
Avenue du Mail
Plaine de Plainpalais
Pont de la Coulouvrenière
Pont de Sous-Terre
Deux-Ponts
LE RHÔNE
UIT
AELE
OMM

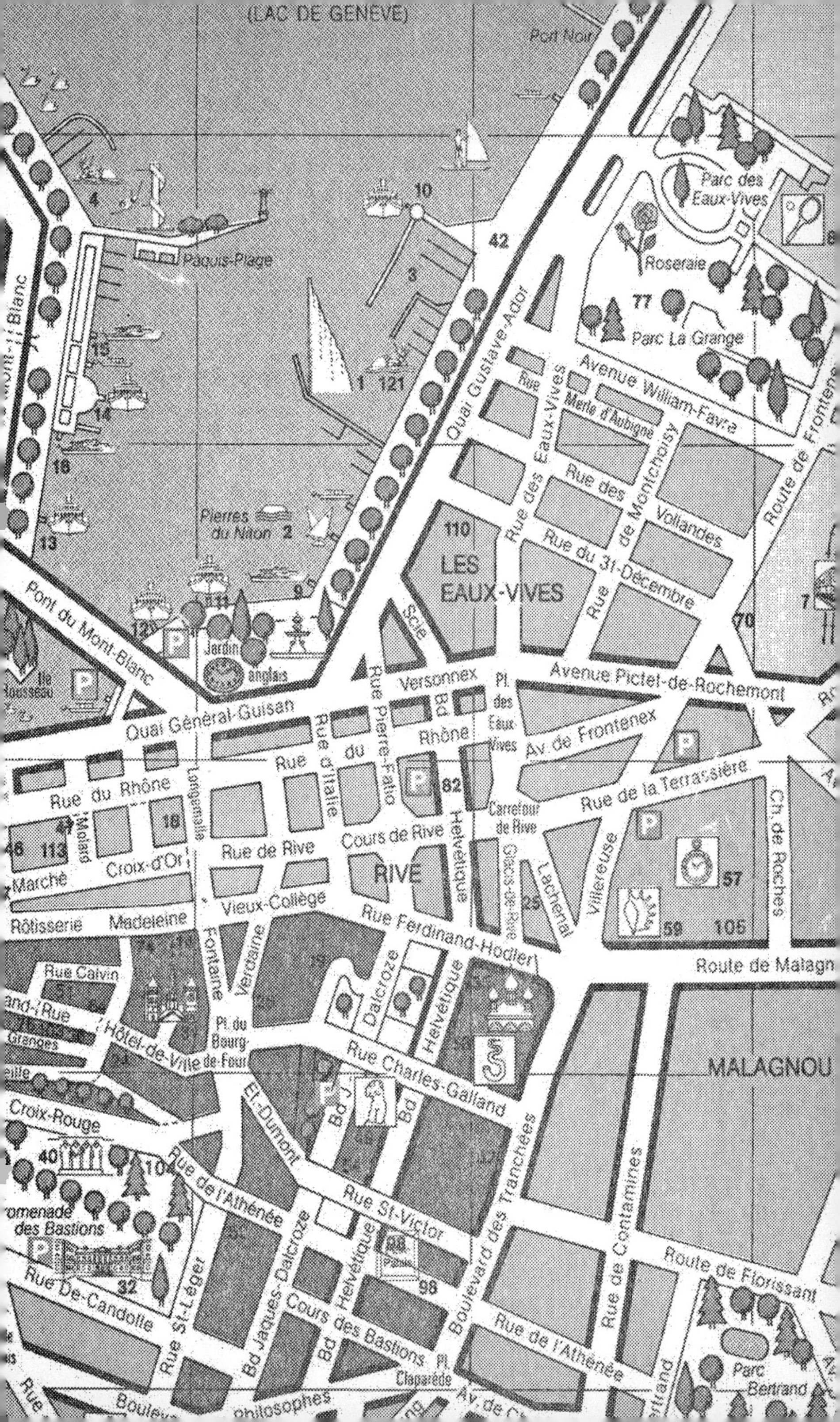

(LAC DE GENEVE)
Port Noir
Pâquis-Plage
Parc des Eaux-Vives
Roseraie
Parc La Grange
Quai Gustave-Ador
Avenue William-Favre
Rue Merle d'Aubigné
Rue des Eaux-Vives
Rue de Montchoisy
Rue des Vollandes
Rue du 31-Décembre
Route de Frontenex
Pierres du Niton
LES EAUX-VIVES
Pont du Mont-Blanc
Jardin anglais
Quai Général-Guisan
Rue Versonnex
Rue Pierre-Fatio
Bd Rhône
Pl. des Eaux-Vives
Avenue Pictet-de-Rochemont
Av. de Frontenex
Rue de la Terrassière
Rue du Rhône
Rue d'Italie
Longemalle
Carrefour de Rive
Cours de Rive
Rue de Rive
Helvétique
Glacis-de-Rive
Lachenal
Villereuse
Ch. de Roches
RIVE
Croix-d'Or
Marché
Molard
Rôtisserie
Madeleine
Vieux-Collège
Rue Ferdinand-Hodler
Route de Malagnou
Rue Calvin
Fontaine
Verdaine
Pl. du Bourg-de-Four
Dalcroze
Helvétique
Hôtel-de-Ville
Grange
Rue Charles-Galland
MALAGNOU
Croix-Rouge
Rue de l'Athénée
El.-Dumont
Rue St-Victor
Boulevard des Tranchées
Rue de Contamines
Route de Florissant
Promenade des Bastions
Rue De-Candolle
Rue St-Léger
Bd Jaques-Dalcroze
Cours des Bastions
Pl. Claparède
Parc Bertrand
philosophes

Ed ecco una donna, una peccatrice di quella città, saputo che Gesù si trovava nella casa del Fariseo, venne con un vasetto di olio profumato. E stando dietro, presso i suoi piedi, piangendo cominciò a bagnarli di lacrime; poi li asciugava con i suoi capelli, li baciava e li cospargeva di olio profumato. A quella vista il Fariseo che aveva invitato Gesù pensò tra sé: 'Se costui fosse un profeta, saprebbe chi e che specie di donna è colei che lo tocca: è una peccatrice.'

Gesù allora gli disse: "Simone, ho una cosa da dirti."

Ed egli: "Maestro, di' pure."

"Un creditore aveva due debitori: uno gli doveva cinquecento denari, l'altro cinquanta. Non avendo essi da restituire, condonò il debito a tutti e due. Chi dunque di loro lo amerà di più?"

Simone rispose: "Suppongo quello a cui ha condonato di più."

Gli disse Gesù: "Hai giudicato bene."

E, volgendosi verso la donna, disse a Simone: "Vedi questa donna? Sono entrato nella tua casa e tu non m'hai dato l'acqua per i piedi; lei invece mi ha bagnato i piedi con le lacrime e li ha asciugati con i suoi capelli. Tu non mi hai dato un bacio; lei invece da quando sono entrato non ha cessato di baciarmi i piedi. Tu non mi hai unto il capo con olio profumato, mentre lei mi ha cosparso di profumo i piedi. Per questo ti dico: le sono perdonati i suoi molti peccati, poiché ha molto amato. Invece quello a cui si perdona poco, ama poco."

Luca, 7, 37-47

C'era una volta una prostituta di nome Maria.

Un momento. "C'era una volta" è la frase migliore con cui cominciare una storia per bambini, mentre "prostituta" è una parola da adulti. Come posso scrivere un libro che rivela questa apparente contraddizione iniziale? Comunque, visto che in ogni istante della nostra vita abbiamo un piede nella favola e l'altro nell'abisso, manterrò questo *incipit.*

C'era una volta una prostituta di nome Maria.

Come tutte le prostitute, era nata vergine e innocente e, nell'adolescenza, aveva sognato di incontrare l'uomo della sua vita (ricco, bello, intelligente), di sposarsi (in abito bianco), di avere due figli (che da grandi sarebbero diventati famosi) e di vivere in una bella casa (con vista sul mare). Il padre faceva il venditore ambulante, la madre era sarta. Nella sua sperduta cittadina del Brasile c'erano solo un cinema, un locale e una piccola banca. Perciò Maria aspettava il giorno in cui il suo principe azzurro sarebbe arrivato senza avvisare, e avrebbe conquistato il suo cuore – e allora lei sarebbe partita insieme a lui alla conquista del mondo.

Fino a quando il principe azzurro non fosse apparso, lei non avrebbe potuto far altro che sognare. S'innamorò per la prima volta a undici anni, mentre si recava a piedi da casa fino alla scuola. Il primo giorno di lezione, scoprì infatti di non essere l'unica a fare quel percorso: accanto a lei camminava un ragazzino che viveva nelle vicinanze e frequentava le lezioni nel suo stesso orario. I due non scambiarono mai una sola parola, ma Maria cominciò ad accorgersi che il momento della giornata che più le piaceva era quello in cui avanzava lungo la strada polverosa, malgrado la sete, la stanchezza e il sole a picco, con quel ragazzino che procedeva lesto mentre lei si sfiniva nello sforzo di mantenere la sua andatura.

La scena si ripeté per vari mesi. Maria, che detestava lo studio e non aveva altra distrazione all'infuori della televisione, si ritrovò a sperare con ogni forza che la giornata passasse rapidamente: aspettava con ansia il giorno di scuola successivo e, al contrario delle compagne, trovava noiosissimo il fine-settimana. Ma, per un bambino, le ore erano ben più lente a passare che per un adulto, e così lei soffriva: reputava che i giorni fossero troppo lunghi perché le concedevano soltanto dieci minuti quotidiani in compagnia dell'amore della sua vita e migliaia di ore in cui pensava a lui, fantasticando su quanto sarebbe stato bello se avessero potuto chiacchierare.

E ciò accadde.

Una mattina, il ragazzino le si avvicinò, chiedendole in prestito una penna. Maria non rispose, assunse un'aria alquanto irritata per l'inatteso abbordaggio e accelerò il passo. Era rimasta pietrificata dalla paura quando lo aveva visto camminare nella sua direzione; aveva il terrore che lui si accorgesse di quanto lo amava, di quanto lo aspettava, di come sognava di prenderlo per mano, oltrepassare il cancello della scuola e proseguire sino alla fine della strada, dove – si diceva – sorgeva una grande città, con personaggi fantastici, artisti, automobili, tantissimi cinema e un'infinità di cose belle da fare.

Quel giorno non riuscì a concentrarsi sulle lezioni. Soffriva per quel suo comportamento assurdo, ma al tempo stesso si sentiva sollevata per il fatto di sapere che anche il ragazzino l'aveva notata. La penna era stata soltanto un pretesto per parlarle, poiché quando lui si era avvicinato, Maria ne aveva notata una nella sua tasca. Cominciò dunque ad attendere la conversazione successiva, e trascorse quella notte – così come le notti seguenti – fantasticando sulle molteplici risposte che gli avrebbe dato, fino a trovare il modo giusto di iniziare una storia che non avesse più fine.

Ma non ci fu nessun'altra conversazione. Per quanto continuassero ad andare a scuola insieme – talvolta con Maria che lo precedeva di qualche passo tenendo una penna in mano, talaltra camminando dietro di lui per poterlo osservare con tenerezza –, il ragazzino non le rivolse mai più la parola, e lei dovette accontentarsi di amare e soffrire in silenzio sino al termine dell'anno scolastico.

Durante le successive, interminabili vacanze estive, una mattina Maria si svegliò con le gambe bagnate di sangue e credette di morire. Decise di scrivere una lettera al ragazzino che era stato il grande amore della sua vita e progettò di inoltrarsi nel *sertão*, in quel territorio arido e desertico, per farsi divorare da uno degli animali selvatici che terrorizzavano i contadini della zona: il lupo mannaro o la mula senza testa. Solo così i suoi genitori non avrebbero pianto la sua morte, perché i poveri mantengono sempre viva la speranza, malgrado le tragedie che gli capitano. In questo modo, avrebbero pensato che fosse stata rapita da una famiglia ricca e senza figli, ma che un giorno sarebbe tornata, coperta di gloria e denaro; anche l'attuale (ed eterno) amore della sua vita non l'avrebbe mai dimenticata, soffrendo ogni mattina per non averle più rivolto la parola.

Non arrivò mai a scrivere quella lettera, perché la madre entrò nella stanza, vide le lenzuola arrossate, sorrise e disse:

"Ora sei una signorina, figlia mia."

Maria volle sapere che rapporto ci fosse tra l'essere signorina e il sangue che scorreva, ma la madre non seppe spiegarglielo: si limitò ad affermare che era normale e che da allora avrebbe dovuto usare una specie di cuscinetto da bambole fra le gambe, per quattro o cinque giorni al mese. Quando domandò se gli uomini utilizzassero un tubicino per evitare che il sangue gli imbrattasse i pantaloni, apprese che quella cosa capitava solo alle donne.

Maria protestò con Dio, ma finì per adattarsi alle mestruazioni. Non riusciva, invece, ad abituarsi all'assenza del ragazzino e continuava a rimproverarsi per quel suo stupido atteggiamento che l'aveva fatta fuggire da ciò che più desiderava. Il giorno prima che ricominciasse la scuola, si recò nell'unica chiesa del paese e giurò alla statua di Sant'Antonio che avrebbe preso l'iniziativa di parlare con il compagno di strada.

L'indomani, si preparò con la massima cura, indossando un vestito che la madre le aveva cucito per l'inizio della scuola; poi uscì, ringraziando il Signore perché finalmente le vacanze erano finite. Ma il ragazzino non comparve. Trascorse un'intera, angosciosa settimana, fino a quando lei venne a sapere, da alcuni compagni, che si era trasferito in un'altra città.

"Se n'è andato lontano," disse qualcuno.

In quel momento, Maria imparò che alcune cose si perdono per sempre. Apprese inoltre che esisteva un posto chiamato "lontano", che il mondo era vasto e il suo paese piccolo, e che le persone più interessanti finivano sempre per andarsene. Anche lei avrebbe voluto partire, ma era ancora troppo giovane. Guardando le strade polverose del paesotto dove abitava, decise comunque che un giorno avrebbe seguito i passi di quel ragazzino. Nei nove venerdì successivi, secondo un'usanza della sua religione, fece la comunione e chiese alla Vergine Maria di portarla via da lì, un giorno.

Per qualche tempo soffrì, cercando vanamente di avere notizie del ragazzino, ma nessuno sapeva dove si fossero trasferiti i suoi genitori. Maria cominciò allora a pensare che il mondo fosse troppo grande, e l'amore troppo pericoloso, e che la Vergine fosse una santa che dimorava in un cielo distante e non si curava di ciò che chiedevano i bambini.

Passarono tre anni. Maria imparò la geografia e la matematica, seguì gli intrighi delle telenovele, a scuola lesse le sue prime riviste erotiche e iniziò a scrivere un diario in cui parlava della sua vita monotona e della sua voglia di conoscere ciò che le insegnavano – oceano, neve, uomini in turbante, donne eleganti e coperte di gioielli. Ma siccome nessuno può vivere di desideri impossibili – soprattutto con una madre sarta e un padre sempre fuori casa –, ben presto comprese che doveva riservare una maggiore attenzione a quello che accadeva intorno a lei. Studiava per riuscire nella vita e, nel frattempo, cercava qualcuno con cui condividere i propri sogni di avventura. Quando compì quindici anni, si innamorò di un ragazzo conosciuto durante una processione della Settimana Santa.

Non ripeté l'errore dell'infanzia: chiacchierarono, divennero amici, cominciarono ad andare al cinema e alle feste insieme. Lei notò che, proprio com'era accaduto con il ragazzino, l'amore poteva essere associato più all'assenza che alla presenza dell'altro: continuamente sentiva la mancanza di quel ragazzo, passava ore a immaginare di cosa avrebbero parlato al prossimo appuntamento e a ricordare ogni secondo trascorso con lui, sforzandosi di scoprire ciò che di giusto o di sbagliato aveva fatto. Le piaceva considerarsi una ragazza piena di esperienza, che si era già lasciata sfuggire una grande passione e conosceva il dolore che una tale perdita causava. Ora perciò era decisa a lottare con tutte le sue forze per questo compagno, per il loro matrimonio: sì, perché era proprio lui l'uomo da sposare, con cui avere dei figli e una casa di fronte al mare. Ne parlò con la madre, la quale la implorò:

"È ancora troppo presto, figlia mia."

"Ma tu hai sposato il babbo quando avevi sedici anni."

La madre non volle spiegarle che era successo per una gravidanza inaspettata, sicché chiuse definitivamente l'argomento con la classica frase: "I tempi sono cambiati."

L'indomani, i due giovani andarono a fare una passeggiata nei dintorni del paese. Conversando, Maria domandò al ragazzo se non avesse il desiderio di viaggiare; lui, invece di rispondere, la strinse fra le braccia e le diede un bacio.

Il primo bacio della sua vita! Quanto aveva sognato quel momento! E il paesaggio era davvero speciale: gli aironi in volo, il tramonto, la bellezza aggressiva di quel terreno semiarido, una musica in lontananza. Maria finse di reagire, di respingerlo, ma subito dopo lo abbracciò e ripeté il gesto che tante volte aveva visto fare al cinema, nelle riviste e in televisione: premette con violenza le sue labbra su quelle di lui, muovendo il capo da un lato e dall'altro, con un moto quasi ritmico, pressoché incontrollato. Sentì che, ogni tanto, la lingua del ragazzo le sfiorava i denti, e trovò quella sensazione deliziosa.

Ma improvvisamente lui interruppe quel bacio.

"Non vuoi?" domandò.

Cosa doveva rispondere? Che voleva? Certo che voleva! Ma una donna non deve abbandonarsi in quel modo, soprattutto con il futuro marito, o per il resto della vita a lui resterebbe il dubbio che avrebbe accettato tutto con facilità. Preferì non dire niente.

Il ragazzo l'abbracciò di nuovo, ripetendo il gesto, stavolta con meno entusiasmo. Poi si bloccò ancora, paonazzo – e Maria comprese che c'era qualcosa di sbagliato, ma aveva paura di domandare cosa. Lo prese per mano e camminarono fino al paese, chiacchierando, come se non fosse successo nulla.

Quella sera, scegliendo con cura le parole al pensiero che un giorno tutto ciò che aveva scritto sarebbe stato letto, e sicura che fosse accaduto qualcosa di molto importante, annotò sul diario:

Quando incontriamo qualcuno e ci innamoriamo, abbiamo l'impressione che tutto l'universo sia d'accordo. Oggi l'ho visto accadere al tramonto. Ma se qualcosa va storto, non resta nulla! Né gli aironi, né la musica in lontananza, né il sapore delle sue labbra. Come può scomparire tanto rapidamente la bellezza che c'era pochi minuti prima?

La vita scorre molto veloce: ti fa precipitare dal cielo all'inferno in pochi secondi.

L'indomani ne parlò con le amiche. Tutte l'avevano vista quando si era avviata fuori dal paese con il suo futuro "fidanzato" – in definitiva, non basta avere un grande amore, bisogna anche fare in modo che tutti sappiano quanto sei desiderata. Erano curiosissime di sapere cos'era accaduto e Maria, fiera, disse che il momento migliore era stato quello della lingua che le sfiorava i denti. Una delle ragazze rise.

"Non hai aperto la bocca?"

All'improvviso, le era tutto chiaro: la domanda, la delusione.

"Perché?"

"Per far entrare la lingua."

"E qual è la differenza?"

"Non è possibile spiegarla. È così che si bacia."

Risatine malcelate, espressioni di falsa compassione, vendetta assaporata da ragazze che non avevano mai avuto un innamorato. Maria finse di non darvi importanza; rise anche lei – benché la sua anima stesse piangendo. Imprecò segretamente contro il cinema, che le aveva insegnato a chiudere gli occhi, a reggere il capo del compagno con la mano, a muovere il viso prima a sinistra, poi a destra, ma senza mostrare l'essenziale, la cosa più importante. Elaborò una spiegazione perfetta ("Non ho voluto concedermi subito, perché non ero convinta, ma ora ho scoperto che sei tu l'uomo della mia vita") e aspettò l'occasione successiva.

Vide il ragazzo solo tre giorni dopo, a una festa presso il circolo del paese, mentre teneva per mano una sua amica – proprio quella che le aveva domandato del bacio. Anche stavolta Maria finse di non dare importanza alla scena e resistette fino alla conclusione della serata, chiacchierando con le compagne di attori e di altri ragazzi del posto, facendo mostra di ignorare le occhiate di compassione che, di tanto in tanto, una di loro le lanciava. Quando rientrò a casa, però, non riuscì a trattenersi e pianse per tutta la notte. Soffrì per otto mesi, e infine concluse che l'amore non era fatto per lei, né lei per l'amore. Da quel momento, prese a considerare la possibilità di farsi suora, per dedicare il resto della propria vita a un tipo di amore che non ferisce e non lascia cicatrici dolorose nel cuore: l'amore per Gesù. A scuola, parlavano di missionari che andavano in Africa, e così lei decise che quella era la soluzione per la sua esistenza priva di emozioni. Progettò di entrare in convento, studiò le prime nozioni di pronto soccorso (alcuni insegnanti dicevano che, in Africa, moriva tantissima gente), partecipò con rinnovato impegno alle lezioni di religione e cominciò a immaginarsi come una santa dei tempi moderni, che salvava vite umane ed esplorava foreste popolate di tigri e leoni.

L'anno del suo quindicesimo compleanno, tuttavia, non le aveva riservato solo la scoperta che si bacia con la bocca aperta, o che l'amore è soprattutto una fonte di sofferenza. Scoprì anche una terza cosa: la masturbazione. Avvenne quasi per caso, mentre giocherellava con il proprio sesso, aspettando il ritorno della madre. Era solita farlo da bambina, e ne traeva una sensazione molto piacevole – fino al giorno in cui il padre l'aveva sorpresa e picchiata, senza spiegarle il motivo. Maria non aveva mai dimenticato quelle botte, imparando che non doveva toccarsi davanti agli altri. In seguito, visto che non poteva farlo per strada e che a casa non aveva una propria camera, si era dimenticata di quella sensazione piacevole.

Fino a quel pomeriggio, quasi sei mesi dopo il famoso bacio. Il padre era appena uscito con un amico, la madre tardava a rientrare, e lei non aveva niente da fare; in mancanza di un programma interessante in televisione, cominciò a esaminarsi il corpo con la speranza di trovare qualche pelo indesiderato, che subito avrebbe strappato con una pinzetta. Sorpresa, notò un piccolo "nocciolo" nella parte superiore della vulva: cominciò a giocherellarci e... E poi non riuscì più a fermarsi. Era qualcosa di sempre più piacevole, più intenso, e tutto il suo corpo – specialmente la parte che stava toccando – si irrigidiva. A poco a poco, cominciò a entrare in una sorta di paradiso; la sensazione divenne più intensa, e lei si accorse che non riusciva più a vedere né a sentire bene, come se tutto fosse divenuto giallo, finché gemette di piacere ed ebbe il suo primo orgasmo.

Orgasmo! Godimento!

Fu come se, dopo essere salita al cielo, discendesse con un paracadute, lentamente, verso la terra. Il suo corpo era madido di sudore, ma lei si sentiva appagata, realizzata, piena di energia. Quello era il sesso, allora! Che meraviglia! Altro che le riviste pornografiche, dove tutti parlavano di piacere, ma avevano un'espressione dolente. Altro che aver bisogno degli uomini, che amavano il corpo, ma disprezzavano il cuore della donna! Poteva fare tutto da sola! Ripeté i gesti una seconda volta, immaginando che fosse un attore famoso ad accarezzarla, e di nuovo raggiunse il paradiso, prima di scendere con il paracadute, ancora traboccante di energia. Mentre si accingeva a masturbarsi per la terza volta, arrivò la madre.

Maria parlò con le amiche della nuova scoperta, evitando però di confessare che l'aveva sperimentata per la prima volta soltanto poche ore prima. Tutte, tranne due, sapevano di cosa si trattasse, ma nessuna aveva mai osato parlarne apertamente. Fu in quel momento che Maria si sentì una rivoluzionaria, la guida del gruppo, e, inventando un assurdo "gioco di confessioni segrete", chiese a ognuna delle compagne di raccontare la sua maniera preferita di masturbarsi. Apprese così varie tecniche differenti, come starsene sotto una coperta in piena estate (perché, diceva una delle ragazze, il sudore facilitava i movimenti), servirsi di una piuma d'oca per titillare quel "nocciolo" (lei non sapeva come si chiamava), lasciare che fosse un ragazzo a farlo (a Maria questo sembrava superfluo), usare la doccia del bidet (a casa sua non c'era, ma appena fosse andata a trovare una delle amiche ricche l'avrebbe sperimentato).

In ogni modo, dopo aver scoperto la masturbazione ed essersi cimentata con alcune delle tecniche suggerite dalle amiche, rinunciò per sempre alla vita religiosa. Era qualcosa, quello, che le dava molto piacere; inoltre, a quanto affermavano in chiesa, il sesso era il più grave dei peccati. Tramite quelle stesse amiche, venne a conoscenza di alcune dicerie: la masturbazione poteva far riempire il viso di brufoli, oppure condurre alla follia o alla gravidanza. Correndo tutti questi rischi, continuò a procurarsi piacere almeno una volta alla settimana, generalmente il mercoledì, quando il padre usciva per andare a giocare a carte con gli amici.

Nel contempo, però, Maria si sentiva sempre più insicura nei suoi rapporti con gli uomini – e sempre più grande era il suo desiderio di andarsene dal posto in cui viveva. Si innamorò una terza volta, e poi una quarta: ormai sapeva baciare e accarezzare, e si lasciava toccare quando era sola con il suo ragazzo. Tuttavia c'era sempre qualcosa di sbagliato, e il rapporto finiva proprio nel momento in cui era finalmente convinta che quella fosse la persona giusta con cui trascorrere la vita. Così giunse alla conclusione che gli uomini arrecavano solo dolore, frustrazione e sofferenza, oltre alla sensazione che i giorni si trascinassero. Un pomeriggio, mentre era nel parco e osservava una mamma giocare con il suo bimbo di due anni, decise che avrebbe potuto pensare ancora a un marito, a dei figli e a una casa affacciata sul mare, ma che non si sarebbe innamorata mai più, visto che la passione rovinava tutto.

Così trascorsero gli anni dell'adolescenza di Maria. Lei divenne sempre più bella; aveva un'aria misteriosa e triste, e molti uomini si fecero avanti. Uscì con uno, poi con un altro, sognò e soffrì, malgrado il suo voto di non innamorarsi mai più. In una di queste relazioni, perse la verginità sul sedile posteriore di un'auto. Maria e il suo innamorato si stavano accarezzando con più ardore del solito; il ragazzo si eccitò tremendamente e lei, stanca di essere l'ultima vergine nel gruppo di amiche, acconsentì che lui la penetrasse. Al contrario della masturbazione, che la portava in cielo, quell'atto la lasciò solo dolente, con un filo di sangue che le macchiò la gonna e che fu difficile da lavar via. Non provò la sensazione magica del primo bacio: gli aironi in volo, il tramonto, la musica... No, non voleva più ricordarlo.

Fece l'amore con quel ragazzo qualche altra volta, dopo averlo minacciato dicendogli che, se suo padre avesse scoperto che l'aveva violata, avrebbe potuto anche ammazzarlo. Lui divenne quindi uno strumento di apprendistato, che utilizzava nel caparbio tentativo di comprendere dove fosse il piacere del sesso con un compagno.

Non lo capì. La masturbazione le dava assai meno daffare, e molte più ricompense. Ma tutte le riviste, i programmi in tivù, i libri, le amiche, tutto, ASSOLUTAMENTE TUTTO, le parlava dell'importanza di un uomo. Maria cominciò a pensare di avere qualche problema sessuale inconfessabile, si concentrò maggiormente sugli studi e, per qualche tempo, dimenticò quella cosa meravigliosa e assassina chiamata "Amore".

Dal diario di Maria, quando aveva diciassette anni:

Il mio obiettivo è comprendere l'amore. So che ero viva quando ho amato, e so che tutto ciò che possiedo ora, per quanto possa sembrare interessante, non mi entusiasma.

Ma l'amore è terribile: ho visto alcune amiche soffrire, e non vorrei trovarmi ridotta come loro. Quelle che prima ridevano di me e della mia innocenza ora mi domandano come riesca a dominare così bene gli uomini. Io sorrido e taccio, perché so che il rimedio è peggiore del dolore stesso: semplicemente non mi innamoro. Ogni giorno che passa, vedo con più chiarezza come gli uomini siano fragili, incostanti, insicuri, sorprendenti... Il padre di qualcuna di queste amiche mi ha già fatto delle proposte, che ho rifiutato. Prima ne ero scioccata, adesso penso che faccia parte della natura del maschio.

Benché il mio obiettivo sia comprendere l'amore, e benché io soffra a causa delle persone a cui ho concesso il mio cuore, vedo che coloro che hanno toccato la mia anima non sono riusciti a risvegliare il mio corpo, e coloro che hanno accarezzato il mio corpo non sono stati in grado di raggiungere la mia anima.

Maria compì diciannove anni, terminò le scuole superiori, trovò lavoro in un negozio di tessuti, e il proprietario si innamorò di lei. A questo punto, sapeva come usare un uomo, senza che lui facesse la stessa cosa. Non gli permise mai di toccarla, benché si mostrasse sempre seducente, consapevole del potere della sua bellezza.

Il potere della bellezza: come doveva essere il mondo per le donne brutte? Aveva alcune amiche a cui nessuno prestava attenzione alle feste, a cui nessuno domandava: "Come stai?" Per quanto potesse sembrare incredibile, quelle ragazze davano un enorme valore allo scarso amore che ricevevano e, quando venivano respinte, soffrivano in silenzio e si sforzavano di affrontare il futuro pensando a cose che non fossero il farsi belle per qualcuno. Erano più indipendenti, più concentrate su se stesse, benché nell'immaginazione di Maria il mondo dovesse sembrare loro insopportabile.

Comunque lei era consapevole della propria bellezza. Anche se dimenticava quasi sempre i consigli della madre, almeno uno non le usciva mai di mente: "Figlia mia, la bellezza non dura." Proprio per questo motivo mantenne un rapporto di disponibilità – né vicino né distante – con il suo datore di lavoro, la qual cosa si tradusse in un considerevole aumento di stipendio (non sapeva fino a quando sarebbe riuscita ad alimentare in lui la speranza di portarsela a letto un giorno, ma intanto guadagnava bene), oltre alla retribuzione maggiorata per il lavoro fuori orario (in fin dei conti, a quell'uomo piaceva averla vicina, e forse temeva che, se la sera fosse uscita, avrebbe incontrato un grande amore). Lavorò per ventiquattro mesi senza ferie, fu in grado di dare un contributo mensile ai genitori e... finalmente ci riuscì! Ebbe il denaro sufficiente per andare a trascorrere una settimana di vacanza nella città dei suoi sogni, la città degli artisti, la cartolina del suo paese: Rio de Janeiro!

Il proprietario del negozio si offrì di accompagnarla e di pagarle tutte le spese, ma Maria, con una menzogna, declinò l'offerta, dicendo che l'unica condizione impostale dalla madre era stata quella di pernottare a casa di un cugino che praticava lo ju-jitsu, visto che andava in una delle città più pericolose del mondo.

"Oltre tutto," proseguì, "lei non può lasciare il negozio così, senza una persona di fiducia che se ne occupi."

"Non darmi del 'lei'," disse l'uomo, e Maria notò nei suoi occhi qualcosa che già conosceva: il fuoco della passione. Ne fu sorpresa, perché pensava che lui fosse interessato solo al sesso. Il suo sguardo, invece, diceva esattamente l'opposto: "Posso darti una casa e una famiglia, e denaro per i tuoi genitori." Pensando al futuro, decise di alimentare quel fuoco.

Disse che avrebbe sentito la mancanza di quel lavoro che amava tanto, delle persone che era felice di frequentare (ci tenne a non menzionare qualcuno in particolare, lasciando aleggiare il mistero: che l'espressione "le persone" si riferisse a lui?) e promise di stare molto attenta al portafogli e alla propria incolumità. La verità era un'altra: non voleva che nessuno, assolutamente nessuno, rovinasse quella sua prima settimana di libertà totale. Aveva intenzione di sperimentare tutto: fare il bagno in mare, chiacchierare con gli estranei, guardare le vetrine dei negozi, mostrarsi disponibile a un principe azzurro che la rapisse per sempre.

"Cos'è una settimana, in fondo?" disse con un sorriso accattivante, sperando ardentemente di sbagliarsi. "Passa in fretta, e presto sarò di ritorno, pronta ad affrontare i miei impegni."

Il padrone del negozio, sconsolato, cercò di ribattere, ma infine accettò, poiché stava già segretamente progettando di chiederle di sposarlo non appena fosse tornata, e non voleva rovinare tutto mostrandosi precipitoso.

Maria viaggiò per due giorni in corriera, trovò alloggio in un albergo di quinta categoria a Copacabana (ah, Copacabana! La spiaggia, il cielo...) e, ancor prima di disfare le valigie, prese un bikini che aveva comprato di recente, lo indossò e, malgrado il cielo nuvoloso, andò in spiaggia. Guardò il mare e ne fu spaventata; alla fine, però, entrò in acqua, piena di vergogna.

Sulla spiaggia, nessuno si accorse che per quella ragazza era il primo contatto con l'oceano, la dea Jemanjá, le correnti del mare, la schiuma delle onde e, al di là dell'Atlantico, la costa dell'Africa con i suoi leoni. Quando uscì dall'acqua, fu avvicinata da una donna che voleva venderle dei sandwich biologici, da un bell'uomo nero che le domandò se quella sera fosse libera e da un tizio che non spiccicava una sola parola di portoghese, ma che a gesti la invitava a bere un latte di cocco.

Maria comprò un panino giacché si vergognava di dire di no alla venditrice, ma evitò di parlare con gli altri due estranei. Tutt'a un tratto, si rattristò: in definitiva, ora che aveva ogni possibilità di fare ciò che voleva, perché si comportava in maniera decisamente riprovevole? In mancanza di una spiegazione valida, si sedette ad aspettare che il sole spuntasse dalle nuvole, ancora sorpresa del proprio coraggio – e della temperatura dell'acqua, così fredda in piena estate.

Frattanto, l'uomo che non sapeva il portoghese le si presentò davanti con un cocco e glielo offrì. Contenta di non essere costretta a parlare, Maria bevve il latte di cocco e sorrise, e lui ricambiò il sorriso. Per qualche tempo, sostennero una sorta di conversazione che non diceva nulla – un sorriso ogni tanto –, finché l'uomo tirò fuori un piccolo dizionario tascabile con la copertina rossa e, con uno strano accento, disse: "*Bonita*, carina." Maria sorrise di nuovo. Certo, le sarebbe piaciuto incontrare il principe azzurro, ma questi avrebbe dovuto parlare la sua lingua ed essere più giovane.

L'uomo insistette, sfogliando il libriccino:

"Cena, oggi?" E subito dopo soggiunse: "Svizzera!", completando il discorso con parole che risuonano come le campane del paradiso in qualunque lingua siano pronunciate: "Lavoro! Dollari!"

Maria non conosceva il ristorante "Svizzera". Poteva mai essere che le cose fossero tanto facili e i sogni si realizzassero così in fretta? Meglio diffidare. "Grazie per l'invito, sono già impegnata. E non m'interessa nemmeno comprare dei dollari."

L'uomo, che non capì una sola parola della risposta, cominciò a preoccuparsi. Dopo alcuni sorrisi da entrambe le parti, la lasciò per qualche minuto, tornando poco dopo con un interprete. Tramite questi, spiegò che veniva dalla Svizzera – no, non era un ristorante: era un paese – e avrebbe gradito cenare insieme a lei, poiché aveva un lavoro da offrirle. L'interprete, che si presentò come assistente dello straniero e guardia del corpo dell'albergo dove questi alloggiava, aggiunse di sua iniziativa:

"Se fossi in lei, accetterei. Quest'uomo è un importante impresario, ed è venuto a scoprire nuovi talenti da far lavorare in Europa. Se vuole, posso presentarle alcune donne che hanno accettato le sue offerte: sono diventate ricche, e oggi sono sposate e hanno dei figli che non devono certo occuparsi di rapine o preoccuparsi per la disoccupazione." E, nel tentativo di impressionarla con la sua cultura internazionale, concluse: "Oltre tutto, in Svizzera fanno squisiti cioccolatini e ottimi orologi."

L'unica esperienza artistica di Maria consisteva nell'interpretazione di una venditrice di acqua – che entrava in silenzio e usciva senza aver pronunciato una parola – nella rappresentazione della Passione di Cristo organizzata annualmente dalle autorità del suo paese nella Settimana Santa. Per quanto in corriera non fosse riuscita a dormire, era eccitata per il mare, stanca di mangiare panini sia biologici che tradizionali, confusa perché non conosceva nessuno e aveva bisogno di incontrare presto qualche amico. Si era già trovata in situazioni di questo tipo – quando un uomo promette tutto e non mantiene niente –, sicché sapeva che la storia dell'impresario era solo un modo per attirarla in qualcosa che fingeva di non volere.

Ma, sicura che fosse la Vergine a offrirle quell'occasione, convinta di dover approfittare di ogni secondo della settimana di vacanza e dicendosi che avrebbe avuto qualcosa di importante da raccontare al ritorno in paese, decise di accettare l'invito – purché l'interprete la accompagnasse, perché cominciava a essere stanca di sorridere e fingere di capire ciò che diceva lo straniero.

L'unico problema era anche il più grave: non aveva un vestito adatto alla circostanza. Una donna non confesserebbe mai questi pensieri intimi (le sarebbe più facile accettare il tradimento di un marito che non rivelare lo stato del proprio guardaroba), ma visto che non conosceva quegli uomini, e forse non li avrebbe rivisti mai più, decise che non aveva niente da perdere.

"Sono appena arrivata dal Nordest, e non ho niente di decente da mettermi per andare in un ristorante."

Attraverso l'interprete, l'uomo le disse di non preoccuparsi e chiese l'indirizzo del suo albergo. Quel pomeriggio, lei ricevette un vestito bellissimo – non ne aveva mai veduto uno simile in tutta la sua vita –, accompagnato da un paio di scarpe che doveva essere costato quanto lei guadagnava in un anno.

Maria sentì che lì cominciava il cammino che aveva tanto desiderato nell'infanzia e nell'adolescenza, trascorse nel *sertão* brasiliano, in un territorio di siccità e giovani senza futuro, in una cittadina onesta ma povera, vivendo un'esistenza ripetitiva e priva di interesse: adesso stava per trasformarsi nella principessa dell'universo! Un uomo le aveva offerto lavoro e dollari, un paio di scarpe costosissimo e un vestito da mille e una notte! Le mancava l'occorrente per il trucco, ma l'impiegata della reception dell'albergo, per solidarietà femminile, le venne in aiuto, non senza prima averla avvisata che non tutti gli stranieri potevano dirsi persone per bene, e non tutti gli abitanti di Rio erano dei ladri.

Maria ignorò l'avvertimento. Indossò quell'abito meraviglioso, e si trattenne a lungo davanti allo specchio pentendosi di non aver portato una macchina fotografica per immortalare quel momento; rimase lì finché si rese conto di essere in ritardo per l'appuntamento. Uscì correndo, proprio come Cenerentola, e si recò all'albergo dove alloggiava lo svizzero.

Con sua sorpresa, l'interprete le disse subito che non li avrebbe accompagnati:

"Non si preoccupi per la lingua. L'importante è che lui stia bene in sua compagnia."

"Ma come sarà possibile, se non capirà ciò che dico?"

"È meglio così. Non c'è bisogno di parlare: è una questione di energia."

Maria non sapeva cosa significasse l'espressione "una questione di energia". Al suo paese, le persone avevano bisogno di scambiarsi parole, frasi, domande e risposte ogni volta che s'incontravano. Ma Maílson – era questo il nome dell'interprete/guardaspalle – le assicurò che a Rio de Janeiro, e nel resto del mondo, le cose andavano diversamente.

"Non ha bisogno di capire, cerchi solo di farlo sentire a proprio agio. Questo signore è un vedovo senza figli, proprietario di una discoteca, e sta cercando ragazze brasiliane che vogliano esibirsi all'estero. Gli ho detto che lei non è quel tipo di ragazza, ma lui ha insistito, spiegandomi che si è innamorato appena l'ha vista uscire dall'acqua. Ha trovato carino anche il suo bikini."

Fece una pausa.

"Sinceramente, se intende trovare un fidanzato a Rio, deve assolutamente cambiare modello di bikini. A parte lo svizzero, penso che a nessun altro al mondo piacerebbe il suo: è decisamente fuori moda."

Maria finse di non aver udito. Maílson proseguì:

"Secondo me, lui non vuole soltanto un'avventura. Pensa che lei abbia talento sufficiente per diventare l'attrazione principale della sua discoteca. Chiaro, non l'ha vista cantare né ballare, ma queste cose si possono imparare, mentre la bellezza è innata. Gli europei sono fatti così: arrivano e pensano che tutte le brasiliane siano sensuali e sappiano ballare il samba. Se quell'uomo mostra intenzioni serie, le consiglio di chiedergli un contratto – e con la firma autenticata dal consolato svizzero – prima di lasciare il paese. Domattina sarò in spiaggia, davanti all'albergo. Se ha qualche dubbio, mi cerchi pure."

Poi, sorridendo, lo svizzero la prese sottobraccio e le indicò un taxi che aspettava.

"Se invece lui avesse altre intenzioni, e lei acconsentisse, sappia che la tariffa usuale per una notte è di trecento dollari. Non accetti per meno."

Prima che la ragazza potesse rispondere, stavano già dirigendosi verso il ristorante, con l'uomo che si sforzava di pronunciare qualche parola. Una conversazione davvero molto semplice:

"Lavorare? Dollari? Stella brasiliana?"

Maria, intanto, pensava ancora ai commenti dell'interprete/guardaspalle: trecento dollari per una notte! Una fortuna! Non c'era bisogno di soffrire per amore; poteva sedurlo come aveva fatto con il proprietario del negozio di tessuti, sposarsi, avere dei figli e offrire ai genitori una vita agiata. Che cosa aveva da perdere? Lui era vecchio, forse non avrebbe tardato molto a morire, e lei sarebbe stata ricca: in definitiva, sembrava che gli svizzeri avessero molto denaro e poche donne nel loro paese.

Durante la cena, non parlarono molto – un sorriso ogni tanto. Maria cominciava a capire cosa fosse quell'"energia". L'uomo le mostrò un album con numerose frasi scritte in una lingua che non conosceva; lì c'erano anche fotografie di donne in bikini (senza dubbio indumenti più belli e audaci di quello che lei indossava nel pomeriggio), ritagli di giornale, volantini dei quali comprendeva solo la parola "Brazil", con la grafia errata (a scuola, non le avevano forse insegnato che si scriveva con la "s"?). Bevve molto, temendo che lo svizzero le facesse qualche proposta (in definitiva, benché in vita sua non lo avesse mai fatto, non è facile rinunciare a trecento dollari, e con un po' di alcool le cose sarebbero state più semplici, soprattutto perché nessuno la conosceva). Ma l'uomo si comportò da autentico cavaliere, sistemandole persino la sedia nel momento in cui si sedette e si alzò. Alla fine, Maria disse che era stanca e voleva rientrare; accettò un appuntamento sulla spiaggia per il giorno seguente (indicò l'orologio, mostrò l'ora, imitò con le mani il movimento delle onde del mare, pronunciò la parola "domani" molto lentamente).

Lui parve soddisfatto, guardò l'orologio (probabilmente svizzero) e assentì sull'ora.

Maria non dormì bene. Sognò che era stata tutta una fantasticheria. Si svegliò e si rese conto che non lo era: erano rimasti un vestito sulla sedia di quella modesta camera, uno splendido paio di scarpe e un appuntamento sulla spiaggia.

Dal diario di Maria, il giorno in cui conobbe lo svizzero:

Tutto mi dice che sto per prendere una decisione errata, ma anche gli errori sono un modo di agire. Cosa vuole il mondo da me? Che non corra i miei rischi? Che torni da dove sono venuta, senza avere il coraggio di dire di sì alla vita?

Ho agito in maniera sbagliata quando avevo undici anni e un ragazzino venne a chiedermi in prestito una penna. Da allora, ho capito che a volte non esiste una seconda opportunità: conviene accettare i doni che il mondo ci offre. Chiaro, è pericoloso, ma forse il rischio è maggiore di quello di un incidente in cui avrebbe potuto essere coinvolta la corriera che ha impiegato quarantotto ore per portarmi fin qui? Se devo essere fedele a qualcuno o a qualcosa, prima di tutto devo esserlo a me stessa. Se cerco l'amore vero, prima devono venirmi a noia gli amori mediocri che ho incontrato. La mia scarsa esperienza di vita mi ha insegnato che nessuno è padrone di niente, che tutto è un'illusione – dai beni materiali alle ricchezze spirituali. Chi ha già perso qualcosa che riteneva di avere garantito (e a me è accaduto tante volte) finisce per capire che nulla gli appartiene.

E se nulla mi appartiene, allora non devo assolutamente sprecare il tempo preoccupandomi di cose che non sono mie. Meglio vivere come se oggi fosse il primo (o l'ultimo) giorno della vita.

L'indomani, in compagnia di Maílson, l'interprete/guardaspalle che ora si definiva il suo impresario, Maria annunciò che accettava l'invito, purché le fosse consegnato un documento fornito dal consolato elvetico. Lo straniero, che sembrava abituato a questo tipo di richiesta, affermò che non era soltanto un desiderio suo, ma anche proprio, giacché per lavorare in Svizzera le serviva un documento ufficiale che comprovasse che nessun'altra persona avrebbe potuto svolgere il lavoro per cui si proponeva. Non sarebbe stato difficile ottenerlo, giacché le ragazze elvetiche non erano particolarmente dotate per il samba. Si recarono insieme in centro; l'interprete/guardaspalle/impresario pretese un anticipo in contanti all'atto della firma del contratto e trattenne per sé il trenta per cento dei cinquecento dollari che Maria ricevette.

"Ecco una settimana di anticipo. Il salario di una settimana, capisci? Guadagnerai cinquecento dollari alla settimana, e senza alcuna commissione, perché la prendo solo sul primo pagamento!"

Fino a quel momento i viaggi, l'idea di andare lontano, tutto sembrava un sogno per Maria – e sognare è molto comodo, a patto di non essere obbligati a fare ciò che abbiamo progettato. In tal modo non corriamo rischi, non viviamo frustrazioni, momenti difficili; poi, una volta invecchiati, potremo sempre incolpare gli altri, preferibilmente i genitori, o i mariti, o i figli, per non averci fatto realizzare ciò che desideravamo.

All'improvviso, ecco l'occasione che aspettava da tanto, ma che desiderava ardentemente che non arrivasse mai! Come affrontare le sfide e i pericoli di una vita che non conosceva? Come abbandonare tutto quello a cui era abituata? Perché la Vergine aveva deciso di spingerla così lontano?

Maria si consolò pensando che avrebbe potuto cambiare idea in qualsiasi momento, che tutto era soltanto un gioco senza conseguenze – qualcosa di stupefacente e diverso da raccontare quando fosse tornata al suo paese. In fin dei conti, viveva a più di mille chilometri da lì, e adesso aveva trecentocinquanta dollari nel portafogli: se l'indomani avesse deciso di fare le valigie e fuggire, nessuno sarebbe mai riuscito a scoprire dove si fosse nascosta.

Il pomeriggio in cui andarono al consolato, Maria decise di fare due passi da sola in riva al mare, per guardare i bambini, i ragazzi che giocavano a pallavolo, i mendicanti, gli ubriachi, i venditori di prodotti tipici artigianali brasiliani (fabbricati in Cina), la gente che correva e faceva ginnastica per fugare la vecchiaia, i turisti stranieri, le madri con i figlioletti, i pensionati che giocavano a carte sul limitare della spiaggia. Era venuta a Rio de Janeiro, aveva cenato in uno dei ristoranti più raffinati, era stata in un consolato, aveva conosciuto uno straniero e un impresario; aveva ricevuto in regalo un vestito e un paio di scarpe che nessuno – ma proprio nessuno – al suo paese si sarebbe potuto comprare.

E ora?

Guardò l'orizzonte: le sue conoscenze geografiche dicevano che, proseguendo in linea retta, sarebbe arrivata in Africa, in quella terra piena di leoni e di foreste popolate di gorilla. Se, invece, fosse andata leggermente verso nord, sarebbe sbarcata in quel regno incantato chiamato Europa, là dove c'erano la Torre Eiffel, la Disneyland del

Vecchio Continente e la Torre Pendente di Pisa. Che aveva da perdere? Come ogni brasiliana, aveva imparato a ballare il samba ancor prima di pronunciare la parola "mamma". Se non le fosse piaciuto, avrebbe potuto tornare indietro: ormai aveva imparato che le opportunità esistono perché le si colga al volo.

Decisa a vivere solo le esperienze che poteva controllare – come talune avventure con gli uomini, per esempio –, aveva passato gran parte del proprio tempo dicendo di no a cose alle quali avrebbe voluto dire di sì. Ora si trovava di fronte all'ignoto, a qualcosa di inesplorato quanto questo mare per i navigatori che vi si avventuravano in passato, come le avevano insegnato durante le lezioni di storia. Poteva sempre rispondere di no, ma in questo modo, non avrebbe forse passato il resto della vita a lamentarsi, come faceva ancora per l'immagine di quel ragazzino che una volta le aveva chiesto una penna ed era scomparso con il suo primo amore? Avrebbe sempre potuto dire di no in seguito, ma adesso, stavolta, perché non provare a rispondere di sì?

E per una ragione molto semplice: era una giovane donna originaria di un paesotto sperduto, senza alcuna esperienza di vita al di là di qualche anno di scuola, una vasta cultura televisiva e la certezza di essere bella. Tuttavia questo non era sufficiente per affrontare il mondo.

Maria scorse un gruppo di persone che ridevano e guardavano il mare, come se avessero paura di avvicinarsi. Due giorni prima, aveva provato anche lei quella sensazione; ora, però, era scomparsa: entrava nell'acqua ogniqualvolta lo desiderava, come se fosse nata lì. Sarebbe accaduta la stessa cosa per l'Europa?

Recitò silenziosamente una preghiera, di nuovo chiedendo consiglio alla Vergine Maria, e qualche secondo dopo si sentì rasserenata riguardo alla decisione che aveva preso di proseguire in quel cammino – sì, avvertiva una protezione. Sarebbe sempre potuta tornare indietro, ma forse non avrebbe avuto più l'opportunità di andare così lontano. Valeva la pena di correre quel rischio, purché il sogno riuscisse a resistere alle quarantott'ore del ritorno in corriera senza aria condizionata, e purché lo svizzero non cambiasse idea.

Era talmente entusiasta che, quando lui la invitò di nuovo a cena, volle assumere un'aria sensuale e gli prese la mano. Ma l'uomo la ritrasse immediatamente, e Maria comprese – con un misto di paura e sollievo – che l'europeo stava facendo davvero sul serio.

"Stella samba!" esclamò l'uomo, a un certo punto. "Bella stella samba brasiliano! Viaggio settimana prossima!"

Tutto appariva meraviglioso, ma "Viaggio settimana prossima" era assolutamente impensabile. Maria spiegò che non poteva prendere una decisione senza consultare la sua famiglia. Adirato, lo svizzero mostrò una copia del documento firmato e, per la prima volta, lei ebbe paura.

"Contratto!" ripeteva lui.

Pur determinata a partire, Maria decise di consultare Maílson, il suo impresario. In fin dei conti, non era pagato per consigliarla?

Maílson, invece, ora sembrava piuttosto impegnato a sedurre una turista tedesca che, appena scesa in albergo, girava in topless sulla spiaggia, convinta che il Brasile fosse il paese più liberale del mondo (forse non si rendeva conto che era l'unica ad avere i seni scoperti, e che tutti la guardavano con un certo imbarazzo). Fu un'impresa riuscire a convogliare la sua attenzione su quanto stava dicendo.

"E se cambio idea?" insisteva Maria.

"Non so cosa c'è scritto sul contratto, ma potrebbe farla arrestare."

"Non mi troverà mai!"

"Ha ragione. Dunque, non si preoccupi."

Poiché aveva già investito cinquecento dollari, un paio di scarpe, un abito, due cene e le spese notarili in consolato, e cominciava a spazientirsi, visto che Maria insisteva a voler parlare con la famiglia, lo svizzero decise di acquistare due biglietti aerei e di accompagnarla fino al paese natio; la faccenda avrebbe dovuto risolversi in quarantott'ore, affinché potessero partire la settimana seguente, come combinato. Tra un sorriso e l'altro, lei cominciò a capire che tutto ciò risultava dal documento e che c'era ben poco da scherzare con la seduzione, i sentimenti e i contratti.

Per la cittadina, fu una sorpresa e un motivo d'orgoglio vedere la sua bella figlia arrivare in compagnia di uno straniero, che desiderava condurla in Europa per farne una grande stella dello spettacolo. Tutto il vicinato di Maria lo seppe; le amiche di scuola le domandarono: "Ma com'è successo?"

"Ho avuto fortuna."

Volevano sapere se cose del genere accadessero sempre a Rio de Janeiro, giacché avevano visto storie simili in televisione. Maria non rispose né "sì" né "no", per dare maggior valore alla propria esperienza e convincere le compagne che lei era una persona speciale.

Quando si recarono a casa dei genitori, l'uomo mostrò di nuovo i dépliant del Brazil (con la "z"), il contratto, mentre Maria spiegava che ora aveva un impresario e intendeva intraprendere la carriera artistica. Vedendo la dimensione del bikini che indossavano le giovani nelle fotografie mostrate dallo straniero la madre gli restituì immediatamente gli opuscoli e non volle fare altre domande: le importava soltanto che la figlia fosse felice e ricca – o infelice, ma ricca.

"Come si chiama?"

"Roger."

"Rogério? Avevo un cugino che si chiamava così!"

L'uomo sorrise, batté le mani, e tutti si resero conto che non aveva capito niente. Il padre disse a Maria:

"Ma ha la mia età!"

La madre lo pregò di non interferire nella felicità della figlia. Poiché le sarte sono solite chiacchierare a lungo con le clienti, finendo così per acquisire una grande esperienza in fatto di amore e di matrimonio, la donna le consigliò:

"Tesoro, meglio essere infelice con un uomo ricco che vivere felice con un povero; laggiù avrai molte più possibilità di essere una ricca infelice. Oltretutto, se non funzionerà, potrai sempre prendere una corriera e tornare a casa."

Maria, che era sostanzialmente una ragazza di campagna, ma aveva un'intelligenza superiore a quella che la madre o il futuro marito immaginavano, ribatté solo per provocare:

"Mamma, non si può prendere una corriera dall'Europa al Brasile. Comunque, io voglio avere una carriera artistica, non sono in cerca di un marito."

La madre la guardò con aria quasi disperata:

"Se c'è un modo per arrivare laggiù, ce ne sarà anche uno per venirsene via. Le carriere artistiche sono perfette per le giovani, ma durano solo fintantoché una è bella, fin verso i trent'anni. Dunque approfittane: trova qualcuno che sia onesto, innamorato, e... ti prego... sposati. Non è indispensabile pensare all'amore: all'inizio, anch'io non amavo tuo padre, ma il denaro compra tutto, persino l'amore vero. E pensa... tuo padre non è neppure ricco!"

Era un pessimo consiglio da amica, ma un ottimo suggerimento da madre. Quarantott'ore dopo, Maria era di ritorno a Rio, non senza essere passata prima, da sola, nel suo vecchio posto di lavoro, aver presentato le dimissioni e ascoltato le parole del padrone del negozio di tessuti:

"Ho saputo che un grande impresario francese ha deciso di portarti a Parigi. Non posso impedirti di inseguire la felicità, ma prima che tu te ne vada, voglio che sappia una cosa."

L'uomo tirò fuori dalla tasca una catenina con una medaglia.

"Questa è una medaglia miracolosa della Madonna delle Grazie. La sua chiesa è a Parigi; se ti capita di andare là, chiedile protezione. Guarda cosa c'è scritto qui."

Maria lesse le parole incise intorno alla figura della Vergine: "Oh Maria concepita senza peccato, pregate per noi che ricorriamo a Voi. Amen."

"Ricordati di recitare questa invocazione almeno una volta al giorno. E..." A quel punto, ebbe un'esitazione, ma non riuscì a trattenersi: "... se un giorno tornerai, sappi che ti sto aspettando. Ho perso l'occasione di dirti una cosa molto semplice: ti amo. Forse è tardi, ma voglio che tu lo sappia."

"Perdere l'opportunità": Maria aveva appreso molto presto che cosa significavano queste parole. "Io ti amo", però, era una frase che aveva udito spesso nei suoi ventidue anni, e ormai le sembrava che non avesse più alcun significato, perché non ne era mai scaturito niente di serio, di profondo, che si traducesse in una relazione duratura. La ragazza lo ringraziò per quelle parole, le annotò nel subconscio (non si sa mai cosa la vita ci ha preparato, ed è sempre bene sapere dove si trova l'uscita di emergenza), gli diede un casto bacio sulla guancia e se ne andò senza voltarsi.

Tornarono a Rio de Janeiro; in un giorno, lei ottenne il passaporto ("Il Brasile è davvero cambiato," aveva commentato Roger con qualche parola in portoghese e molti gesti, che Maria tradusse con le parole: "In passato ci voleva molto tempo"). Con l'aiuto di Maílson, l'interprete/guardaspalle/impresario, furono ultimati i preparativi (vestiti, scarpe, cosmetici per il trucco, tutto ciò che una donna come lei poteva sognare). Roger la osservò mentre ballava in un locale dove si recarono alla vigilia della partenza per l'Europa; ne fu entusiasta: aveva trovato davvero una grande stella per il cabaret Cologny; una splendida brunetta con gli occhi chiari e la capigliatura corvina come le ali del *graúna* (un uccello brasiliano, le cui piume scurissime venivano associate ai capelli neri dagli scrittori carioca). Quando il consolato svizzero le rilasciò il permesso di lavoro, fecero le valigie; l'indomani erano in viaggio verso la terra del cioccolato, degli orologi e del formaggio, con Maria che progettava in segreto di far innamorare quell'uomo. In fin dei conti, non era né vecchio né brutto né povero. Cos'altro avrebbe potuto desiderare?

Maria arrivò esausta e, mentre era ancora all'aeroporto, le si strinse il cuore per la paura: scoprì di essere completamente dipendente dall'uomo che camminava al suo fianco – non conosceva né il paese, né la lingua, né quel freddo. Il comportamento di Roger era cambiato con il passare delle ore. Adesso non si mostrava più gentile: anche se non aveva mai tentato di baciarla o di toccarle i seni, il suo sguardo si era fatto distante. La sistemò in un alberghetto, dove la presentò a un'altra brasiliana, una giovane dall'aria triste di nome Vivian, che si sarebbe incaricata di prepararla al nuovo lavoro.

Vivian la squadrò da capo a piedi: non aveva la minima gentilezza o comprensione verso chi, come lei, stava vivendo la sua prima esperienza all'estero. Invece di domandarle come si sentiva, affrontò direttamente l'argomento:

"Non farti illusioni. Quell'uomo va in Brasile ogni volta che una delle sue ballerine si sposa e, a quanto pare, ciò sta accadendo con una certa frequenza. Lui sa perfettamente quello che vuole, e credo che lo sappia anche tu. Penso che tu sia venuta in cerca di una di queste tre cose: avventura, soldi o marito."

Come faceva a indovinare? Forse cercavano tutte la stessa cosa, oppure Vivian sapeva leggere i pensieri altrui?

"Qui, tutte le ragazze sono alla ricerca di una delle tre cose," proseguì Vivian, e Maria si convinse che le leggeva nel pensiero. "Quanto andare alla ventura, qui fa molto freddo, e poi non ci restano mai abbastanza soldi per viaggiare. Inoltre, riguardo al denaro, dovrai lavorare quasi un anno per pagarti il biglietto di ritorno, scontando le spese per l'alloggio e il vitto."

"Ma..."

"Lo so, questo non è negli accordi. In realtà, sei tu che hai dimenticato di chiederlo, al pari di tutte le altre. Se fossi stata più attenta, se avessi letto il contratto che hai firmato, sapresti esattamente in che cosa ti sei cacciata; gli svizzeri non mentono, e sanno anche servirsi del silenzio per i loro scopi."

A Maria stava sprofondando il terreno sotto i piedi.

"Quanto al marito, ogni ragazza che si sposa costituisce per Roger un grave danno economico, sicché ci è proibito parlare con i clienti. Se pensi di voler qualcosa in questo senso, dovrai correre grandi rischi. Questo non è un posto dove le persone si incontrano, come in Rue de Berne."

Rue de Berne?

"Gli uomini vengono qui in compagnia delle mogli, e i pochi turisti, appena si rendono conto dell'ambiente familiare, vanno a cercare le donne altrove. Sforzati di ballare bene. Se saprai anche cantare, il tuo stipendio aumenterà, e con esso l'invidia delle altre. Quindi, anche se hai la voce più bella del Brasile, ti suggerisco di scordartelo e di non tentare di cantare. E, soprattutto, non usare il telefono. Spenderai tutto quello che devi ancora guadagnare, una somma peraltro esigua."

"Ma mi ha promesso cinquecento dollari alla settimana!"

"Vedrai."

Dal diario di Maria, alla seconda settimana di permanenza in Svizzera:

Sono stata nel locale, ho incontrato un "direttore di ballo" proveniente da un paese che si chiama Marocco, e ho dovuto imparare ogni passo di quello che lui – che non ha mai messo piede in Brasile – crede sia il samba. Non ho avuto neppure il tempo di riposarmi del lungo viaggio in aereo: dovevo sorridere e ballare, fin dalla prima sera. Siamo sei ragazze: nessuna delle mie colleghe è felice, e nessuna sa cosa sta facendo qui. I clienti bevono e applaudono, lanciano baci e, di nascosto, fanno gesti osceni, ma niente di più.

Ieri mi hanno pagato lo stipendio: appena un decimo di quanto avevamo concordato. Il resto, secondo quel famoso contratto, servirà per pagare il mio biglietto e il mio soggiorno. In base ai calcoli di Vivian, questa faccenda andrà avanti un anno – in poche parole, durante questo periodo non ho vie di fuga.

Ma vale la pena fuggire? Sono appena arrivata e ancora non conosco nulla. Che problema c'è nel ballare sette sere a settimana? Prima lo facevo per piacere, ora lo faccio per denaro e per fama. Le gambe non protestano, l'unica cosa difficile è mantenere il sorriso sulle labbra.

Posso scegliere fra essere una vittima del mondo o un'avventuriera in cerca del suo tesoro. È semplicemente una questione riguardo al modo in cui affronterò la mia vita.

Maria scelse di essere un'avventuriera in cerca del suo tesoro: accantonò i sentimenti, smise di piangere tutte le notti, si dimenticò chi era. Scoprì di avere la forza di volontà sufficiente per fingere di essere appena nata, e dunque non aveva bisogno di provare nostalgia per nessuno. I sentimenti potevano aspettare: ora doveva guadagnare dei soldi, conoscere il paese e tornare vittoriosa nella sua terra.

Del resto, tutto ciò che la circondava le ricordava il Brasile, e la sua cittadina in particolare: le donne parlavano portoghese, si lamentavano degli uomini, discutevano a voce alta, protestavano per gli orari, arrivavano al locale in ritardo, sfidavano il proprietario, si ritenevano le più belle del mondo e raccontavano dei loro principi azzurri – che generalmente erano lontani, o sposati, oppure non avevano denaro e vivevano del loro lavoro. Al contrario di quanto aveva immaginato vedendo i dépliant pubblicitari che Roger portava sempre con sé, l'ambiente era proprio come lo aveva descritto Vivian: "familiare". Le ragazze non potevano accettare inviti o uscire con i clienti, perché sui libretti di lavoro erano registrate come "ballerine di samba". Se fossero state sorprese ad accettare un foglietto con il numero di telefono, avrebbero avuto una sospensione di quindici giorni. Maria, che si aspettava qualcosa di molto più movimentato ed emozionante, a poco a poco si lasciò pervadere dalla tristezza e dal tedio.

Durante i primi quindici giorni, uscì ben poco dalla pensione in cui abitava, soprattutto dopo avere scoperto che nessuno parlava la sua lingua, anche se lei pronunciava ogni frase lentamente. Fu anche sorpresa quando seppe che, al contrario di quanto accadeva nel suo paese, la città dove ora si trovava aveva due nomi differenti: “Ginevra” per i suoi abitanti, e “Genebra” per le brasiliane.

Alla fine, nelle lunghe e noiose ore trascorse nella sua stanzetta senza televisione, arrivò alla conclusione che:

a) Non sarebbe mai giunta a trovare ciò che stava cercando se non avesse saputo esprimere quello che pensava (così, doveva imparare la lingua del posto);

b) Visto che anche tutte le sue compagne erano alla ricerca dell'affermazione personale, lei doveva essere diversa (per riuscirci, però, non aveva ancora un piano o un metodo).

Dal diario di Maria, quattro settimane dopo essere sbarcata a Ginevra/Genebra:

Mi trovo qui ormai da un'eternità e non parlo la lingua del posto; passo le giornate ascoltando musica alla radio, guardando le pareti della stanza, pensando al Brasile, aspettando impaziente che arrivi l'ora di andare al lavoro e, quando sto lavorando, sperando ardentemente che giunga l'ora di tornare alla pensione. Ossia, sto vivendo il futuro invece del presente.

Un giorno, in un futuro lontano, avrò un biglietto aereo e potrò tornare in Brasile, sposarmi con il proprietario del negozio di tessuti, udire i commenti maligni delle mie amiche che non hanno mai rischiato e che perciò riescono a scorgere solo la sconfitta degli altri. No, non posso tornare così. Preferisco buttarmi dall'aereo quando sorvola l'oceano.

Ma i finestrini dell'aeroplano non si aprono (a proposito, non me lo sarei mai aspettato: che peccato non poter sentire l'aria pura!), e quindi morirò qui. Prima di morire, però, voglio lottare per la vita. Se sono in grado di camminare da sola, posso andare dove voglio.

L'indomani, Maria si iscrisse a un corso mattutino di francese, dove conobbe gente di tutte le idee politiche, religioni ed età: uomini che portavano abiti colorati e catenelle d'oro alle braccia, donne che indossavano sempre un velo; bambini che apprendevano più rapidamente dei grandi – quando avrebbe dovuto accadere esattamente il contrario, poiché gli adulti hanno più esperienza. Si sentiva orgogliosa quando scopriva che tutti conoscevano il suo paese, il carnevale, il samba, il calcio, e l'uomo più famoso del mondo: Pelè. All'inizio cercò di mostrarsi simpatica e di correggere la loro pronuncia ("È Pelé! Peléééé!"), ma poi ci rinunciò, visto che anche lei veniva chiamata "Mariá" – con quella mania degli stranieri di trasformare i nomi e pensare inoltre di essere nel giusto!

Il pomeriggio, per esercitarsi nella lingua, fece la sua prima passeggiata in quella città dai due nomi, e scoprì un cioccolato delizioso, un formaggio che non aveva mai assaggiato, una fontana gigantesca in mezzo al lago, la neve (i piedi di nessun abitante del suo paesotto l'avevano mai calpestata), le cicogne, i ristoranti con il caminetto (non vi era entrata, ma aveva scorto il fuoco dalle finestre, e questo le aveva dato una piacevole sensazione di benessere). Fu inoltre sorpresa di scoprire che non tutti i manifesti raffiguravano la pubblicità di orologi, vi comparivano anche delle banche – benché non riuscisse a capire perché ce ne fossero così tante visti i pochi abitanti, e avesse notato che di rado c'erano clienti all'interno delle agenzie: comunque decise di non domandare nulla.

Dopo tre mesi di autocontrollo durante il lavoro, il suo sangue brasiliano, sensuale ed erotico come tutti pensano, si fece sentire: Maria si innamorò di un arabo che frequentava il suo stesso corso di francese. La storia durò tre settimane finché, una sera, lei decise di fregarsene di tutto e di andare in gita su una montagna vicino a Ginevra. Quando tornò al lavoro, il pomeriggio seguente, Roger la convocò nel suo ufficio.

Appena aprì la porta, Maria fu licenziata in tronco per aver dato un cattivo esempio alle altre ragazze che lavoravano lì. Roger, isterico, disse che ancora una volta era deluso, che sulle donne brasiliane non si poteva fare affidamento (ah, mio Dio, questa mania di generalizzare!). Non servì a niente che lei dicesse di aver avuto un attacco di febbre per via dello sbalzo di temperatura; l'uomo non si lasciò convincere e, inoltre, si lamentò di essere costretto a tornare in Brasile per trovare una sostituta, aggiungendo che avrebbe fatto meglio a organizzare uno spettacolo con musica e ballerine iugoslave, ben più carine e responsabili.

Malgrado la giovane età, Maria non era affatto una sprovveduta – soprattutto da quando il suo amante arabo le aveva spiegato che in Svizzera le leggi sul lavoro erano molto severe; lei avrebbe potuto sostenere che la sua occupazione rasentava la schiavitù, giacché il locale le tratteneva gran parte dello stipendio.

Tornò nell'ufficio di Roger, e stavolta parlò con un francese discreto, che includeva nel vocabolario il termine "avvocato". Ne uscì con qualche frase di scherno e cinquemila dollari di risarcimento – una somma che non aveva mai neppure sognato –, e tutto grazie a quella parola magica: "avvocato". Ora avrebbe potuto frequentare liberamente l'arabo, comprare alcuni regali, scattare qualche fotografia sulla neve e tornarsene al suo paese con la vittoria tanto sognata.

Per prima cosa, telefonò a una vicina di casa brasiliana, perché riferisse a sua madre che era contenta, che aveva davanti una brillante carriera e che lei e suo padre non dovevano preoccuparsi. Poi, siccome doveva lasciare la camera che Roger le aveva affittato, pensò di avere un'unica scelta: andare dall'arabo, giurargli amore eterno, convertirsi alla sua religione e sposarlo – sia pure se fosse stata obbligata a portare sul capo uno di quegli strani veli. In fin dei conti, lo sapevano tutti che gli arabi erano molto ricchi, e questo era sufficiente.

Ma, a quel punto, il suo innamorato arabo era ormai lontano, probabilmente in Arabia, un paese che Maria non conosceva. E così ringraziò la Madonna di non essere stata costretta a rinnegare la propria religione. Ora, però, se la cavava con il francese, era in possesso del denaro per il biglietto di ritorno, di un libretto di lavoro che le attribuiva la qualifica di "ballerina di samba", di un permesso di soggiorno ancora valido, e sapeva che avrebbe potuto sposarsi con un commerciante di tessuti: considerando tutto questo, la giovane decise di fare qualcosa in cui era sicura di riuscire: guadagnare con la sua bellezza.

In Brasile, aveva letto un libro su un pastore, il quale, nella ricerca del suo tesoro, incontra varie difficoltà, che tuttavia lo aiutano a ottenere ciò che desidera. Era proprio il suo caso. Adesso era pienamente consapevole di essere stata licenziata perché incontrasse il suo vero destino: fare la modella e l'indossatrice.

Affittò una stanzetta (senza televisione, ma doveva fare grandi economie, fino a quando non fosse riuscita a guadagnare davvero molti soldi) e, l'indomani, cominciò il giro delle agenzie. Dappertutto le fu detto che doveva lasciare delle fotografie scattate da professionisti. In fin dei conti, era un investimento per la carriera – i sogni costano. Spese gran parte del denaro per un eccellente fotografo, che chiacchierava poco ed esigeva molto: nello studio, aveva un fornitissimo guardaroba, e lei posò con vestiti sobri e stravaganti, e addirittura con un bikini del quale il suo unico conoscente a Rio de Janeiro, l'interprete/guardaspalle ed ex impresario Maílson sarebbe stato enormemente orgoglioso. Chiese una serie di copie extra, che spedì alla famiglia insieme a una lettera in cui diceva che in Svizzera era felice. I suoi genitori avrebbero pensato che era ricca, che possedeva un guardaroba invidiabile, che era ormai la figlia più illustre della cittadina. Se tutto avesse funzionato come pensava (aveva già letto così tanti libri sul "pensiero positivo" che non aveva il minimo dubbio sulla vittoria), al ritorno sarebbe stata accolta con la banda musicale; poi avrebbe fatto in modo di convincere il sindaco a intitolarle una piazza.

Comprò un cellulare (con una scheda prepagata giacché non aveva un domicilio fisso) e, nei giorni seguenti, rimase in attesa di chiamate di lavoro. Mangiava nei ristoranti cinesi (i più economici) e, per passare il tempo, studiava con un impegno folle.

Ma il tempo stentava a passare, e il telefono non squillava. Era sorpresa del fatto che, quando passeggiava sul lungolago, nessuno le prestava attenzione, tranne alcuni trafficanti di droga che sostavano sempre nello stesso luogo, sotto uno dei ponti che collegavano il bel giardino antico con la parte più nuova della città. Cominciò a dubitare della propria bellezza, finché una delle vecchie compagne di lavoro, con la quale si era incontrata per caso in un bar, le disse che la colpa non era sua, ma riguardava sia gli svizzeri, che detestano arrecare disturbo, sia gli stranieri, che temono di essere arrestati per "molestie sessuali" – un'espressione che avevano inventato per far sì che le donne di tutto il mondo si sentissero detestabili.

Dal diario di Maria, una sera in cui non aveva il coraggio di uscire, di vivere, di continuare ad aspettare una telefonata che non arrivava:

Oggi sono passata davanti a un luna-park. Ma, poiché non posso scialare il denaro, mi sono fermata soltanto per osservare la gente. Sono rimasta a lungo davanti alle montagne russe: vedevo che la maggior parte delle persone ci saliva in cerca di emozioni, ma quando i vagoncini cominciavano a muoversi, tutte avevano una paura tremenda e chiedevano di fermare la corsa.

Che cosa vogliono? Se hanno scelto l'avventura, non dovrebbero essere preparate ad arrivare sino alla fine? Oppure pensano che sarebbe più intelligente non percorrere questi saliscendi e divertirsi su una giostra, girando in tondo?

Per il momento, sono troppo sola per pensare all'amore, ma devo convincermi che tutto passerà, che troverò un impiego e che sono qui perché ho scelto questo destino. La mia esistenza è come le montagne russe – sì, la vita è un gioco forte e allucinante, la vita è lanciarsi con il paracadute, è rischiare, è cadere e rialzarsi, è alpinismo, è voler raggiungere la vetta di se stessi, e ritrovarsi insoddisfatti e angosciati quando non ci si riesce.

Non è facile stare lontano dalla famiglia, non parlare la lingua con cui posso esprimere tutte le mie emozioni e i miei sentimenti, ma da oggi, quando sarò depressa, ripenserò a quel parco dei divertimenti. Se mi fossi addormentata e risvegliata all'improvviso sulle montagne russe, che cosa avrei provato?

Ebbene, la prima sensazione sarebbe stata quella di sentirmi prigioniera: essere terrorizzata dalle curve, avere voglia di vomitare e fuggire via da lì. Se, invece, fossi stata fiduciosa, avrei detto che i binari sono il mio destino, che Dio sta guidando il vagoncino e che questo incubo si trasformerà in ebbrezza. Diventerà esattamente ciò che è nella realtà: l'attrazione delle montagne russe, un divertimento sicuro e affidabile che avrà sempre un capolinea. Ma fintantoché dura la corsa, io devo guardare il paesaggio che mi circonda e urlare di eccitazione.

Pur essendo capace di scrivere cose che riteneva molto sagge, Maria non riusciva a mettere in pratica le sue risoluzioni. I momenti di depressione divennero sempre più frequenti, e il telefono continuava a non squillare. Per distrarsi ed esercitarsi nel francese durante le ore vuote, cominciò a comprare varie riviste. Poi, accorgendosi che spendeva troppi soldi, si mise in cerca della biblioteca più vicina. Ma la bibliotecaria le disse che lì non c'erano riviste: comunque poteva suggerirle alcuni titoli che l'avrebbero aiutata a migliorare la padronanza del francese.

"Non ho il tempo per leggere libri."

"Come mai non ha tempo? Che fa?"

"Tante cose: studio il francese, scrivo un diario e..."

"E... che cosa?"

Stava per dire: "Aspetto che squilli il telefono", ma preferì tacere.

"Figliola, lei è giovane, ha tutta la vita davanti. Dimentichi quello che le hanno detto sui libri, e legga."

"Ho già letto molto."

All'improvviso, Maria si ricordò di quello che Maílson le aveva descritto una volta come "energia". La bibliotecaria le parve una donna sensibile, dolce, una persona che avrebbe potuto aiutarla se il futuro fosse stato un fallimento. Doveva conquistarla: la sua intuizione le diceva che in lei poteva trovare un'amica. Rapidamente cambiò idea:

"Ma voglio leggere ancora. Per favore, mi aiuti a scegliere qualche libro."

La donna le portò *Il Piccolo Principe*. La sera stessa, Maria cominciò a sfogliarlo, guardò i disegni delle prime pagine, dove compariva un cappello: ma l'autore diceva che, in verità, per i bambini era piuttosto un serpente con un elefante dentro. 'Credo di non essere mai stata bambina,' pensò fra sé e sé. 'A me sembra più un cappello.' In mancanza della televisione, cominciò ad accompagnare il Piccolo Principe nei suoi viaggi, anche se ogniqualvolta veniva affrontato il tema dell'amore si rattristava – si era proibita di pensare all'argomento, altrimenti avrebbe corso il rischio di suicidarsi. Al di là delle dolorose scene romantiche fra un principe, una volpe e una rosa, il libro era molto interessante, e lei trascurò di controllare ogni cinque minuti se la batteria del cellulare fosse carica (era terrorizzata all'idea di farsi sfuggire la più grande occasione della sua vita a causa di una disattenzione).

Maria cominciò a frequentare la biblioteca, a chiacchierare con l'addetta, una donna che sembrava sola quanto lei, chiedendole suggerimenti, discutendo sulla vita e sugli autori. Il suo gruzzolo si ridusse considerevolmente. Due settimane ancora e non avrebbe avuto neppure il denaro sufficiente per comprare il biglietto di ritorno.

Ma poiché la vita aspetta sempre le situazioni critiche per rivelare il suo lato più brillante, finalmente il telefono squillò.

Tre mesi dopo aver scoperto la parola "avvocato", e dopo due mesi trascorsi mantenendosi con il risarcimento ottenuto, un'agenzia di modelle domandò se la signorina Maria si trovasse ancora a quel numero. La risposta fu un "sì" gelido e tagliente, a lungo provato, per non lasciar trasparire alcuna apprensione. Seppe così che a un arabo, uno stilista di moda famoso in patria, erano piaciute molto le sue foto e voleva invitarla a partecipare a una sfilata. Maria ripensò alla recente delusione, ma anche al denaro di cui aveva disperatamente bisogno.

Combinarono l'appuntamento in un ristorante molto chic. Le si presentò un signore elegante, più affascinante e maturo del suo pigmalione precedente. A un certo punto, le domandò:

"Sa dirmi di chi è quel quadro? Di Juan Miró! Sa dirmi chi è Juan Miró?"

Maria rimase zitta, come se fosse concentrata solo sul cibo, alquanto diverso da quello dei ristoranti cinesi. Frattanto, si annotava mentalmente che alla prossima visita in biblioteca avrebbe dovuto prendere un libro su Miró.

L'arabo insistette nella conversazione:

"Quello era il tavolo preferito di Federico Fellini. Cosa ne pensa dei film di Fellini?"

Lei rispose che li adorava. Ma quando l'uomo mostrò di voler scendere nei dettagli, Maria, capendo che la sua cultura non le avrebbe consentito di superare l'esame, decise di affrontare subito l'argomento:

"Non intendo restare seduta qui a fare una figura da idiota. Tutto ciò che conosco è la differenza fra una Coca-Cola e una Pepsi. Ma lei non doveva parlarmi di una sfilata di moda?"

La franchezza della giovane parve impressionare favorevolmente l'arabo.

"Gliene parlerò, quando andremo a prendere un drink dopo cena."

Ci fu una pausa. I due si guardarono, ciascuno immaginando cosa stesse pensando l'altro.

"Sei molto carina," disse l'arabo. "Se accetti di venire in albergo con me a bere qualcosa, ti regalo mille franchi."

Maria comprese immediatamente. Era colpa dell'agenzia di modelle? Oppure era un suo errore: avrebbe dovuto informarsi meglio riguardo alla cena? Non era colpa dell'agenzia, né sua, né dell'arabo: le cose funzionavano proprio in quel modo. Tutt'a un tratto, sentì che le mancavano il *sertão*, il Brasile, l'affetto di sua madre. Si ricordò dell'informazione di Maílson quando, sulla spiaggia, le aveva parlato di trecento dollari. Allora le era sembrato divertente, e quella cifra ben al di sopra di quanto si sarebbe aspettata di ricevere per passare una serata con un uomo. In quel momento, invece, si rese conto che non aveva più nessuno al mondo, assolutamente nessuno con cui poter parlare: era sola, in una città straniera, con i suoi ventidue anni vissuti in modo piacevole, eppure inutili per aiutarla a decidere quale sarebbe stata la risposta migliore.

"Ancora del vino, per favore," disse.

L'arabo le versò dell'altro vino nel bicchiere, mentre il pensiero di Maria vagava più veloce del Piccolo Principe nel suo viaggio tra i pianeti. Era venuta in cerca di avventura, di denaro, e forse di un marito. Sapeva che avrebbe finito per ricevere proposte del genere, perché non era un'ingenua e ormai era avvezza al comportamento degli uomini. Le agenzie di modelle, il successo, un marito ricco, una famiglia, i figli, i nipoti, gli abiti splendidi, e un ritorno vittorioso nel paesotto dov'era nata... be', in tutto questo ci credeva ancora. Sognava di superare ogni difficoltà solo con l'intelligenza, il fascino e la forza di volontà.

Ma la realtà le era appena crollata addosso. Con sorpresa dell'arabo, Maria scoppiò a piangere. Diviso fra la paura dello scandalo e l'istinto di protezione del maschio, l'uomo non sapeva che fare. Quando rivolse un cenno al cameriere, chiedendogli di portare il conto, la ragazza lo bloccò:

"No, non ancora. Mi offra dell'altro vino e mi lasci piangere un po'."

E il suo pensiero andò al ragazzino che le aveva chiesto una penna, al giovane che l'aveva baciata nonostante tenesse la bocca chiusa, alla gioia di conoscere Rio de Janeiro, agli uomini che l'avevano usata senza darle nulla in cambio, alle passioni e agli amori perduti durante il suo cammino. Per lei, la vita, malgrado l'apparente libertà, era un susseguirsi di interminabili ore trascorse sperando in un miracolo, in un amore vero, in un'avventura con quell'epilogo romantico che spesso aveva visto nei film e letto nei libri. Qualcuno ha scritto che né il tempo né la saggezza trasformano l'essere umano: l'unica cosa che può spingere un individuo a cambiare è l'amore. Che stupidaggine! Chi aveva scritto quelle parole conosceva solo una faccia della medaglia.

In realtà, l'amore era la *prima* cosa in grado di mutare completamente una vita da un momento all'altro. Ma esisteva anche il rovescio della medaglia – vale a dire, la *seconda* cosa che poteva spingere un essere umano in una direzione del tutto diversa da quella che aveva progettato: la disperazione. Sì, forse l'amore è in grado di cambiare una persona, ma la disperazione produce un mutamento più rapido. E ora, Maria?... Avrebbe dovuto partire immediatamente, tornare in Brasile, mettersi a insegnare francese, sposare il proprietario del negozio di tessuti? Oppure spingersi un po' oltre, soltanto per una sera, in una città dove non conosceva nessuno e dove nessuno conosceva lei? Forse che una sola serata e quel denaro così facile l'avrebbero spinta a proseguire fino a un punto del cammino dal quale non sarebbe più potuta tornare indietro? Stava accadendo proprio in quel momento: era un'occasione inattesa, oppure una prova della Vergine?

Lo sguardo dell'arabo si soffermò sul quadro di Juan Miró, sul luogo dove soleva cenare Fellini, sulla giovane guardarobiera, sui clienti che entravano e uscivano.

"Non lo sapevi?"

"Dell'altro vino, per favore" fu la risposta di Maria, ancora in lacrime.

La giovane pregava perché il cameriere non si avvicinasse e non scoprisse ciò che stava accadendo. E questi, che osservava la scena a distanza con la coda dell'occhio, scongiurava che l'uomo in compagnia di quella ragazza pagasse rapidamente il conto, giacché il ristorante era pieno e c'erano clienti che aspettavano.

Alla fine, dopo un periodo di tempo che parve un'eternità, Maria parlò:

"Hai detto un drink per mille franchi?"

Persino la giovane si stupì del proprio tono di voce.

"Sì," rispose l'arabo, già pentito di averle fatto quella proposta. "Ma non voglio assolutamente..."

"Paga il conto. Andiamo a prendere questo drink nel tuo albergo."

Di nuovo, Maria aveva l'impressione di essere estranea a se stessa. Fino ad allora era stata una ragazza gentile, educata, allegra, che non avrebbe mai usato quel tono di voce con uno sconosciuto. Adesso sembrava che quella persona fosse morta per sempre: davanti a lei c'era una vita, dove i drink costavano mille franchi o, in una moneta assai più diffusa, quasi seicento dollari.

Tutto avvenne esattamente secondo le aspettative: Maria andò in albergo con l'arabo, bevve champagne fino a essere quasi ubriaca, aprì le gambe, aspettò che lui raggiungesse l'orgasmo (non le sovvenne di fingere di averlo anche lei), si lavò nel bagno di marmo, prese il denaro e si concesse il lusso di un taxi per arrivare a casa.

Crollò a letto e dormì un sonno senza sogni.

Dal diario di Maria, il giorno seguente:

Mi ricordo di tutto, tranne che del momento in cui ho preso la decisione. Curiosamente, non avverto nessun senso di colpa. Prima, ero solita pensare che le ragazze andassero a letto per denaro perché la vita non aveva lasciato loro altra scelta. Ma ora mi accorgo che non è così. Io potevo dire di sì o di no, nessuno mi stava forzando ad accettare.

Cammino per le strade, guardo le persone: forse che avranno scelto ciascuna la propria vita? O non sarà che anche loro sono state "scelte" dal destino? La casalinga che sognava di fare la modella, il dirigente di banca che pensava di diventare musicista, il dentista che aveva un libro nel cassetto e avrebbe voluto dedicarsi alla letteratura, la ragazza che avrebbe tanto desiderato lavorare in televisione, ma ha trovato soltanto un impiego come cassiera in un supermercato...

Non provo nessuna pena per me stessa. Continuo a non essere una vittima, perché avrei potuto andarmene dal ristorante con la dignità intatta e il portafogli vuoto. Avrei potuto dare lezioni di morale all'uomo seduto di fronte a me, o tentare di dimostrargli che aveva davanti una principessa, e che sarebbe stato meglio conquistarla anziché comprarla. Avrei potuto assumere un'infinità di atteggiamenti, e invece, come la maggior parte degli esseri umani, ho lasciato che il fato scegliesse la rotta che dovevo prendere.

Non sono l'unica, anche se il mio destino sembra negativo e marginale rispetto a quello degli altri. Ma, nella ricerca della felicità, siamo tutti allo stesso livello: il dirigente-musicista, il dentista-scrittore, la cassiera-attrice, la casalinga-modella... Nessuno di noi è felice.

Tutto là, dunque? Era così facile? Maria si trovava in una città straniera, dove non conosceva nessuno, e ciò che ieri poteva considerare un tormento oggi le dava un'immensa sensazione di libertà: non doveva spiegare niente a chicchessia.

Decise che, per la prima volta dopo tanti anni, avrebbe dedicato l'intera giornata a se stessa. Fino ad allora, aveva sempre vissuto preoccupandosi degli altri – la madre, i compagni di scuola, il padre, gli impiegati dell'agenzia di modelle, il professore di francese, il cameriere, la bibliotecaria –, oppure di quello che gli sconosciuti per la strada pensavano. In realtà, nessuno pensava niente, e tanto meno si curava di lei, una povera straniera che neppure la polizia, se l'indomani fosse scomparsa, si sarebbe data la pena di cercare.

Era abbastanza. Uscì presto, fece colazione nel solito bar, passeggiò un po' sul lungolago, incrociò una manifestazione di esiliati. Una donna con un cagnolino le disse che erano curdi; ancora una volta, invece di fingere di conoscere le risposte per mostrare di essere più colta e intelligente di quanto gli altri pensassero, Maria domandò:

"Da dove vengono i curdi?"

Con sua sorpresa, la donna non seppe rispondere. Così va il mondo: la gente parla come se conoscesse tutto e, quando si osa domandare, non sa niente. Entrò in un cybercaffè e scoprì su Internet che i curdi venivano dal Kurdistan, un paese oggi inesistente, diviso fra Turchia e

Iraq. Tornò nel luogo dov'era stata prima, sperando di incontrare la donna con il cagnolino, ma non la vide: forse se n'era andata perché la bestiola non aveva sopportato di stare mezz'ora a guardare un gruppo di esseri umani con striscioni, lenzuola, musica e strane urla.

'Ecco come sono io. O, meglio, com'ero: una persona che fingeva di sapere tutto, celata nel mio silenzio, fino a quando quell'arabo mi ha fatto irritare al punto che ho avuto il coraggio di confessare che conoscevo solo la differenza fra la Coca e la Pepsi. È rimasto scioccato? Ha cambiato idea su di me? Macché, avrà trovato fantastica la mia spontaneità! Sono sempre uscita perdente quando ho voluto sembrare più furba di quella che sono: ora basta!'

Si ricordò dell'agenzia di modelle: sapevano che cosa voleva l'arabo – e allora lei avrebbe fatto ancora una volta la figura dell'ingenua – oppure pensavano davvero che potesse proporle un lavoro all'estero?

In qualsiasi caso, Maria si sentiva meno sola in quella grigia mattina di Ginevra: con la temperatura vicina allo zero, i curdi che manifestavano, i tram che arrivavano in orario a ogni fermata, i negozi che rimettevano i gioielli nelle vetrine, le banche che aprivano, i mendicanti che dormivano e gli svizzeri che uscivano per recarsi al lavoro. Era meno sola perché al suo fianco camminava un'altra donna, forse invisibile per i passanti. Non ne aveva mai notato la presenza, ma c'era.

Sorrise alla presenza invisibile, che assomigliava alla Madonna, alla madre di Gesù. La donna ricambiò il sorriso e la pregò di fare attenzione, perché le cose non erano così semplici come lei pensava. Maria non diede importanza all'avviso e rispose che ormai era un'adulta, responsabile delle proprie decisioni, e non poteva certo credere che esistesse una cospirazione cosmica contro di lei. Aveva scoperto che c'era gente disposta a pagare mille franchi svizzeri in cambio di una serata, di una mezz'ora fra le sue gambe: l'unica cosa che doveva decidere nei prossimi giorni era se prendere i mille franchi che ora custodiva a casa, acquistare un biglietto aereo e tornare nella cittadina dov'era nata. Oppure restare per un altro periodo, quanto bastava per poter comprare una casa per i genitori, bei vestiti, e viaggi verso i luoghi che aveva sognato di visitare.

La donna invisibile ripeteva in modo insistente che le cose non erano tanto semplici, ma Maria, per quanto contenta dell'inattesa compagnia, la pregò di non interrompere il corso dei suoi pensieri: doveva prendere delle decisioni importanti.

Valutò di nuovo, stavolta con maggiore attenzione, la possibilità di tornare in Brasile. Le compagne di scuola che non se n'erano mai allontanate avrebbero subito detto che era stata licenziata, che non aveva mai avuto del talento per diventare una stella internazionale. La madre si sarebbe rattristata perché non avrebbe più ricevuto il contributo mensile promesso – comunque Maria, nelle sue ultime lettere, affermava che le poste la stavano derubando del denaro. Il padre l'avrebbe guardata per il resto della vita con quell'espressione che significava: "Lo sapevo." Lei avrebbe ripreso a lavorare nel negozio di stoffe e si sarebbe sposata con il proprietario – e questo, dopo avere viaggiato in aereo, mangiato il formaggio svizzero in Svizzera, imparato il francese e calpestato la neve.

Oppure c'erano i drink da mille franchi. Forse non sarebbe durato a lungo – la bellezza, in definitiva, scema rapidamente, come il vento –, ma nel giro di un anno avrebbe avuto i soldi per recuperare tutta la sua credibilità e tornare nel mondo, stavolta dettando le regole del gioco. Il suo unico problema reale era dato dal fatto che non sapeva cosa fare, come cominciare. Nel periodo trascorso in quel locale "familiare", una ragazza aveva menzionato un luogo chiamato Rue de Berne – era stato, peraltro, uno dei suoi commenti iniziali, ancor prima di mostrarle dove doveva lasciare le valigie.

Maria si avvicinò a uno di quei grandi pannelli d'informazione che si trovano in molte strade di Ginevra; quella città era talmente gentile verso i turisti che non voleva che si smarrissero e, proprio per evitarlo, aveva installato quelle bacheche dove da un lato c'erano gli annunci pubblicitari e dall'altro la mappa della città.

C'era un uomo lì vicino, e lei gli domandò se sapeva dove si trovasse Rue de Berne. Lui la guardò stupito e le chiese se fosse proprio quella la via che stava cercando, o se non volesse invece sapere dov'era la strada per Berna, la capitale della Svizzera.

"No," rispose Maria, "sto cercando proprio quella via, qui in città."

L'uomo la squadrò da capo a piedi e si allontanò, senza pronunciare una parola, sicuro che lo stessero filmando per uno di quei programmi televisivi dove il godimento del pubblico deriva dal fatto che tutti sembrano ridicoli.

Maria rimase a scorrere la mappa per un quarto d'ora – in fondo la città era piccola – e finì per trovare il posto.

La sua compagna invisibile, che era rimasta in silenzio mentre si concentrava sulla piantina, adesso tentò di discutere: non era una questione di moralità, ma si trattava di imboccare un cammino senza ritorno.

Maria rispose che, se fosse riuscita a ottenere il denaro per lasciare la Svizzera, sarebbe stata in grado di uscire da qualsiasi situazione. Oltre tutto, forse nessuno degli sconosciuti che incontrava aveva scelto ciò che desiderava fare. Questa era la realtà della vita.

"Siamo in una valle di lacrime," disse all'amica invisibile. "Possiamo nutrire innumerevoli sogni, ma la vita è dura, implacabile, triste. Che cosa vuoi dirmi? Che mi condanneranno? Non lo saprà nessuno. E inoltre sarà solo per un periodo della mia vita."

Con un sorriso dolce, ma velato di tristezza, la compagna invisibile scomparve.

Maria raggiunse il luna-park, comprò un biglietto per le montagne russe; salì su un vagoncino e urlò come tutti, pur comprendendo che non correva alcun pericolo, che quello era soltanto un divertimento. Mangiò in un ristorante giapponese senza capire bene cosa contenessero le pietanze: sapeva solo che erano molto costose. Adesso voleva concedersi tutti i lussi. Era allegra, non aveva bisogno di aspettare una telefonata, o di contare i centesimi che spendeva.

Verso la fine della giornata telefonò all'agenzia, disse che l'incontro era andato molto bene e ringraziava. Se fossero stati seri, le avrebbero chiesto delle foto; se fossero stati dei professionisti, le avrebbero organizzato altri appuntamenti.

Attraversò il ponte, fece ritorno nella sua stanzetta e decise che, pur avendo il denaro e una serie di remunerativi progetti per il futuro, non avrebbe comprato un televisore: aveva bisogno di pensare, di impiegare tutto il suo tempo per riflettere.

Dal diario di Maria, quella sera (con un'annotazione a margine: "Non sono molto convinta"):

Ho scoperto il motivo per cui un uomo paga una donna: vuole essere felice.

Di certo, non pagherà mille franchi solo per avere un orgasmo. Vuole essere felice. E anch'io lo voglio: tutti lo vogliono, e nessuno riesce a esserlo. Cos'ho da perdere, se decido di trasformarmi per qualche tempo in una... È una parola difficile da pensare e scrivere... Ma via!... Cosa posso perdere, se decido di essere una prostituta per un po' di tempo?

L'onore. La dignità. Il rispetto per me stessa. A ben pensare, non ho mai avuto nessuna di queste tre cose. Non ho chiesto io di nascere, non sono mai riuscita a farmi amare, ho sempre preso le decisioni sbagliate – ora sto lasciando che la vita decida per me.

L'agenzia telefonò il giorno seguente, chiedendo notizie delle foto e la data della sfilata, giacché incassava una commissione su ogni lavoro. Maria rispose che l'arabo si sarebbe messo in contatto con loro; subito capì che non sapevano niente.

Si recò in biblioteca e chiese qualche libro sul sesso. Se stava considerando seriamente la possibilità di lavorare – per un anno solo, si era ripromessa – in un campo di cui non conosceva niente, per prima cosa doveva apprendere come comportarsi, come dare piacere e come ricevere, in cambio, del denaro.

Rimase delusa quando la bibliotecaria le spiegò che lì avevano solo alcuni trattati scientifici, visto che quella era un'istituzione pubblica. Maria lesse l'indice di uno di quei libri, ma lo restituì immediatamente: non parlava affatto di felicità, ma solo di erezione, penetrazione, impotenza, precauzioni – cose totalmente prive di attrattiva. Per un attimo, giunse persino a valutare seriamente la possibilità di prendere in prestito *Considerazioni psicologiche sulla frigidità della donna*, giacché, per quanto la riguardava, arrivava all'orgasmo solo con la masturbazione, anche se era molto piacevole essere posseduta e penetrata da un uomo.

Tuttavia, non era lì per il piacere, bensì per il lavoro. Ringraziò la bibliotecaria, uscì e andò in un negozio, dove fece il primo investimento per la carriera che si profilava all'orizzonte – qualche abito che giudicava sufficientemente sexy per risvegliare ogni tipo di desiderio. Poi si recò nella via che aveva rintracciato sulla piantina. Rue de Berne iniziava con una chiesa (una coincidenza: proprio vicino al ristorante giapponese dove aveva cenato il giorno precedente!), proseguiva con una serie di vetrine che esponevano orologi da poco prezzo, per arrivare, alla fine, ai locali notturni di cui aveva sentito parlare, a quell'ora del giorno ovviamente chiusi. Tornò sul lungolago e, senza il minimo imbarazzo, comprò cinque riviste pornografiche, per informarsi su ciò che eventualmente avrebbe dovuto fare. Attese la sera e si diresse di nuovo in Rue de Berne. Lì, scelse a caso un bar dal suggestivo nome brasiliano di "Copacabana".

Non aveva ancora deciso niente, si diceva. Era solo una prova. Tuttavia non si era mai sentita così bene, e così libera, in tutto il periodo che aveva trascorso in Svizzera.

"Cerchi lavoro?" le disse il proprietario, che stava lavando bicchieri dietro a un bancone, senza neppure dare un tono interlocutorio alla frase. Il locale era costituito da una serie di tavoli, un angolo adibito a pista da ballo e alcuni divani accostati alle pareti. "Niente di più semplice. Siccome rispettiamo la legge, per lavorare qui bisogna avere perlomeno un libretto di lavoro."

Maria glielo mostrò, e l'umore dell'uomo parve migliorare.

"Hai esperienza?"

Lei non sapeva che dire: se avesse risposto di sì, lui le avrebbe domandato dove aveva lavorato prima. Se avesse negato, magari l'avrebbe rifiutata.

"Sto scrivendo un libro."

L'idea le era nata dal nulla, come se in quel momento una voce inudibile fosse venuta in suo aiuto. Notò che l'uomo, pur sapendo che si trattava di una bugia, finse di crederci.

"Prima di prendere una decisione, parla con una delle ragazze. Abbiamo almeno sei brasiliane, e così potrai sapere tutto ciò che ti aspetta."

Maria avrebbe voluto rispondere che non aveva bisogno dei consigli di nessuno, e tanto meno doveva valutare una decisione, ma l'uomo si era spostato nell'altra parte del locale, lasciandola sola, senza offrirle neppure un bicchiere d'acqua.

Cominciarono a giungere le ragazze, il proprietario chiamò alcune brasiliane e chiese loro di parlare con la nuova arrivata. Nessuna sembrava disposta a farlo, e lei ne dedusse che temevano la concorrenza. Nel bar si diffuse la musica e si udirono le note di alcune canzoni carioca (in fondo, il locale si chiamava Copacabana). Poi entrarono alcune giovani dai tratti asiatici, altre che sembravano provenire dalle romantiche montagne innevate intorno a Ginevra. Infine, dopo quattro ore di attesa, tanta sete e qualche sigaretta, Maria ebbe l'impressione sempre più profonda che stesse facendo una scelta sbagliata. Dopo essersi ripetuta mentalmente innumerevoli volte la frase "Che sto facendo qui?", in preda a una certa irritazione per la totale mancanza di disponibilità sia del proprietario sia delle ragazze, le si avvicinò una delle brasiliane.

"Perché hai scelto questo posto?"

Maria poteva ripetere la bugia del libro, o comportarsi come per i curdi e Juan Miró: dire la verità.

"Per il nome. Non so da dove cominciare. E, per la verità, non so neppure se voglio cominciare."

La ragazza sembrò alquanto sorpresa di quella dichiarazione franca e diretta. Bevve un sorso di un liquido che sembrava whisky, ascoltò assorta una canzone brasiliana che risuonava nell'aria, fece qualche commento sulla nostalgia per il proprio paese e annunciò che, quella sera, ci sarebbe stato poco movimento, visto che avevano annullato un importante congresso internazionale che avrebbe dovuto svolgersi nelle vicinanze di Ginevra. Alla fine, constatando che Maria non se ne andava, soggiunse:

"È molto semplice, devi rispettare tre regole. La prima: non innamorarti di nessuno che incontri durante il lavoro e con cui fai l'amore. La seconda: non credere alle promesse e riscuoti sempre in anticipo. La terza: non usare droghe."

La ragazza fece una pausa.

"E comincia subito. Se oggi rientrerai a casa senza aver trovato un uomo, ripenserai alla tua scelta e non avrai più il coraggio di tornare."

Maria era andata lì solo per indagare, per avere informazioni sulle possibilità di un lavoro temporaneo, ma capì di trovarsi al cospetto di quel sentimento che ti spinge a prendere una decisione rapida: la disperazione!

"D'accordo. Comincio oggi."

Non confessò di aver già fatto quel lavoro il giorno precedente. La donna andò a parlare con il padrone, che chiamò Milan, e questi si avvicinò a Maria.

"Indossi biancheria raffinata?"

Prima di allora nessuno le aveva mai fatto una domanda del genere. Né i fidanzati, né l'arabo, né le amiche – e tanto meno un estraneo. Ma la vita andava così in quel posto: dritta allo scopo.

"Ho un paio di slip celesti." Poi, provocante, soggiunse: "E non porto il reggiseno."

Ottenne solo un rimprovero:

"Domani, mettiti mutandine e reggiseno neri, e calze autoreggenti. Fa parte del rituale togliere quanta più biancheria è possibile."

Senza perdere altro tempo, e ormai sicuro di trovarsi di fronte a una novellina, Milan le illustrò il resto: il Copacabana doveva risultare un luogo piacevole, non un bordello. Gli uomini entravano in quel locale convinti di trovare donne sole, senza accompagnatore. Se qualcuno si fosse avvicinato al suo tavolo, e non fosse stato fermato durante il tragitto (perché, oltre tutto, lì vigeva il concetto di "cliente esclusivo" di certe ragazze), sicuramente l'avrebbe invitata con queste parole:

"Vuoi bere qualcosa?"

Maria poteva rispondere "sì" o "no". Era libera di scegliersi la "compagnia", benché non fosse consigliabile dire di no più di una volta a sera. Se avesse replicato affermativamente, doveva ordinare un cocktail di frutta che, per inciso, era la bevanda più costosa della lista. Niente alcool, mai permettere che un cliente scegliesse per lei.

Poi doveva accettare un eventuale invito a ballare. La maggior parte dei frequentatori del locale era conosciuta e, a eccezione dei "clienti speciali", sui quali Milan non entrò nei particolari, nessuno costituiva un rischio. La polizia e il ministero della salute richiedevano mensilmente gli esami del sangue, per assicurarsi che le "lavoranti" non fossero portatrici di malattie sessualmente trasmissibili. L'uso del preservativo era obbligatorio, quantunque non ci fosse modo di controllare se questa norma venisse rispettata. Le ragazze non dovevano creare problemi – Milan era sposato, era un padre di famiglia, e ci teneva alla propria reputazione e al buon nome del locale.

L'uomo continuò nell'illustrazione del rituale: dopo aver ballato, i due tornavano al tavolo, e il cliente, come se stesse proponendo qualcosa di inatteso, invitava la ragazza ad accompagnarlo in albergo. La tariffa abituale era di trecentocinquanta franchi, di cui cinquanta sarebbero andati a Milan, a titolo di affitto del tavolo (un artificio giuridico per evitare complicazioni giudiziarie e accuse di sfruttamento della prostituzione).

Maria cercò di discutere:

"Ma io ho guadagnato mille franchi per..."

Il proprietario fece il gesto di allontanarsi, ma la ragazza brasiliana che assisteva alla conversazione intervenne:

"Sta scherzando!?"

Poi, voltandosi verso Maria, disse in un portoghese armonioso e vivace:

"Questo è il locale più costoso di Ginevra [sì, la città si chiamava 'Ginevra', e non 'Genebra']. Non ripeterlo mai più. Lui conosce perfettamente i prezzi del mercato, e sa che nessuno va a letto con una tipa pagando mille franchi, tranne – se si ha fortuna e competenza – alcuni 'clienti speciali'."

Lo sguardo di Milan, che Maria avrebbe scoperto in seguito essere uno iugoslavo che viveva in Svizzera da vent'anni, non lasciava adito a dubbi:

"La tariffa è trecentocinquanta franchi."

"Sì, la tariffa è questa," ripeté Maria, umiliata.

Prima le aveva domandato il colore della sua biancheria intima; poi aveva deciso il prezzo del suo corpo.

Ma lei non aveva tempo per riflettere, quell'uomo continuava a darle istruzioni: non doveva accettare inviti per recarsi in case private o alberghi che non fossero a cinque stelle. Se il cliente non sapeva dove portarla, lei sarebbe andata in un albergo situato a cinque isolati da lì, ma sempre in taxi, per evitare che le ragazze degli altri locali di Rue de Berne familiarizzassero con il suo viso. Maria non credette a quest'ultima cosa, pensando piuttosto che la vera ragione fosse la possibilità di ricevere un'offerta di lavoro a condizioni migliori, in qualche altro posto. Comunque serbò per sé quei pensieri: le era già bastata la discussione sul prezzo.

"Te lo ripeto ancora una volta: non bere mai quando sei in servizio, proprio come devono fare i poliziotti nei film. Ora ti lascio, fra poco comincerà il movimento."

"Ringrazia," disse in portoghese la brasiliana.

Maria ringraziò. L'uomo sorrise. Ma non aveva ancora terminato con l'elenco di raccomandazioni:

"Ho dimenticato una cosa: il tempo fra la prima ordinazione e il momento in cui esci con il cliente non deve superare, per nessun motivo, i quarantacinque minuti. E in Svizzera, dove ci sono orologi ovunque, persino gli iugoslavi e i brasiliani imparano a essere puntuali. Ricordati che, con la mia commissione, do da mangiare ai miei figli."

Se ne sarebbe ricordata.

Le offrì un bicchiere di acqua minerale gassata con una fetta di limone – che facilmente poteva essere scambiata per gin tonic – e la pregò di aspettare.

A poco a poco, il locale cominciò a riempirsi: gli uomini entravano, si guardavano intorno, si sedevano al tavolo da soli. Ma ecco che subito gli si avvicinava qualcuno del bar, come se quella fosse una festa dove tutti si conoscessero da tempo e ne approfittassero per svagarsi per qualche mezz'ora, dopo una lunga giornata di lavoro. Per quanto cominciasse già a sentirsi molto meglio, a ogni uomo che trovava compagnia, Maria tirava un sospiro di sollievo: forse perché era in Svizzera; forse perché, prima o poi, avrebbe incontrato l'avventura, il denaro o il marito che aveva sempre sognato. O forse perché – adesso se ne rendeva conto – era la prima volta dopo tante settimane che usciva di sera e si trovava in un posto dove c'era della musica e dove, di tanto in tanto, poteva udire una conversazione in portoghese. Si divertiva guardando le ragazze tutt'intorno, che ridevano, bevevano cocktail di frutta e chiacchieravano allegramente.

Nessuna di loro era andata a salutarla o a farle gli auguri per il nuovo lavoro, ma questo era normale: in fin dei conti, lei era una concorrente, un'avversaria che gareggiava per lo stesso trofeo. Invece di sentirsi depressa, Maria ne fu orgogliosa – stava lottando, combattendo, non era un essere inerme. Se lo avesse voluto, avrebbe potuto aprire la porta e andarsene per sempre; tuttavia non avrebbe mai dimenticato che aveva avuto il coraggio di arrivare fin lì, di trattare e discutere di cose alle quali, in nessun momento della sua vita, non aveva mai nemmeno osato pensare. Si ripeteva in continuazione che non era una vittima del destino: stava correndo i suoi rischi, oltrepassando i suoi limiti, vivendo episodi che un giorno, nel silenzio del cuore, nei momenti di noia della vecchiaia, avrebbe potuto ricordare con una certa nostalgia – per quanto assurdo ciò potesse sembrare.

Era sicura che nessuno le si sarebbe avvicinato. E l'indomani tutta quella scena avrebbe avuto soltanto la parvenza di un sogno delirante, che le sarebbe stato impossibile ripetere – perché si era appena resa conto che un compenso di mille franchi per una serata può capitare solo una volta nella vita. Sarebbe stato più prudente comprare un biglietto per tornare in Brasile. Per far trascorrere il tempo più veloce, si mise a calcolare mentalmente quanto potesse guadagnare ognuna di quelle ragazze: con tre clienti a sera, avrebbe racimolato la somma necessaria per un biglietto aereo in quattro ore di lavoro. In un giorno, si sarebbe intascata due mensilità del suo stipendio nel negozio di tessuti.

Tutto qui? Be', lei aveva guadagnato mille franchi in una serata, ma forse era stata soltanto la fortuna dei principianti. In ogni modo, le entrate di una prostituta erano molto alte, ben maggiori di quanto avrebbe potuto intascare dando lezioni di francese al suo paese. E tutto ciò con il solo sforzo di starsene seduta in un bar per qualche ora, ballare, aprire le gambe, e basta. Non c'era neppure bisogno di intavolare una conversazione.

Sì, i soldi potevano essere un buon motivo, continuò a pensare. Ma erano tutto? Oppure quelle persone che si trovavano lì, clienti e donne, in qualche modo riuscivano a divertirsi? Forse che il mondo era alquanto diverso da come glielo avevano raccontato a scuola? Se avesse usato il preservativo, non ci sarebbe stato alcun rischio. E non avrebbe corso neppure quello di essere riconosciuta da qualcuno del suo paese. Nessuno dei suoi conterranei veniva a Ginevra, tranne – come un giorno le avevano spiegato a scuola – coloro che intrattenevano rapporti con le banche. La maggior parte dei brasiliani preferisce frequentare i negozi, in particolare quelli di Miami o di Parigi.

Dunque, trecento franchi al giorno, per cinque giorni alla settimana. Una fortuna! Ma perché quelle ragazze frequentavano ancora il locale, visto che in un mese guadagnavano abbastanza denaro per rimpatriare e acquistare una casa per i genitori? Forse lavoravano da troppo poco tempo? O magari – e qui Maria ebbe paura della sua stessa domanda – ... magari in quella professione avevano scoperto qualcosa di bello?

Avvertì il desiderio di bere: il giorno precedente, lo champagne le aveva fornito un indiscutibile aiuto.

"Accetta un drink?"

Davanti a lei, c'era un uomo sulla trentina, che indossava la divisa di una compagnia aerea.

Il mondo cominciò a girare al rallentatore, e Maria ebbe la sensazione di uscire dal proprio corpo e di osservarsi dall'esterno. Morendo di vergogna, ma lottando per controllare il rossore delle guance, annuì, sorrise e capì che da quel momento la sua vita era cambiata per sempre.

Cocktail di frutta, conversazione... "Come mai si trova qui? Fa freddo, non è vero? Questa musica mi piace, ma io preferisco gli Abba... Gli svizzeri sono gente riservata, tu vieni dal Brasile? Parlami del tuo paese. C'è il carnevale. Sai, le brasiliane sono molto belle!"

Adesso deve sorridere e accettare il complimento, e forse assumere un'aria vagamente timida. Deve ballare di nuovo, ma prestando attenzione allo sguardo di Milan, che ogni tanto si sfiora il capo e indica l'orologio al polso. Il profumo dell'uomo. Maria comprende all'istante che deve abituarsi agli odori. Almeno questo è un profumo. Ballano tenendosi stretti. Un altro cocktail di frutta; il tempo passa velocemente: non aveva detto che erano quarantacinque minuti? Guarda l'orologio, l'uomo le domanda se sta aspettando qualcuno; lei risponde che tra un'ora arriveranno alcuni amici. Lui la invita a uscire. Albergo, trecentocinquanta franchi, la doccia dopo il sesso (stupito, l'uomo disse che non gli era mai capitata prima una simile avventura). Non è Maria, è un'altra persona quella che abita il suo corpo: non sente niente, si limita a compiere meccanicamente una sorta di rituale. È un'attrice. Milan le aveva insegnato tutto, ma non come prendere congedo dal cliente. Lei ringrazia; anche il compagno non ha più voglia, ha sonno.

Di nuovo, Maria lotta: vorrebbe tornare difilato a casa, ma deve passare dal locale per consegnare i cinquanta franchi. E poi, un altro uomo, un altro cocktail, le domande sul Brasile, l'albergo, ancora la doccia (questa volta senza commenti). Il ritorno al bar. Il proprietario intasca la commissione, dice che può andarsene: c'è poco movimento quella sera. Lei non prende un taxi, percorre Rue de Berne a piedi, guardando gli altri locali, le vetrine con gli orologi, la chiesa all'angolo (chiusa, sempre chiusa...). Nessuno ricambia il suo sguardo, come sempre.

Cammina nel gelo. Non sente più freddo, non piange, non pensa al denaro che ha guadagnato: è in una sorta di trance. Alcune persone sono nate per affrontare l'esistenza da sole, ma questo non è né un bene né un male: è la vita. Maria è una di esse.

La ragazza si sforza di riflettere su quanto è accaduto: ha cominciato oggi, eppure si considera già una professionista. Sembra che l'inizio risalga a tanto tempo fa, che abbia fatto quel lavoro per tutta la vita. Prova uno strano amore per se stessa, è contenta di non essere fuggita. Ora deve decidere se continuare. Se proseguirà, sarà la migliore – come non lo è mai stata, in nessun momento e in nessuna attività della sua esistenza.

Adesso la vita le sta insegnando, e rapidamente, che solo i forti sopravvivono. Per essere forte, lei deve essere la migliore: non c'è alternativa.

Dal diario di Maria, una settimana dopo:

Io non sono un corpo con un'anima, sono un'anima con una parte visibile chiamata "corpo". Negli ultimi giorni, al contrario di quanto potevo immaginare, quest'anima è stata molto più presente. Non mi diceva nulla, non mi criticava, non provava pena per me: si limitava a osservarmi.

Oggi mi sono resa conto del motivo per cui ciò accadeva: da molto tempo, non penso a qualcosa che si chiama "amore". Sembra che l'amore mi stia rifuggendo, come se non contasse più per me, e non si sentisse il benvenuto. Ma, se non penserò all'amore, non sarò niente.

Quando sono tornata al Copacabana, il secondo giorno, tutte mi guardavano già con più rispetto – a quanto ho capito, molte ragazze lavorano per una sera e poi non ce la fanno a continuare. Chi va avanti, diventa una sorta di alleata, di compagna – perché può capire le difficoltà e le motivazioni o, per meglio dire, la mancanza di motivazioni per cui si è scelta questa vita.

Tutte sognano che arrivi un tizio e scopra in loro la vera donna, la compagna sensuale, l'amica. Ma tutte sanno, fin dal primo minuto di un nuovo incontro, che non accadrà nulla di tutto ciò.

Sento il bisogno di scrivere sull'amore. Sento il bisogno di pensare, pensare, scrivere e scrivere sull'amore – altrimenti la mia anima non resisterà.

Pur pensando che l'amore era davvero importante, Maria non dimenticò il consiglio ricevuto la prima sera e cercò di vivere il sentimento soltanto nelle pagine del suo diario. Del resto, cercava disperatamente un mezzo per diventare la migliore, guadagnare tanti soldi in poco tempo, non pensare molto e trovare una motivazione per le sue scelte. Era questa la parte più difficile: quale poteva essere la vera ragione?

Faceva quel lavoro perché ne aveva bisogno. Non era proprio così – in effetti, tutti hanno bisogno di guadagnare, ma non sempre scelgono di vivere ai margini della società. Lo faceva perché voleva vivere un'esperienza nuova. Davvero? Quella città offriva innumerevoli attrattive, per lei nuove – per esempio, sciare o andare in barca sul lago –, ma Maria non ne era minimamente incuriosita. Lo faceva perché ormai non aveva più niente da perdere, la sua vita era una frustrazione quotidiana e costante.

No, nessuna di quelle risposte era vera: meglio dimenticare e continuare semplicemente a vivere ciò che incontrava lungo il suo cammino. Aveva molte cose in comune con le altre prostitute, e con le donne che aveva conosciuto nella vita: sposarsi e avere un'esistenza tranquilla era il sogno più grande. Quelle che non la pensavano così, o avevano già un marito (quasi un terzo delle sue compagne erano sposate), oppure avevano appena vissuto l'esperienza di un divorzio. Perciò, per capire se stessa,

Maria tentò con grande determinazione di comprendere il motivo che aveva spinto le sue compagne a scegliere quella professione.

Non scoprì cose eccitanti, tuttavia fece un elenco delle risposte ricevute:

a) Dovevano aiutare il marito per il bene della famiglia (e le gelosie? E se si fosse presentato un amico del marito? Non ebbe il coraggio di andare oltre con le domande);

b) Volevano comprare una casa per la madre (la sua stessa scusa, all'apparenza nobile, ma anche la più comune);

c) Dovevano raggranellare i soldi per il biglietto di ritorno in patria (le colombiane, le thailandesi, le peruviane e le brasiliane adoravano questo motivo, benché avessero già guadagnato più volte la somma necessaria e l'avessero spesa, per paura di realizzare il loro sogno);

d) Lo facevano per piacere (si adattava ben poco all'ambiente, suonava falso);

e) Non erano riuscite a trovare un'altra attività (nemmeno questa era una buona ragione, visto che la Svizzera offriva numerosi posti di lavoro come domestica, autista, cuoca).

Alla fine, non scoprì nessun motivo particolarmente valido e rinunciò a tentare di spiegare l'universo che la circondava.

Maria si rese conto che aveva ragione Milan, il proprietario del locale: infatti, non le avevano mai più offerto mille franchi per passare qualche ora con lei. Comunque, nessuno reclamava quando ne chiedeva trecentocinquanta, come se già sapessero che quella era la tariffa e le domandassero il prezzo solo per umiliarla, o per non avere spiacevoli sorprese.

Un giorno, una delle ragazze le disse:

"La prostituzione è un'attività diversa dalle altre: chi è all'inizio guadagna di più, chi ha esperienza incassa di meno. Fingi sempre di essere una principiante."

Maria non sapeva ancora chi fossero i "clienti speciali": era un argomento appena accennato la prima sera che, per adesso, non riguardava nessuno. Giorno dopo giorno, apprese alcuni dei trucchi della professione: non fare domande sulla vita privata, sorridere e parlare il meno possibile, non prendere mai appuntamenti fuori dal locale. Il consiglio più importante glielo diede una filippina di nome Nyah:

"Nel momento del suo orgasmo devi gemere. Questo fa sì che il cliente ti rimanga fedele."

"Ma perché? Loro pagano per soddisfare se stessi."

"Ti sbagli. Un uomo non si considera un maschio quando ha un'erezione, ma nel momento in cui sa di dare piacere a una donna. Se sarà in grado di dare piacere a una prostituta, allora si reputerà il migliore di tutti."

Trascorsero così sei mesi. Maria apprese tutte le informazioni di cui aveva bisogno – per esempio, come funzionava il Copacabana. Essendo uno dei locali più costosi di Rue de Berne, la clientela era composta principalmente da dirigenti, che potevano rincasare tardi con la scusa che "erano a cena fuori con alcuni clienti" – il limite per queste "cene", comunque, non doveva superare le ventitré. La maggior parte delle prostitute aveva tra i diciotto e i ventidue anni, e in media lavoravano nel locale per un paio d'anni, prima di essere sostituite da altre ragazze, arrivate di recente. Fuori di lì, passavano al Neon, poi allo Xenium e, a mano a mano che aumentava l'età, si abbassava la tariffa e diminuivano le ore di lavoro. Quasi tutte finivano al Tropical Extasy, un locale che accettava donne sopra i trent'anni. Arrivate lì, però, non potevano far altro che mantenersi racimolando quanto bastava per i pasti e l'affitto con un paio di studenti al giorno (prezzo medio per prestazione: il denaro sufficiente per comprare una bottiglia di vino scadente).

Maria andò a letto con tanti uomini. Non si curava mai dell'età o degli abiti che indossavano, ma il suo "sì" o il suo "no" dipendeva dall'odore che esalavano. Non aveva niente contro il tanfo delle sigarette, ma detestava i profumi dozzinali, gli uomini che non si facevano il bagno e quelli che avevano gli abiti impregnati del puzzo di alcool. Il Copacabana era un locale tranquillo, e la Svizzera poteva dirsi il miglior paese del mondo dove lavorare come prostituta – purché si avessero il permesso di soggiorno, il libretto di lavoro, tutti i documenti a posto e si pagassero regolarmente le quote della previdenza sociale. Milan ripeteva in continuazione che non voleva che i figli lo vedessero sulle pagine di qualche giornale scandalistico, e così quando si trattava di verificare la posizione delle sue "lavoranti", sapeva essere più inflessibile di un poliziotto.

Insomma, superato l'ostacolo della prima o della seconda sera, quella era una professione come un'altra, dove si lavorava sodo, si lottava contro la concorrenza, ci si sforzava di mantenere un buon livello qualitativo, si rispettavano orari, ci si stressava, si reclamava una certa indipendenza e si riposava la domenica. Molte prostitute erano credenti, e praticavano i vari culti: assistevano alle messe, dicevano le preghiere, si recavano agli incontri con Dio.

Perché la sua anima non fosse perduta, Maria si cimentava con le pagine del suo diario. Con sorpresa, scoprì che su cinque clienti uno si intratteneva con lei non per fare l'amore, ma per parlare. Queste persone pagavano la tariffa, l'albergo e, al momento di spogliarsi, dicevano che non era necessario. Volevano parlare delle pressioni del lavoro, della moglie che li tradiva, del fatto che si sentivano soli e non avevano nessuno con cui confidarsi (una situazione che lei conosceva piuttosto bene).

All'inizio, trovò la cosa molto strana. Finché un giorno, mentre stava recandosi in albergo con un importante uomo francese, incaricato di reclutare talenti per alti incarichi dirigenziali (lui glielo spiegava come se fosse l'argomento più interessante del mondo), udì il cliente fare questo commento:

"Sai chi è la persona più sola del mondo? È il manager che ha fatto una brillante carriera, guadagna uno stipendio altissimo, ottiene la fiducia dei superiori e dei subordinati, ha una famiglia con cui passare le vacanze, dei figli che aiuta nei compiti, e che un bel giorno si ritrova davanti uno come me, con una proposta: 'Vuoi cambiare lavoro, guadagnando il doppio?' Quell'uomo, che ha tutto per sentirsi desiderato e felice, diventa l'essere più miserabile del pianeta. Per quale motivo? Perché non ha nessuno con cui parlare. È tentato di accettare la proposta, ma non può discuterla con i colleghi di lavoro, giacché farebbero di tutto per convincerlo a restare lì. Non può parlarne con la moglie che, negli anni, lo ha scortato nella sua carriera trionfale e vuole la sicurezza: no, non intende proprio correre rischi. Dunque non può confrontarsi con nessuno, e si trova davanti alla più grande decisione della vita. Riesci a immaginare cosa prova quest'uomo?"

No, quello non era l'essere più solitario del mondo, visto che Maria conosceva bene la persona più sola sulla faccia della terra: lei. Comunque, concordò con il cliente, nella speranza di una mancia generosa – che, in effetti, ebbe. Però, grazie a quel commento, si rese conto che doveva trovare un mezzo per liberare i clienti dell'enorme fardello che sembrava si portassero addosso. Ciò avrebbe significato un miglioramento nella qualità dei suoi servizi, e la possibilità di un guadagno supplementare.

Quando comprese che allentare la tensione dell'anima era altrettanto – o forse più – lucroso che dissipare i fastidi del corpo, riprese a frequentare la biblioteca. Cominciò a prendere in prestito libri che parlavano di problemi coniugali, psicologia, politica. E la bibliotecaria ne fu affascinata, perché quella giovane per la quale provava tanto affetto aveva smesso di pensare continuamente al sesso e si concentrava su questioni più importanti. Maria iniziò a leggere regolarmente i giornali, soffermandosi, per quanto le era possibile, sulle pagine di economia – la maggior parte dei suoi clienti erano dirigenti. Prese anche alcuni libri di *self-help*, visto che moltissimi compagni occasionali le chiedevano consigli. Lesse vari trattati sull'emotività umana, dal momento che, per una ragione o per l'altra, tutti soffrivano. Maria era una prostituta rispettabile, diversa, e dopo sei mesi di professione aveva una vasta clientela selezionata e fedele, che suscitava l'invidia e la gelosia – ma anche l'ammirazione – delle colleghe.

Quanto al sesso, fino a quel momento non aveva aggiunto nulla alla sua vita: significava aprire le gambe, pretendere che si mettessero il preservativo, gemere per aumentare le probabilità di una mancia (grazie alla filippina Nyah, aveva scoperto che i gemiti potevano rendere cinquanta franchi oltre alla cifra pattuita) e farsi una doccia subito dopo il rapporto, cosicché l'acqua le pulisse l'anima. Nessuna variazione. Nessun bacio – per una prostituta, il bacio era più sacro di qualsiasi altra cosa. Nyah le aveva insegnato che doveva serbare i baci per l'amore della sua vita, proprio come nella fiaba della Bella Addormentata: un bacio l'avrebbe risvegliata dal sonno, riportandola nel mondo delle fate, un mondo in cui la Svizzera si trasformava di nuovo nel paese del cioccolato, delle mucche e degli orologi.

Ovviamente niente orgasmi, piacere o cose eccitanti. Nel corso della sua ricerca per diventare la migliore, Maria aveva assistito alla proiezione di alcuni film pornografici, sperando di apprendere qualcosa da poter adottare nel lavoro. Si era trovata a guardare molte cose interessanti, ma non aveva mai avuto il coraggio di praticarle con i clienti – richiedevano tempo, e Milan preferiva che le ragazze si occupassero di tre clienti a sera.

Alla fine dei sei mesi, Maria aveva depositato in banca sessantamila franchi; adesso frequentava i ristoranti più costosi, aveva un televisore nuovo (che non guardava mai, ma che era orgogliosa di possedere) e stava valutando seriamente l'eventualità di trasferirsi in un appartamento migliore. Ormai avrebbe potuto comprarsi anche i libri, ma preferiva frequentare la biblioteca: il suo ponte con il mondo reale, più solido e più duraturo. Amava i minuti di conversazione con la bibliotecaria, che era felice perché finalmente quella ragazza aveva trovato un amore, e forse un impiego, anche se non le domandava nulla, giacché gli svizzeri sono riservati e discreti (una vera menzogna, visto che al Copacabana – e a letto – erano disinibiti, allegri o complessati come qualsiasi altro popolo del mondo).

Dal diario di Maria, un tiepido pomeriggio domenicale:

Tutti gli uomini – bassi o alti, arroganti o timidi, affabili o distaccati – posseggono una caratteristica comune: arrivano nel locale carichi di paura. I più esperti nascondono il terrore parlando a voce alta; gli insicuri non riescono a mascherarlo e attaccano a bere sperando che la spiacevole sensazione scompaia. Ma non ho dubbi sul fatto che, tranne qualche rarissima eccezione – i "clienti speciali", quelli che Milan non mi ha ancora presentato –, tutti hanno paura.

Ma paura di che cosa? In realtà, sono io che dovrei tremare. Sono io che esco, vado in luoghi strani, non posseggo una grande forza fisica, non porto armi. Gli uomini sono molto strani: e non parlo solo dei clienti che vengono al Copacabana, ma di tutti quelli che ho conosciuto fino a oggi. Possono picchiare, possono gridare, possono minacciare, ma hanno una paura folle della donna. Forse non di quella con cui sono sposati; comunque ce n'è sempre una che li spaventa e li sottomette totalmente ai suoi capricci. Non foss'altro che la loro madre.

Gli uomini che aveva conosciuto dal suo arrivo a Ginevra facevano di tutto per sembrare sicuri di sé, come se tenessero in pugno il mondo e la propria vita. Negli occhi di ciascuno di loro Maria, però, vedeva il terrore della moglie, il panico di non raggiungere l'erezione, di non essere sufficientemente maschi neanche di fronte a una semplice prostituta che pagavano. Se fossero entrati in un negozio e non gli fosse piaciuto il paio di scarpe acquistato, avrebbero avuto il coraggio di tornare con lo scontrino e pretendere il rimborso. Se invece non avessero raggiunto l'erezione, benché stessero pagando per quel tipo di compagnia, non sarebbero mai più tornati nel locale, pensando che la storia avrebbe circolato fra tutte le altre ragazze – una vergogna.

'Io dovrei vergognarmi di non riuscire a eccitare un uomo. Ma, in realtà, sono loro a provare vergogna.'

Per evitargli l'imbarazzo, Maria cercava sempre di metterli a loro agio, e quando qualcuno le sembrava particolarmente brillo o fragile, evitava il sesso e si concentrava soltanto su carezze e masturbazione – la qual cosa li rendeva ben felici, per quanto assurda fosse la situazione, visto che avrebbero potuto sbrigarsela da soli.

Bisognava sempre evitare che provassero vergogna. Quegli uomini, così potenti e arroganti nel lavoro, dove continuamente si confrontavano con impiegati, clienti e fornitori, dove lottavano con preconcetti, segreti, atteggiamenti falsi, ipocrisie, paure e oppressione, concludevano la giornata in un locale di quel genere e non gli importava niente di pagare trecentocinquanta franchi per non essere più se stessi almeno per una sera.

'Una sera? Be', Maria, stai esagerando. In realtà, sono quarantacinque minuti; anzi, se togliamo il tempo per spogliarsi, per qualche fugace gesto di falsa tenerezza, alcune frasi ovvie e il rivestirsi, tutto si riduce a undici minuti di sesso.'

Undici minuti. Dunque, il mondo girava intorno a qualcosa che si prolungava appena per undici minuti. E a causa di questi undici minuti in una giornata di ventiquattro ore (supponendo che tutti facessero l'amore con la moglie ogni giorno, il che era una vera assurdità e una lampante menzogna), si sposavano, mantenevano una famiglia, sopportavano il pianto dei bambini, si profondevano in spiegazioni quando tardavano a rincasare, guardavano decine, centinaia di altre donne con le quali avrebbero voluto passeggiare sulle rive del lago, si compravano abiti costosi (per le compagne ne acquistavano di ancora più cari), pagavano le prostitute per compensare le loro carenze, alimentavano una gigantesca industria di cosmetici, diete, ginnastica, pornografia, potere. E quando si incontravano con altri uomini, al contrario di quanto comunemente si creda, non parlavano mai di donne, ma soltanto di lavoro, soldi e sport.

C'era qualcosa di sbagliato nella civiltà. E non era né la deforestazione dell'Amazzonia, né il buco nell'ozono, né l'estinzione dei panda, né il tabacco, né gli alimenti cancerogeni, né la situazione delle carceri, come sbandieravano i giornali.

Era proprio l'oggetto della sua professione: il sesso.

Maria, però, non faceva quel lavoro per salvare l'umanità, bensì per aumentare il suo conto in banca, per sopravvivere altri sei mesi alla solitudine e alla scelta che aveva fatto, per mandare regolarmente il contributo mensile alla madre (che era stata felice nell'apprendere che il mancato arrivo del denaro era dovuto solo alle poste svizzere, che non funzionavano particolarmente bene, proprio come quelle brasiliane) e per comprare tutto quello che aveva sempre sognato e mai posseduto. Si trasferì in un appartamento più comodo, con il riscaldamento centralizzato (peccato che fosse giunta l'estate); dalla sua finestra poteva vedere una chiesa, un ristorante cinese, un supermercato e un bar davvero carino, che soleva frequentare per leggere qualche giornale.

Del resto, come si era ripromessa, doveva resistere solo per altri sei mesi in quella routine: il Copacabana, accettare un drink, ballare, rispondere a domande del tipo "Che mi racconta del Brasile?", andare in albergo, riscuotere in anticipo, parlare e saper toccare nei punti giusti – sia del corpo che dell'anima, soprattutto dell'anima –, consigliare riguardo a problemi personali, essere un'amica per una mezz'ora, di cui avrebbe utilizzato undici minuti per aprire e chiudere le gambe e gemere fingendo di provare piacere. "Grazie, spero di rivederti fra una settimana. Sei un uomo vero. Mi racconterai il resto della storia la prossima volta. È una mancia favolosa. In fondo non dovevi, mi ha fatto molto piacere stare con te."

E, soprattutto, non innamorarsi mai: questo era il più importante, il più sensato dei consigli che le aveva dato la brasiliana – prima di scomparire, probabilmente perché si era innamorata. Dopo due mesi di lavoro, Maria aveva già ricevuto varie proposte di matrimonio, di cui almeno tre piuttosto serie: dal titolare di uno studio contabile, dal pilota con cui era stata la prima sera e dal padrone di un negozio specializzato in coltelli e armi bianche. Tutti e tre le avevano promesso "di toglierla da quella vita" e di darle una casa decente, un avvenire e, forse, dei figli e dei nipoti.

Tutto per undici minuti al giorno soltanto? Non era possibile. Ora, dopo l'esperienza al Copacabana, Maria sapeva di non essere l'unica persona a sentirsi sola. L'essere umano può sopportare una settimana di sete, quattordici giorni di fame, alcuni anni senza un tetto, ma non riesce a tollerare la solitudine. È la peggiore delle torture e delle sofferenze. Quegli uomini, e tutti gli altri che ricercavano la sua compagnia, soffrivano come lei per questo sentimento devastante: l'impressione che nessuno sulla faccia della terra si preoccupasse per loro.

Per evitare le tentazioni dell'amore, Maria affidava il proprio cuore soltanto al diario. Entrava al Copacabana solo con il corpo e con la mente, sempre più ricettiva e lucida. Alla fine, si era convinta di aver raggiunto Ginevra ed essere finita in Rue de Berne per una qualche ragione superiore; ogni volta che prendeva un libro in biblioteca, ne aveva la conferma: nessuno aveva saputo scrivere sugli undici minuti più importanti della giornata. Forse era quello il suo destino: scrivere un libro, raccontare la propria storia, la propria avventura.

Proprio così: "avventura". Benché fosse una parola proibita, che nessuno osava pronunciare, che perlopiù si preferiva vivere attraverso la televisione, nei moltissimi film che venivano proiettati nelle diverse ore del giorno, era quello che cercava. In essa confluivano deserti, viaggi in luoghi sconosciuti, uomini misteriosi che intavolavano conversazioni a bordo di una barca in navigazione su un fiume, aerei, studi cinematografici, tribù di indios, ghiacciai, Africa.

Le piacque l'idea del libro e trovò perfino il titolo: *Undici minuti.*

Maria cominciò a classificare i clienti secondo tre diverse tipologie: i "Terminator" (in omaggio a un film che le era piaciuto molto), che entravano già con l'odore dell'alcool addosso, fingendo di non guardare nessuno, convinti che tutti stessero osservando loro, e che dopo un ballo parlavano direttamente di albergo. I "Pretty Woman" (sempre per via di un'opera cinematografica), che cercavano di essere raffinati, gentili, affettuosi, quasi che il mondo dipendesse da quel genere di bontà per girare sul proprio asse, e davano l'impressione che fossero capitati lì per caso. Erano tipi dolci all'inizio, e talmente insicuri quando arrivavano in albergo che finivano per essere più esigenti dei "Terminator". Infine c'erano i "Padrini" (anche questa definizione proveniva da un film), che trattavano il corpo di una donna come se fosse una merce. Erano quelli più autentici: ballavano, chiacchieravano, non elargivano mance, sapevano il valore di quello che stavano comprando e non si sarebbero mai lasciati coinvolgere dalle chiacchiere di una donna scelta da loro. Erano gli unici che, in maniera molto sottile, conoscevano il significato della parola "avventura".

Dal diario di Maria, un giorno in cui aveva le mestruazioni e non poteva lavorare:

Se oggi dovessi raccontare la mia vita a qualcuno, potrei farlo in maniera tale che mi giudicherebbe una donna indipendente, coraggiosa e felice. Nient'affatto. A me è proibito menzionare l'unica parola che è più importante degli undici minuti: "amore".

Per tutta la vita, ho concepito l'amore come una sorta di schiavitù accettata. È una menzogna: la libertà esiste solo quando è presente l'amore. Chi si abbandona totalmente, chi si sente libero, ama al grado estremo.

E chi ama al grado estremo, si sente libero.

Perciò, nonostante adesso io viva e faccia e scopra tantissime cose, nulla ha senso. Spero che questo periodo passi velocemente, affinché io possa tornare a cercare me stessa, incontrando un uomo che mi capisca, che non mi faccia soffrire.

Ma che stupidaggini sto scrivendo? Nell'amore, non si può ferire nessuno. Ognuno di noi è responsabile di quello che prova, e non può incolparne l'altro.

Io mi sono sentita ferita quando ho perduto gli uomini dei quali mi ero innamorata. Oggi sono convinta che non si perde nessuno, visto che non si possiede nessuno.

Questa è l'autentica esperienza della libertà: avere la cosa più importante del mondo, senza possederla.

Trascorsero altri tre mesi, giunsero in anticipo i colori dell'autunno e, finalmente, arrivò anche la data segnata sul calendario: novanta giorni al viaggio di ritorno. Maria pensò che tutto era passato sia rapidamente che lentamente: scoprì che il tempo procedeva attraverso due dimensioni differenti, a seconda del suo stato d'animo, ma in entrambi i casi la sua avventura era prossima alla fine. Avrebbe potuto continuare, è chiaro, ma non riusciva a dimenticare il sorriso triste della donna invisibile che l'aveva accompagnata nella sua passeggiata sul lungolago, avvertendola che le cose non erano molto semplici. Per quanto la ragazza fosse tentata di proseguire, per quanto fosse ormai più preparata alle sfide che ostacolavano il suo cammino, i mesi vissuti in solitudine le avevano insegnato che esiste un momento giusto per dire basta. Fra novanta giorni sarebbe tornata in Brasile, avrebbe acquistato una piccola azienda agricola (in definitiva, aveva guadagnato più di quanto avesse sperato) e alcune mucche (brasiliane, non svizzere), avrebbe chiesto al padre e alla madre di andare a vivere con lei, si sarebbe premurata di assumere un paio di lavoranti e avrebbe iniziato l'attività.

Per quanto pensasse che l'amore è la vera esperienza della libertà, e che nessuno può possedere un altro essere, nutriva ancora quei segreti desideri di vendetta nei quali era contemplato un trionfale ritorno in Brasile. Dopo avere avviato l'azienda, sarebbe andata in città, per entrare nella banca dove ora lavorava il ragazzo che aveva scelto la sua migliore amica e depositare una grossa somma di denaro.

"Salve, come stai? Non mi riconosci?" avrebbe domandato lui. Maria avrebbe finto un grande sforzo di memoria e, alla fine, avrebbe risposto di no: aveva passato un anno intero in "Eu-ro-pa" (l'avrebbe pronunciato molto lentamente, perché udissero anche i suoi colleghi). O meglio, in "Sviz-ze-ra" (sarebbe stato qualcosa di più raffinato e più avventuroso della Francia), dove ci sono le migliori banche del mondo.

Chi era? Il giovane avrebbe citato i tempi della scuola. Lei avrebbe detto: "Ah... mi pare di ricordare", ma con l'espressione di chi, in effetti, non rammenta. Bene, la vendetta era consumata, ora bisognava mettersi al lavoro. E quando gli affari avessero cominciato a girare come prevedeva, Maria avrebbe potuto dedicarsi a ciò che riteneva più importante nella vita: scoprire il vero amore, l'uomo che l'aveva attesa per tutti quegli anni, ma che lei non aveva ancora avuto l'opportunità di incontrare.

La ragazza decise di abbandonare per sempre l'idea di scrivere un libro intitolato *Undici minuti.* Ora doveva concentrarsi sull'azienda agricola, sui progetti per il futuro, o avrebbe finito per rimandare il viaggio: un rischio fatale.

Quel pomeriggio, Maria uscì per incontrare la sua migliore – e unica – amica: la bibliotecaria. Chiese un libro sull'allevamento del bestiame e la gestione di un'azienda agricola. L'addetta della biblioteca le confessò:

"Sa, alcuni mesi fa, quando è venuta a chiedere dei titoli sul sesso, ho persino temuto per il suo destino. Sa, tante belle ragazze si lasciano trascinare dall'illusione del denaro facile e si dimenticano che, un giorno, saranno vecchie e non avranno più l'occasione di incontrare l'uomo della loro vita."

"Sta parlando di prostituzione?"

"È una parola molto forte."

"Come le ho già detto, lavoro in una ditta di import-export di carne. Ma se avessi scelto di prostituirmi, le conseguenze sarebbero state davvero tanto gravi, qualora non mi fossi fermata al momento giusto? In fin dei conti, essere giovani significa commettere degli errori."

"È quello che dicono anche i drogati. Basta sapersi fermare. Ma nessuno lo fa."

"Dev'essere stata una donna molto bella, lei, una donna nata in un paese che rispetta i suoi abitanti. Le è bastato per essere felice?"

"Sono orgogliosa del modo in cui ho superato gli ostacoli sul mio cammino."

Avrebbe dovuto proseguire con la storia? Forse, quella giovane aveva bisogno di imparare qualcosa dell'esistenza.

"Ho avuto un'infanzia felice; ho studiato in una delle migliori scuole di Berna. Poi sono venuta a lavorare a Ginevra, dove ho incontrato e sposato l'uomo della mia vita. Ho fatto tutto per lui, come lui ha fatto ogni cosa per me; poi il tempo è passato ed è arrivato alla pensione. Quando finalmente è stato libero di impiegare le proprie ore come desiderava, sui suoi occhi è sceso un velo di tristezza, perché forse, per tutta la vita, non aveva mai pensato a se stesso. Non abbiamo mai litigato seriamente, non abbiamo vissuto grandi emozioni; lui non mi ha mai tradito o mancato di rispetto in pubblico. Abbiamo vissuto una vita normale, ma talmente normale che, senza il lavoro, mio marito si è sentito inutile, privo di importanza, ed è morto un anno dopo, di cancro."

Stava dicendo la verità, ma tutto ciò poteva influire in maniera negativa sulla giovane che aveva davanti.

"Comunque sia, è meglio una vita senza sorprese," concluse. "Forse mio marito sarebbe morto prima, se non fosse andata così."

Maria se ne andò, ben determinata a condurre la propria ricerca su come gestire un'azienda agricola. Poiché aveva il pomeriggio libero, decise di fare una passeggiata e quando raggiunse la parte alta della città, notò una piccola insegna gialla con un sole e un'iscrizione: "Cammino di Santiago." Che cos'era? Sull'altro lato della strada c'era un bar e, siccome aveva ormai imparato a domandare ciò che non sapeva, vi entrò per informarsi.

"Non ne ho idea," rispose la giovane dietro al bancone.

Era un locale elegante, dove il caffè costava il triplo del prezzo normale. Ma visto che ormai era dentro e aveva denaro, Maria ordinò un caffè e decise di dedicare le ore seguenti ad apprendere ogni particolare sulla gestione di un'impresa rurale. Aprì un libro con entusiasmo, ma non riuscì a concentrarsi nella lettura – era noiosissimo. Sarebbe stato ben più interessante parlarne con uno dei suoi clienti – quegli uomini conoscevano sempre il modo migliore di amministrare il denaro. Pagò la consumazione, si alzò, ringraziò la giovane che l'aveva servita e le lasciò una buona mancia (al riguardo, si era creata una sorta di superstizione: se avesse dato molto, avrebbe ricevuto nella stessa misura). Poi si diresse verso la porta e, senza rendersi conto dell'importanza del momento, udì la frase che avrebbe modificato per sempre i suoi progetti, il suo futuro con l'azienda agricola, la sua idea di felicità, la sua anima di donna, il suo atteggiamento da uomo, il suo posto nel mondo.

"Aspetti un attimo, signorina."

Sorpresa, guardò accanto a sé. Quello era un bar rispettabile, non il Copacabana, dove gli uomini avevano il diritto di pronunciare quelle parole, anche se le donne erano libere di rispondere: "Sto andando via, e lei non me lo impedirà."

Si accingeva a ignorare il commento, ma la curiosità ebbe il sopravvento, e si voltò verso la voce. Ciò che vide fu una strana scena: un uomo di circa trent'anni (o forse doveva pensare: 'Un ragazzo di circa trent'anni'? Il suo mondo era invecchiato rapidamente), con i capelli lunghi, inginocchiato sul pavimento, con svariati pennelli tutt'intorno, che stava ritraendo un tizio seduto su una sedia, con un bicchiere di anisetta accanto. Quando era entrata, non li aveva notati.

"Non vada via. Sto terminando questo ritratto, e vorrei dipingere anche lei."

Nel rispondere, Maria creò quel legame che mancava nell'universo. Disse:

"Non sono interessata."

"Lei possiede una luce. Mi lasci fare almeno uno schizzo."

Uno schizzo? Una "luce"? Era pur sempre una donna vanitosa, figurarsi, e avere il ritratto dipinto da qualcuno che sembrava un professionista... Cominciò a fantasticare: 'Se fosse un pittore famoso?' Lei sarebbe stata immortalata per sempre su una tela! Esposta a Parigi, o a Salvador de Bahia! Meraviglioso!

D'altro canto, cosa ci faceva lì quell'uomo, con tutta quella confusione intorno, in un bar così costoso e indubbiamente ben frequentato?

Indovinando il suo pensiero, la giovane che serviva ai tavoli le disse sottovoce:

"È un artista molto conosciuto."

La sua intuizione non aveva fallito. Maria cercò di controllarsi e di mantenere un certo distacco.

"Viene qui di tanto in tanto, e porta sempre qualche cliente importante. Dice che l'ambiente gli piace, che lo ispira. Sta facendo un pannello con le personalità che rappresentano la città: gli è stato commissionato dal comune."

Maria guardò l'uomo che veniva raffigurato. Di nuovo, la cameriera le lesse nel pensiero:

"È un chimico che ha fatto una scoperta rivoluzionaria. Ha vinto il Premio Nobel."

"Non se ne vada," ripeté il pittore. "Fra cinque minuti avrò terminato. Ordini ciò che vuole e lo faccia mettere sul mio conto."

Come ipnotizzata da quella sorta di comando, si sedette al bar, ordinò un cocktail a base di anisetta (non era abituata a bere; di conseguenza l'unica cosa che le venne in mente fu quella di imitare il famoso Premio Nobel in posa) e rimase lì a guardare l'uomo che lavorava. 'Poiché non rappresento la città, di sicuro sarà interessato a qualcos'altro. Ma non è il mio tipo,' pensò quasi automaticamente, ripetendo ciò che diceva sempre a se stessa da quando aveva cominciato a lavorare al Copacabana: era la sua àncora di salvezza, la sua rinuncia volontaria alle insidie del cuore.

Con questo concetto ben chiaro, non le sarebbe costato nulla aspettare per un po' – forse la cameriera aveva ragione e quell'uomo avrebbe potuto aprirle le porte di un mondo che ignorava, ma che aveva sempre desiderato conoscere: in fin dei conti, non aveva sognato di fare la modella?

Si soffermò a osservare l'agilità e la rapidità con cui il pittore concludeva il lavoro – doveva essere una tela molto grande, visto che appariva parzialmente arrotolata, e lei non poteva vedere gli altri volti raffigurati. E se ora le fosse stata concessa una nuova opportunità? L'uomo (aveva deciso che era un "uomo" e non un "ragazzo", perché altrimenti si sarebbe sentita troppo vecchia per la sua età) non sembrava il tipo da fare quel genere di proposta solo per passare una notte con lei. Cinque minuti dopo, come aveva promesso, lui terminò il lavoro, mentre Maria era concentrata sul Brasile, sul suo brillante futuro e sulla sua assoluta mancanza di interesse per nuovi incontri, che avrebbero potuto mettere in pericolo i suoi progetti.

"Grazie, ora può cambiare posizione," disse il pittore, parlando al chimico, che parve svegliarsi da un sogno.

E poi, rivolgendosi a Maria, aggiunse, senza tergiversare: "Vada in quell'angolo e si rilassi. La luce è perfetta."

Come se tutto fosse già stato combinato dal destino e quella fosse la cosa più naturale del mondo, come se avesse conosciuto quell'uomo da sempre o avesse vissuto quel momento in un sogno e sapesse ciò che fare nella vita reale, Maria prese il bicchiere, la borsa, i libri sulla gestione di un'azienda agricola e si diresse verso il posto indicato – un tavolo accanto alla finestra. L'uomo portò i pennelli, la grande tela, una serie di boccette con diversi colori e un pacchetto di sigarette, e le si inginocchiò ai piedi.

"Resti immobile."

"Sta chiedendomi molto, la mia vita è sempre in movimento."

Era una frase che riteneva brillante, ma il pittore non vi prestò alcuna attenzione. Sforzandosi di essere naturale, perché lo sguardo di lui la metteva in soggezione, indicò fuori dalla finestra, dove si vedevano la via e l'insegna gialla:

"Che cos'è il Cammino di Santiago?"

"La rotta di un pellegrinaggio. Nel Medio Evo, gente proveniente da tutta l'Europa passava per questa strada, diretta verso una città della Spagna, Santiago de Compostela."

L'uomo dispiegò una parte della tela e preparò i pennelli. Maria continuava a non sapere bene cosa fare.

"Vuol dire che, proseguendo lungo questa via, si arriva in Spagna?"

"In due o tre mesi. Ma posso chiederle un favore? Resti in silenzio, non ci vorranno più di dieci minuti. E tolga quel pacco dal tavolo."

"Sono dei libri," ribatté lei, con una punta di irritazione per il tono autoritario della richiesta. Quel tipo doveva sapere che aveva a che fare con una donna colta, che impiegava il proprio tempo libero nelle biblioteche, e non nei negozi. Comunque fu lui a prendere la pila di volumi e a posarla per terra, senza tante cerimonie.

Maria non era riuscita a impressionarlo. Peraltro, non ne aveva neppure l'intenzione, visto che non era in orario di lavoro: avrebbe riservato il suo fascino per altri uomini, i quali sarebbero stati ben felici di retribuire il suo impegno. Perché tentare di instaurare un rapporto con quel pittore che, forse, non aveva neanche il denaro per offrirle un caffè? Un trentenne non deve portare i capelli lunghi, altrimenti diventa ridicolo. Ma perché pensava che lui non avesse soldi? La cameriera le aveva detto che era molto conosciuto, o forse si stava riferendo al chimico? Guardò i suoi abiti, ma non le furono di grande aiuto. La vita le aveva insegnato che gli uomini vestiti in maniera trascurata, come in questo caso, spesso sono più ricchi di quelli in giacca e cravatta.

"Perché mai sto pensando a quest'uomo? A me interessa soltanto il quadro."

Dieci minuti non erano un prezzo troppo alto da pagare per essere immortalata in un dipinto. Vide che la stava raffigurando accanto al famoso chimico e si domandò se, alla fine, quell'uomo non le avrebbe magari chiesto un qualche pagamento.

"Volti il viso verso la finestra."

Maria obbedì ancora, senza fare domande – e questo non era decisamente nel suo carattere. Si soffermò a guardare i passanti, l'insegna di quel famoso cammino, immaginando che quella via esisteva ormai da secoli, una rotta sopravvissuta al progresso, alle trasformazioni del mondo, ai cambiamenti dell'uomo. Forse era un presagio benevolo: quel quadro avrebbe potuto avere un identico destino, ed essere fra cinquecento anni in un museo.

L'uomo iniziò a disegnare e, a mano a mano che il lavoro progrediva, Maria sentiva svanire la gioia iniziale; adesso si reputava insignificante. Quando aveva varcato la soglia di quel bar, era una donna sicura di sé, capace di prendere una decisione assai ardua – abbandonare un lavoro che le rendeva molto denaro – per accettare una sfida ancora più difficile – gestire un'azienda agricola nel suo paese. Ora, invece, sembrava nuovamente preda di una sensazione di insicurezza di fronte al mondo, un sentimento che una prostituta non può certo concedersi il lusso di provare.

Finì per scoprire la ragione del suo malessere: per la prima volta dopo tanti mesi qualcuno non la guardava come un oggetto né come una donna, ma in una maniera che le risultava indecifrabile: la definizione più vicina poteva essere espressa con la frase: "Lui sta vedendo la mia anima, le mie paure, la mia fragilità, la mia incapacità di lottare con un mondo che fingo di dominare, ma del quale non so niente."

Ridicolo, continuava a delirare.
"Vorrei che..."
"Per favore, non parli," disse l'uomo. "Ora vedo la sua luce."
Nessuno le aveva mai detto una cosa del genere. "Vedo i tuoi seni turgidi", "Vedo le tue cosce ben tornite", "Vedo la bellezza esotica dei tropici", oppure, al massimo, "Vedo che desideri abbandonare questa vita, perché non mi concedi un'opportunità e mi permetti di prenderti un appartamento." Erano questi i commenti che era abituata a sentire, ma... la luce? Si stava forse riferendo all'imbrunire?
"La sua luce personale," soggiunse l'uomo, rendendosi conto che Maria non aveva capito niente.
La luce personale. Be', non c'era nessuno più lontano dalla realtà di quell'innocente pittore: nonostante avesse trent'anni, non aveva appreso pressoché niente della vita. Tutti sanno che le donne maturano più rapidamente degli uomini, e Maria – benché non passasse le notti a riflettere sui propri dubbi filosofici – almeno una cosa la sapeva: non possedeva ciò che il pittore chiamava "luce", e che lei interpretava come un "bagliore speciale". Era una persona come le altre, che soffriva in silenzio per la sua solitudine, tentava di giustificare le proprie azioni, fingeva di essere forte quando invece era molto debole, e si mostrava debole allorché si sentiva forte, aveva rinunciato a ogni passione in nome di un lavoro rischioso, ma ora, giunta quasi alla fine, aveva progetti per il futuro e pentimenti per il passato. No, una donna così non poteva avere alcun "bagliore speciale". Dunque, doveva essere solo un modo per mantenerla in silenzio e soddisfatta di starsene lì, immobile, a fare la parte della sciocca.
'Una luce personale. Avrebbe potuto scegliere qualcos'altro: «Ha un bel profilo», per esempio.'
Può entrare la luce in una casa? Se le finestre sono aperte. Può penetrare la luce in un essere umano? Se la porta

dell'amore è spalancata. E, decisamente, la sua non lo era. Doveva essere un pessimo pittore, non capiva niente.

"Ho finito," disse il pittore, e cominciò a raccogliere i materiali.

Maria non si mosse. Avrebbe voluto chiedergli di vedere il quadro, ma quella richiesta poteva rappresentare una mancanza di educazione e di fiducia in ciò che l'uomo aveva fatto. Alla fine, però, prevalse la curiosità. Glielo domandò, e lui acconsentì.

Il pittore aveva disegnato solo il suo viso. Era somigliante, ma se un giorno Maria avesse visto quel quadro senza conoscere la modella, avrebbe detto che si trattava di una donna molto più forte, pervasa da una "luce" che lei non riusciva a scorgere nel riflesso dello specchio.

"Il mio nome è Ralf Hart. Se vuole, posso offrirle un altro drink."

"No, grazie."

A quanto pare, l'incontro sta imboccando il cammino previsto: l'uomo tenta di sedurre la donna.

"Per favore, altre due anisette," ordinò lui, senza badare alla risposta di Maria.

Cos'altro aveva da fare? Leggere un noioso libro sulla gestione delle imprese rurali. Passeggiare in riva del lago, come aveva già fatto moltissime volte. Oppure conversare con un uomo che aveva intravisto nella sua figura una luce a lei sconosciuta, proprio nel giorno segnato sul calendario come l'inizio della fine della sua "esperienza".

"Che lavoro fa?"

Era la domanda che non avrebbe mai voluto udire, che le aveva fatto evitare molti incontri quando, per una ragione o per l'altra, qualcuno la avvicinava (la qual cosa, in Svizzera, le era accaduta raramente, vista la natura riservata degli abitanti del luogo). Quale poteva essere la risposta?

"Lavoro in un locale notturno."

Ecco. Si era tolta un peso enorme dalla coscienza – e fu contenta di tutto ciò che aveva appreso da quando era arrivata in Svizzera: domandare ("Chi sono i curdi? Che cos'è il Cammino di Santiago?") e rispondere ("Lavoro in un locale notturno") senza preoccuparsi di quello che gli altri pensavano.

"Credo di averla già vista."

Maria sentì che lui avrebbe voluto spingersi oltre e assaporò la sua piccola vittoria: il pittore che qualche minuto prima le impartiva degli ordini, apparentemente sicuro di ciò che voleva, adesso era un uomo come tutti gli altri, insicuro davanti a una donna sconosciuta.

"E quei libri?"

Lei glieli mostrò. "Gestione di un'azienda agricola." L'uomo sembrò ancora più insicuro.

"Lavora nel sesso?"

Ci aveva provato. Ma lei era forse vestita come una prostituta? In ogni caso, aveva bisogno di prendere tempo. Maria si stava osservando: il gioco cominciava a farsi interessante, e lei non aveva assolutamente nulla da perdere.

"Perché gli uomini pensano solo a questo?"

La ragazza ripose i libri nella borsa.

"Sesso e gestione di imprese rurali. Due cose piuttosto noiose."

Che cosa? Tutt'a un tratto, Maria si sentì sfidata. Come poteva parlare tanto male della sua professione? In verità, lui non sapeva ancora quale fosse il suo lavoro, stava solo facendo un'ipotesi, ma non poteva lasciarlo senza risposta.

"Invece io penso che non ci sia niente di più noioso della pittura: una cosa immobile, un movimento che si è interrotto, una fotografia che non risulta mai fedele all'originale. Una cosa morta, della quale non s'interessa più nessuno, tranne i pittori – gente che si crede importante, colta, che non si è evoluta come il resto del mondo. Di certo, lei ha sentito parlare di Juan Miró? Be', io no, se non da un arabo in un ristorante, e questo non ha cambiato assolutamente niente nella mia vita."

Non sapeva se si fosse spinta troppo in là, perché arrivarono i drink e la conversazione si interruppe. Per un attimo, rimasero entrambi in silenzio. Maria pensò che fosse giunto il momento di andarsene; probabilmente anche Ralf Hart dovette formulare il medesimo pensiero. Ma c'erano ancora quei due bicchieri sul tavolo con quella terribile bevanda, e quella era una buona scusa per restare insieme.

"Perché quel libro sulle aziende agricole?"

"Che intende dire?"

"Sono stato in Rue de Berne. Quando mi ha detto che lavorava in un locale notturno, mi sono ricordato di averla vista in quel posto alquanto costoso. Mentre la ritraevo, invece, non me n'ero reso conto: la sua 'luce' era molto forte."

Maria sentì il terreno sprofondarle sotto i piedi. Per la prima volta, provò vergogna di ciò che faceva, anche se non ve n'era alcuna ragione. Lavorava per mantenere se stessa e la sua famiglia. Lui avrebbe dovuto vergognarsi di frequentare Rue de Berne. Nel volgere di un attimo, tutto quel possibile incanto si era dissolto.

"Senta, signor Hart, anche se sono brasiliana, vivo in Svizzera da nove mesi. E ho imparato che gli elvetici sono riservati perché abitano in un paese molto piccolo, in comunità dove si conoscono quasi tutti, come abbiamo appena constatato. Perciò nessuno domanda niente della vita altrui. Le sue parole sono state inopportune e alquanto indelicate: se il suo scopo era quello di umiliarmi per sentirsi più a suo agio, ha perso tempo. Grazie per il liquore: è schifoso, ma lo berrò sino all'ultima goccia. Poi fumerò una sigaretta. E infine mi alzerò e me ne andrò. Se vuole, può anche andarsene all'istante, giacché non è opportuno che un celebre pittore sieda allo stesso tavolo di una prostituta. Perché è questo che sono, sa? Una prostituta. Senza nessuna colpa, da capo a piedi, da cima a fondo: una prostituta. E questa è la mia qualità: io non inganno né lei né me. Perché non ne vale la pena, il signor Hart non merita una menzogna. Se l'immagina se il famoso chimico, all'altra estremità del locale, scoprisse chi sono?"

Poi alzò il tono della voce:

"Una prostituta! E sa un'altra cosa? È proprio questa la mia libertà – il fatto di sapere che me ne andrò da questo maledetto paese fra novanta giorni, piena di soldi, molto più colta, in grado di scegliere un buon vino, con la borsa stracolma di fotografie che ho scattato sulla neve, e ben edotta sulla natura degli uomini!"

La giovane cameriera del bar ascoltava spaventata. Il chimico non sembrava prestarle attenzione. Forse quel discorso era dovuto all'alcool, oppure al pensiero che presto sarebbe stata di nuovo una donna di un paesino sperduto, o magari soltanto alla gioia di poter dire apertamente qual era il suo lavoro e ridere delle reazioni scioccate, degli sguardi di riprovazione, dei gesti scandalizzati.

"Ha capito bene, signor Hart? Da cima a fondo, da capo a piedi, io sono una prostituta: e questa è la mia qualità, la mia dote!"

L'uomo non disse niente. E neppure si mosse. Maria sentì che stava recuperando la fiducia in se stessa.

"Come pittore, lei non capisce affatto i suoi modelli. Può darsi che quel chimico seduto là, distratto, addormentato, in realtà sia un ferroviere. E che tutte le altre persone ritratte nel suo quadro siano ciò che non sono. Altrimenti lei non avrebbe mai detto di vedere una 'luce speciale' in una donna che, come ha scoperto dopo averla dipinta, non è altro che una pro-sti-tu-ta."

Pronunciò queste ultime parole lentamente, a voce alta. Il chimico si destò, e la cameriera portò il conto.

"Questo non ha niente a che vedere con la prostituta, ma con la donna che lei è," affermò Ralf, ignorando il conto. Poi soggiunse, anche lui lentamente, ma a voce bassa: "In lei, c'è un bagliore. È la luce che promana dalla forza di volontà, da qualcuno che sacrifica cose importanti in nome di altre che giudica di una rilevanza più grande. Gli occhi... questa luce si manifesta negli occhi."

Maria si sentì disorientata: l'uomo non aveva accettato la sua provocazione. Volle credere che desiderasse sedurla, nient'altro. Si era proibita di pensare – perlomeno per i prossimi novanta giorni – che sulla faccia della terra potessero esistere degli uomini interessanti.

"Vede questa anisette che ha davanti?" proseguì lui. "Sì? Ebbene, lei scorge solo un liquore all'anice. Mentre io, che devo penetrare in ciò che faccio, vedo la pianta da cui è nato, le tempeste che essa ha affrontato, la mano che ha raccolto i semi, il loro viaggio in nave da un continente all'altro, i colori e gli odori che i granelli, prima di venire messi in infusione nell'alcool, emanavano e che facevano comunque parte della pianta. Se un giorno decidessi di dipingere questa scena, raffigurerei tutto ciò, anche se, guardando il quadro, lei penserebbe di trovarsi davanti a un semplice bicchiere di liquore all'anice. Proprio come, mentre lei guardava la strada e pensava – perché so che ci pensava – al Cammino di Santiago, io ho dipinto la sua infanzia, la sua adolescenza, le sue chimere svanite nel passato, i suoi sogni del futuro e la sua volontà, la cosa che più mi incuriosisce. Quando lei ha visto il ritratto..."

Maria abbassò la guardia, consapevole che da quel momento sarebbe stato molto difficile alzarla di nuovo.

"Ho visto questa luce anche se c'era solo una donna simile a lei."

Di nuovo quel silenzio imbarazzante. Maria guardò l'orologio.

"Fra qualche minuto, dovrò andare. Perché ha detto che il sesso è noioso?"

"Lei deve saperlo meglio di me."

“Lo so perché ci lavoro. Quindi faccio tutti i giorni la stessa cosa. Ma lei è un uomo di trent’anni...”

“Ventinove...”

“... giovane, attraente, famoso, che dovrebbe essere ancora interessato a queste cose, senza aver bisogno di andare in Rue de Berne per trovare compagnia.”

“Invece sì. Sono andato a letto con alcune delle sue colleghe, ma non perché avessi problemi nel trovare una compagna. Il problema è con me stesso.”

Maria avvertì una fitta di gelosia e ne fu spaventata. Capì che ora doveva veramente andare via.

“Era il mio ultimo tentativo. Adesso ormai ci ho rinunciato,” disse Ralf, terminando di raccogliere i materiali sparsi.

“Qualche problema fisico?”

“Nessuno. Solo disinteresse.”

Non era possibile.

“Paghi il conto. Facciamo due passi. In realtà, penso che siano in tanti a provare quella sensazione, ma nessuno lo confessa. È bello parlare con una persona così sincera.”

Si avviarono lungo il Cammino di Santiago: una salita e una discesa che finiva nel fiume, che finiva nel lago, che finiva nelle montagne, che finiva in un remoto luogo della Spagna. Incrociarono molte persone nelle strade: mamme con le carrozzine, turisti che scattavano fotografie dello splendido getto d’acqua in mezzo al lago, donne mussulmane con il capo coperto da un velo, ragazzi e ragazze che facevano jogging – tutti pellegrini in cerca di quella mitica città, Santiago de Compostela, che forse non esisteva neppure, che forse era soltanto una leggenda in cui si ha bisogno di credere per dare un senso alla propria vita. Su quel cammino percorso da tanta gente per così lungo tempo, procedevano anche un uomo dai capelli lunghi con una pesante sacca piena di pennelli, colori, tele e matite, e una donna poco più giovane, con una borsa piena di libri sulla gestione di un'azienda agricola. A nessuno dei due venne in mente di domandare perché facessero quel pellegrinaggio insieme: era la cosa più naturale del mondo – lui sapeva tutto di lei, anche se lei non sapeva niente di lui.

Fu per questo che Maria decise di chiedere – ormai domandava tutto. All'inizio, Ralf si schernì, ma lei conosceva il modo per ottenere qualsiasi cosa da un uomo, e lui finì per raccontarle che era stato sposato due volte (e pensare che aveva solo ventinove anni!), aveva viaggiato molto, conosciuto re e attori famosi, partecipato a feste indimenticabili. Era nato a Ginevra, aveva vissuto a Madrid, a Amsterdam, a New York e a Tarbes, una città nel Sud della Francia, che non era inclusa in nessun circuito turistico, ma che lui adorava per la sua vicinanza alle montagne e per l'indole calorosa degli abitanti. Il suo talento era stato scoperto quando aveva vent'anni, allorché un importante mercante d'arte era andato casualmente a pranzo in un ristorante giapponese della sua città natale, tappezzato di sue opere. Aveva guadagnato molto denaro; era un giovane sano, poteva fare qualsiasi cosa, andare in ogni luogo, incontrarsi con chiunque desiderasse; aveva già sperimentato tutte le delizie riservate a un uomo, faceva quello che gli piaceva, eppure, nonostante tutto ciò – nonostante la fama, i soldi, le donne, i viaggi –, era una persona infelice, la cui unica gioia nella vita era il lavoro.

"Le donne l'hanno fatta soffrire?" domandò Maria, rendendosi conto all'istante che era una domanda stupida, probabilmente riportata anche in qualche manuale dal titolo *Tutte le cose che le donne devono sapere per conquistare un uomo.*

"No, non mi hanno mai fatto soffrire. Anzi, sono stato molto felice in entrambi i matrimoni. Ho tradito e sono stato tradito, come accade in qualsiasi coppia normale. Eppure, dopo un po' di tempo, il sesso non mi interessava più. Continuavo ad amare, a sentire la mancanza della compagnia, ma il sesso… Perché stiamo parlando di sesso?"

"Perché, come ha ammesso anche lei, io sono una prostituta."

"Nella mia vita non c'è granché di interessante. Sono un artista che è riuscito a raggiungere il successo ancora giovane – e questo è raro: anzi, in pittura, è rarissimo. Che oggi può dipingere qualsiasi tipo di quadro, sapendo che comunque varrà una fortuna, benché i critici ne siano irritati, ritenendo di essere gli unici a sapere che cosa sia l''arte'. Una persona che tutti credono abbia una risposta per ogni domanda, e considerano tanto più intelligente quanto più riesce a mantenere il silenzio."

Il pittore continuò a raccontare la sua storia: tutte le settimane veniva invitato a "eventi" in ogni parte del mondo. Aveva un'agente a Barcellona – sapeva dov'era? Sì, Maria lo sapeva: si trovava in Spagna. Era lei che si occupava di tutto ciò che riguardava il denaro, gli inviti, le mostre, tuttavia non lo forzava mai a fare quello di cui non aveva voglia: infatti, dopo tanti anni di lavoro aveva raggiunto una certa stabilità di mercato.

"Allora, è una storia interessante?" domandò lui, con una voce che denotava una lieve insicurezza.

"Direi che è una storia piuttosto inusuale. Tanta gente vorrebbe trovarsi nei suoi panni."

Ralf volle sapere di Maria.

"Io sono tre persone, a seconda di chi mi cerca. La 'Ragazza Ingenua', che guarda l'uomo con ammirazione e finge di essere impressionata dalle sue storie di potere e di gloria. La 'Donna Fatale', che attacca immediatamente coloro che si sentono insicuri e, così facendo, assume il controllo della situazione, li mette a loro agio, dimodoché non debbano preoccuparsi d'altro. E, infine, la 'Madre Comprensiva', che si prende cura di chi ha bisogno di consigli e ascolta, mostrando di capire tutto – storie che entrano da un orecchio ed escono dall'altro. Quale delle tre vuole conoscere?"

"Lei."

Maria gli raccontò ogni cosa, perché ne aveva bisogno – era la prima volta che lo faceva da quando aveva lasciato il Brasile. Alla fine, scoprì che, nonostante il suo lavoro non fosse del tutto convenzionale, non le era accaduto nulla di molto emozionante al di fuori della settimana trascorsa a Rio de Janeiro e del primo mese in Svizzera. Tutto si riduceva a casa e lavoro, casa e lavoro – nient'altro.

Quando ebbe finito il racconto, erano di nuovo seduti in un bar, questa volta all'altro capo della città, lontano dal Cammino di Santiago, ciascuno pensando a ciò che il destino aveva riservato all'interlocutore.

"Manca qualcosa?" domandò lei.

"Il modo per dirci 'arrivederci'."

Sì, perché non era stato un pomeriggio come gli altri. Maria si sentiva angosciata, tesa: aveva aperto una porta e non sapeva come richiuderla.

"Quando potrò vedere la tela?"

Ralf le porse il biglietto da visita della sua agente di Barcellona.

"Le telefoni fra sei mesi, se sarà ancora in Europa. *I volti di Ginevra,* gente famosa e gente anonima, sarà esposto per la prima volta in una galleria di Berlino. Poi girerà l'Europa."

Maria si ricordò del calendario, dei novanta giorni che mancavano, di quanto una relazione – un legame – sarebbe potuto essere pericolosa.

"Che cos'è più importante in questa vita? Vivere o fingere di aver vissuto? Correre un rischio adesso, dire che è stato il più bel pomeriggio che ho passato in questa città? Essere grata perché mi ha ascoltato senza criticare e senza fare commenti? Oppure semplicemente indossare la corazza della donna pervasa da una grande forza di volontà, dotata di una 'luce speciale', e andarsene via senza dire una parola?"

Prima, mentre procedevano lungo il Cammino di Santiago, e a mano a mano che udiva se stessa raccontare la storia della propria esistenza, Maria era una donna felice. Poteva accontentarsi di questo – era già un grande regalo della vita.

"La cercherò," disse Ralf Hart.

"Non lo faccia. Fra poco partirò per il Brasile. Non abbiamo nient'altro da dirci."

"La cercherò da cliente."

"Per me sarà un'umiliazione."

"La cercherò perché mi salvi."

Era qualcosa che le aveva detto all'inizio, riguardo al suo disinteresse per il sesso. Maria avrebbe voluto confessargli che anche lei provava la stessa cosa, ma si controllò – si era spinta troppo avanti con i suoi atteggiamenti negativi, forse era più intelligente restarsene in silenzio.

Che cosa patetica. Ancora una volta si trovava di fronte un ragazzino: adesso, però, non le chiedeva una penna, ma un po' di compagnia. Ripensò al suo passato e, per la prima volta, si perdonò: la colpa non era stata sua, ma di quel ragazzino insicuro che aveva rinunciato al primo tentativo. Erano dei bambini, e i bambini si comportano proprio in quel modo – entrambi non avevano commesso alcun errore, e questo le diede un enorme sollievo, la fece sentire migliore: non aveva tradito la prima opportunità della sua vita. È qualcosa che accade a tutti, fa parte dell'iniziazione dell'essere umano in cerca dell'altra sua parte, sono cose che succedono.

Ma ora la situazione era diversa. Per quanto migliori fossero le ragioni ("Torno in Brasile; lavoro in un locale; non abbiamo avuto il tempo di conoscerci bene; il sesso non mi interessa e dell'amore non voglio saperne; devo imparare ad amministrare un'azienda agricola; non capisco nulla di pittura; viviamo in due mondi diversi"), la vita le stava lanciando una sfida. Maria non era più una bambina, doveva scegliere.

Alla fine, preferì non rispondere. Gli strinse la mano, com'era costume in quel paese, e uscì per tornare a casa. Se Ralf fosse stato davvero l'uomo che lei avrebbe voluto che fosse, non si sarebbe lasciato intimidire dal suo silenzio.

Dal diario di Maria, un brano scritto quello stesso giorno:

Oggi, mentre passeggiavamo in riva al lago, lungo quello strano Cammino di Santiago, l'uomo che era con me – un pittore, una vita diversa dalla mia – ha lanciato un sassolino nell'acqua. Nel punto dov'è caduto, sono comparsi dei piccoli cerchi che si sono ampliati, espansi, fino a raggiungere una papera che passava di là per caso e non aveva niente a che fare con quel sasso. Invece di essere spaventata dall'onda inattesa, ha deciso di giocarci.

Qualche ora prima di questa scena, ero entrata in un bar e avevo udito una voce – ed era stato come se Dio avesse lanciato un sassolino là dentro. Le onde di energia hanno raggiunto me e un uomo che si trovava in un angolo, intento a dipingere un quadro. Lui ha sentito la vibrazione, e anch'io. E ora?

Il pittore sa quando incontra un modello. Il musicista sa quando il suo strumento è accordato. Qui, davanti a questo diario, ho la consapevolezza che certe frasi non siano scritte da me, ma da una donna piena di "luce", che sono io e che mi rifiuto di accettare.

Posso continuare a vivere così. Ma posso anche, come la paperella del lago, divertirmi e gioire con l'onda che è arrivata all'improvviso e ha smosso l'acqua.

Esiste un nome per questo sasso: "passione". Una parola che può descrivere la bellezza di un incontro fulminante fra due persone, ma non si limita a ciò. Si trova nell'eccitazione dell'inatteso, nella volontà di fare qualcosa con fervore, nella certezza che si riuscirà a realizzare un sogno. La passione ci fornisce alcuni segnali che guidano la nostra vita: tocca a me saperli decifrare.

Vorrei credere che sono innamorata. Di qualcuno che non conosco e che non rientrava nei miei piani. Tutti questi mesi di autocontrollo, di rifiuto dell'amore, hanno prodotto esattamente il risultato opposto: farmi coinvolgere dalla prima persona che mi ha dedicato un'attenzione diversa.

Per fortuna, non ho avuto il suo numero di telefono, non so dove abita – posso perderlo senza colpevolizzarmi per essermi fatta sfuggire l'occasione.

E in tal caso, anche se ormai l'avrò perduto, mi sarò sempre guadagnata un giorno di felicità nella mia vita. Considerando com'è il mondo, un giorno di felicità può dirsi quasi un miracolo.

Quando, la sera, entrò al Copacabana, lui era là, in attesa. Era l'unico cliente. Milan, che seguiva la vita di quella brasiliana con una certa curiosità, si accorse che la giovane aveva perso la battaglia.

"Ti posso offrire un drink?"

"Devo lavorare. Non posso perdere l'impiego."

"Sono un cliente. Ti sto facendo una proposta professionale."

Quell'uomo, che nel pomeriggio in quel bar sembrava tanto sicuro di sé, che sapeva maneggiare il pennello, incontrava personaggi importanti, aveva un'agente a Barcellona e probabilmente guadagnava un mucchio di soldi, adesso mostrava la sua fragilità: era entrato nell'ambiente sbagliato, non stava più in un romantico caffè lungo il Cammino di Santiago. L'incanto di qualche ora prima si era dissolto.

"Allora, ti posso offrire qualcosa da bere?"

"Un'altra volta. Oggi, ho dei clienti che mi aspettano."

Milan udì la fine della frase. Aveva sbagliato la sua valutazione: la giovane non si era lasciata trascinare nella trappola delle promesse d'amore. Comunque, a conclusione di una serata senza grande movimento, si domandò perché mai avesse preferito la compagnia di un vecchio, di un contabile mediocre, e di un agente di assicurazioni.

Be', era un problema suo. Purché pagasse la commissione, non spettava a lui decidere con chi doveva andare a letto.

Dal diario di Maria, dopo la serata con il vecchio, il contabile e l'agente di assicurazioni:

Che cosa vuole da me questo pittore? Non sa che siamo di paesi, di culture (e di sessi) diversi? Crede forse che ne sappia più di lui del piacere, e vuole imparare qualcosa?

Perché non mi ha detto nient'altro che: "Sono un cliente"? Sarebbe stato facile dire: "Ho sentito la tua mancanza", oppure: "Mi è piaciuto tantissimo il pomeriggio che abbiamo trascorso insieme." Io avrei risposto allo stesso modo (sono una professionista). Lui ha il dovere di comprendere le mie insicurezze, perché io sono una donna fragile, e in quel locale divento un'altra persona.

Lui è un uomo. E un artista: ha il dovere di sapere che il grande scopo dell'essere umano è comprendere l'amore totale. L'amore non sta nell'altro, ma dentro noi stessi. Siamo noi che lo risvegliamo. Ma perché ciò accada, abbiamo bisogno dell'altro. L'universo ha senso soltanto quando abbiamo qualcuno con cui condividere le nostre emozioni.

È stanco del sesso? Anch'io – eppure, né lui né io sappiamo cosa sia. Stiamo lasciando morire una delle cose più importanti della vita. Avevo bisogno di essere salvata da lui, avevo bisogno di salvarlo, ma non mi ha lasciato scelta.

Maria era spaventata. Cominciava a capire che, dopo tanto autocontrollo, la pressione, il terremoto e il vulcano della sua anima manifestavano segni di un'imminente esplosione e, dal momento in cui essa fosse avvenuta, lei non sarebbe stata più in grado di soffocare i propri sentimenti. Chi era quell'artista con cui aveva trascorso solo alcune ore, durante le quali le aveva magari mentito sulla propria vita, che non l'aveva neppure sfiorata, che non aveva tentato di sedurla? Poteva esserci qualcosa di peggio di tutto ciò?

Per quale motivo il suo cuore stava inviandole segnali di allarme? Perché lei pensava che il pittore sentisse la stessa cosa. Ma era chiaro che si sbagliava. Ralf Hart voleva incontrare una donna capace di ridestare un fuoco che stava per spegnersi. Voleva trasformarla nella sua grande dea del sesso, dotata di una "luce speciale" (e in questo era stato sincero), pronta a prenderlo per mano e a mostrargli il cammino per tornare alla vita. Non poteva immaginare che Maria provasse lo stesso disinteresse, che anche lei avesse il medesimo problema (dopo tanti uomini, non aveva mai raggiunto l'orgasmo durante la penetrazione), che quella mattina stesse facendo dei progetti e organizzando un ritorno trionfale nella sua terra.

Perché pensava a lui? Perché pensava a un uomo che, in quel preciso istante, magari era occupato a ritrarre un'altra donna, dicendole che aveva una "luce speciale", che avrebbe potuto essere la sua dea del sesso?

'Penso a lui perché sono riuscita a parlare.'

Ridicolo! Pensava forse alla bibliotecaria? No. Pensava a Nyah, la filippina, l'unica fra le ragazze del Copacabana con cui poteva condividere in parte i propri sentimenti? No, a loro due non rivolgeva il suo pensiero. Eppure erano persone che incontrava spesso e con le quali si sentiva a proprio agio.

Cercò di spostare l'attenzione sul caldo (piuttosto fastidioso), o sul supermercato, dove non era riuscita ad andare il giorno precedente. Scrisse una lunga lettera al padre, ricca di particolari sul terreno che avrebbe voluto comprare – in quel modo, avrebbe fatto felice la sua famiglia. Non indicò la data del suo ritorno, ma fece capire che sarebbe avvenuto presto. Dormì, si svegliò, si addormentò di nuovo, si risvegliò. Scoprì che il libro sulla gestione di un'azienda agricola era adatto a lettori svizzeri – per i brasiliani non serviva: vivevano in mondi del tutto diversi.

Nel pomeriggio, si accorse che il terremoto, il vulcano, la pressione si ritraevano. Si sentì più rilassata. Per due volte, aveva già provato questo tipo di passione improvvisa che svaniva sempre il giorno dopo – per fortuna, il suo universo era ancora il solito. Lei aveva una famiglia che l'amava, un uomo che l'aspettava e che ora le scriveva molto spesso, raccontandole che il negozio di tessuti si stava ingrandendo. Anche se avesse deciso di prendere l'aereo quella sera stessa, possedeva abbastanza denaro per comprare un buon appezzamento di terreno. Aveva superato la parte peggiore dell'esperienza: la barriera della lingua, la solitudine, il primo giorno in quel ristorante con l'arabo; era riuscita a convincere la sua anima a non reclamare per ciò che faceva del proprio corpo. Sapeva perfettamente qual era il suo sogno, ed era disposta a tutto. Casualmente, però, era un sogno che non contemplava gli uomini. O, perlomeno, non includeva uomini che non parlassero la sua lingua e non vivessero nella sua città.

Quando il subbuglio interiore si placò definitivamente, Maria capì che in parte era colpa sua. Perché in quel momento non aveva detto: "Sono sola e depressa quanto te. Ieri hai visto la mia 'luce', ed è la prima cosa bella e sincera che un uomo mi abbia detto da quando sono arrivata qui."

La radio suonava una vecchia canzone: "I miei amori muoiono ancor prima di nascere." Sì, proprio come nel suo caso: questo era il suo destino.

Dal diario di Maria, un brano scritto due giorni dopo che tutto era tornato alla normalità:

La passione ti fa smettere di mangiare, di dormire, di lavorare, di vivere in pace. Molti si spaventano perché, quando compare, distrugge tutto ciò che di vecchio incontra.

Nessuno vuole mettere a soqquadro il proprio mondo. Perciò alcune persone – tante – riescono a controllare questa minaccia, mantenendo in piedi una casa o una struttura già marcia. Sono gli ingegneri delle cose superate.

Altri individui pensano esattamente il contrario: si abbandonano senza riflettere, aspettandosi di trovare nella passione la soluzione di tutti i loro problemi. Attribuiscono all'altro il merito della propria felicità, e la colpa della propria possibile infelicità. Sono sempre euforici perché è accaduto qualcosa di meraviglioso, oppure depressi perché un evento inatteso ha finito per distruggere tutto.

Sottrarsi alla passione, o abbandonarvisi ciecamente: quale di questi atteggiamenti è il meno distruttivo?

Non lo so.

Il terzo giorno, come se fosse resuscitato dal mondo dei morti, Ralf Hart tornò – ma arrivò in ritardo, perché Maria stava conversando con un altro cliente. Quando lo vide, però, disse gentilmente al proprio interlocutore che non voleva ballare, che aspettava qualcuno.

Solo allora la giovane si rese conto che lo aveva atteso tutti i giorni. E, in quell'istante, accettò ciò che il destino le aveva posto sul cammino.

Non si lagnò. Ne fu contenta: poteva concedersi quel lusso perché un giorno sarebbe andata via da quella città. Sapeva che era un amore impossibile e dunque, visto che non si aspettava nulla, avrebbe ottenuto tutto quanto si attendeva da quella fase della sua vita.

Ralf le domandò se voleva un drink, e Maria ordinò un cocktail di frutta. Fingendo di lavare i bicchieri, il proprietario del locale guardò la brasiliana senza capire: cosa poteva averle fatto cambiare idea? Sperava che non se ne restasse lì a bere, e si sentì sollevato quando l'uomo la invitò a ballare. Stavano rispettando il rituale: non c'era motivo di preoccuparsi.

Maria sentiva il suo braccio intorno alla vita e il suo viso contro la guancia. Grazie al cielo, il volume della musica, molto alto, impediva qualsiasi conversazione. Un cocktail di frutta non bastava per prendere coraggio, e le poche parole scambiate erano state molto formali. Adesso era questione di tempo: sarebbero andati in albergo? Avrebbero fatto l'amore? Non sarebbe stato difficile, visto che lui le aveva detto che il sesso non gli interessava: dunque, si trattava solo di rispettare un impegno professionale. Tutto ciò avrebbe contribuito a cancellare qualsiasi traccia di un'eventuale passione – non sapeva davvero perché si fosse torturata tanto dopo il loro primo incontro.

Quella sera, sarebbe stata la Madre Comprensiva. Ralf Hart era solo un uomo disperato, come milioni di altri. Se Maria avesse svolto bene il proprio ruolo, se fosse riuscita a mantenere la rotta che si era imposta da quando aveva iniziato a lavorare al Copacabana, non avrebbe avuto nulla di cui preoccuparsi. Era molto rischioso avere quell'uomo accanto. Ora che ne sentiva l'odore (e le piaceva), che ne sperimentava il contatto (e parimenti lo apprezzava), stava scoprendo che in realtà lo aspettava – e questo, no, non lo gradiva affatto.

Dopo quarantacinque minuti, durante i quali avevano rispettato tutte le fasi del rituale, l'uomo si rivolse al padrone del locale:

"Starà con me per il resto della serata. Pagherò per tre clienti."

Il proprietario si strinse nelle spalle e, di nuovo, pensò che la giovane brasiliana avrebbe finito per cadere nella trappola dell'amore. Dal canto suo, Maria fu sorpresa: non sapeva che Ralf Hart conoscesse così bene le regole.

"Andiamo a casa mia."

Forse era la decisione migliore, pensò lei. Anche se tradiva tutte le raccomandazioni di Milan, decise di fare un'eccezione. Non solo avrebbe scoperto se era tuttora sposato, ma avrebbe anche appreso come vivono i pittori famosi, e un giorno avrebbe potuto scriverne sul giornale della sua cittadina – così tutti avrebbero saputo che, nel periodo trascorso in Europa, aveva frequentato gli ambienti intellettuali e artistici.

"Che scusa assurda."

Mezz'ora dopo, arrivarono in un paesino vicino a Ginevra, Cologny: una chiesa, una panetteria, il municipio, ogni elemento al proprio posto. La sua casa era una villa a due piani, non un appartamento! Prima valutazione: doveva essere veramente ricco. Seconda valutazione: se fosse stato ancora sposato, non avrebbe osato invitarla lì, perché ci sarebbe sempre stato qualcuno che poteva vederlo.

Dunque, era ricco e scapolo.

Entrarono in un vestibolo con una scala che conduceva al piano superiore, poi proseguirono fino a raggiungere la parte posteriore dell'edificio, dove due saloni si affacciavano su un giardino. In uno, con le pareti tappezzate di quadri, c'era un tavolo da pranzo. Nell'altro, c'erano divani, sedie, scaffali stipati di libri, posacenere sporchi, bicchieri usati da tempo e dimenticati lì.

"Posso prepararti un caffè."

Maria fece un cenno di diniego con il capo. Pensò: 'No, non puoi prepararmi un caffè. Ancora non ti consento di trattarmi in maniera diversa. Io sto sfidando i miei dèmoni, facendo esattamente il contrario di quanto mi ero ripromessa. Ma procediamo con calma: oggi interpreterò la parte della prostituta, o dell'amica, o della Madre Comprensiva, benché nel mio animo io sia soltanto una Figlia che ha bisogno di affetto. Quando sarà tutto finito, allora potrai prepararmi un caffè.'

"In fondo al giardino c'è il mio studio, la mia anima. Qui, fra tutti questi libri e questi quadri, c'è il mio cervello, ciò che penso."

A Maria venne in mente la sua casa. Là non c'era nessun giardino. Né c'erano libri, se non quelli presi in prestito alla biblioteca – perché era perfettamente inutile spendere soldi per ciò che si poteva avere gratis. E tanto meno c'erano quadri – soltanto un manifesto del Circo Acrobatico di Shangai, che sognava tanto di vedere.

Ralf prese una bottiglia di whisky e gliene offrì.

"No, grazie."

Lui se ne versò una dose abbondante e la bevve d'un fiato – senza ghiaccio, senza tempo. Cominciò a parlare animatamente. Per quanto la conversazione le interessasse, Maria sapeva che quell'uomo aveva paura di quello che sarebbe accaduto adesso che erano soli. La giovane stava recuperando il controllo della situazione.

Ralf si versò dell'altro whisky e, come se stesse dicendo qualcosa senza importanza, dichiarò:

"Ho bisogno di te."

Una pausa. Un lungo silenzio. 'Non contribuire a rompere questo silenzio, vediamo come prosegue,' si disse la ragazza.

"Ho bisogno di te, Maria. Tu possiedi una luce. Forse ancora non mi credi, forse pensi che con queste parole voglia soltanto sedurti. Non domandarmi: 'Perché proprio io? Che cos'ho di speciale? Non hai nulla di speciale, nulla che io possa spiegarmi. Eppure – ecco il mistero della vita – non riesco a pensare ad altro."

"Non te lo domanderò," mentì lei.

"Se cercassi una spiegazione, direi: 'La donna che sta davanti a me è riuscita a superare la sofferenza e a trasformarla in qualcosa di positivo, di creativo. Ma ciò non è sufficiente per spiegare tutto."

Cominciava a essere difficile sfuggire. L'uomo proseguì:

"E io? Con la mia creatività, con i miei quadri ricercati e contesi da gallerie del mondo intero, con il mio sogno realizzato, con un paese che mi considera il suo adorato figliolo, con le mie donne che non mi hanno mai chiesto del denaro, con la mia salute e il mio bell'aspetto, con tutto ciò che un uomo può sognare... e io? Eccomi qui, a dire a una donna che ho incontrato in un bar, e con la quale ho trascorso solo un pomeriggio: 'Ho bisogno di te.' Sai cos'è la solitudine?"

"Sì."

"Ma sicuramente non conosci la solitudine di quando si può stare con gli altri, di quando tutte le sere si ricevono inviti a feste, ricevimenti, spettacoli teatrali. Di quando il telefono squilla in continuazione, e a chiamarti sono donne che adorano il tuo lavoro, che ti dicono che vorrebbero tanto cenare con te – sono donne belle, intelligenti, raffinate. Ma qualcosa ti spinge lontano e ti dice: 'Non andare. Non ti divertirai. Uscendo, ancora una volta, trascorrerai l'intera serata tentando di far colpo, sprecherai le tue energie per dimostrare a te stesso di essere capace di sedurre il mondo.' E così me ne resto a casa, entro nel mio studio, cerco quella luce che ho visto in te: una luce che riesco a scorgere solo mentre sto lavorando."

"Cosa posso darti io che tu già non abbia?" domandò Maria, sentendosi abbastanza umiliata per quel commento sulle altre donne, ma ricordandosi che, in fin dei conti, aveva pagato per averla accanto a sé.

Lui bevve un terzo whisky. Maria seguì con l'immaginazione il liquore: l'alcool gli bruciava la gola e lo stomaco, gli entrava nel sangue e gli infondeva coraggio. Pur non avendo bevuto un solo goccio, si sentiva ubriaca. La voce di Ralf Hart risuonò più ferma.

"D'accordo. Non posso comprare il tuo amore, ma hai detto che conosci tutto sul sesso. Insegnami, allora. Oppure raccontami qualcosa del Brasile. Qualsiasi cosa, purché io possa starti accanto."

E ora?

"Del mio paese, conosco solo due posti: la cittadina in cui sono nata e Rio de Janeiro. Quanto al sesso, non credo di poterti insegnare niente. Io ho quasi ventitré anni. Tu sei più vecchio di me soltanto di sei anni, ma hai vissuto molto più intensamente. Gli uomini che conosco mi pagano perché faccia ciò che desiderano, e non quello che voglio io.

"Ho già esaudito tutti i desideri di un uomo, offrendogli tutto ciò che può sognare di fare con una, due, tre donne contemporaneamente. Comunque, non so se ho imparato molto."

Ancora quel silenzio, ma stavolta era Maria che doveva parlare. L'uomo non le fornì alcun aiuto, come prima aveva fatto lei.

"Mi vuoi come professionista?"

"Ti voglio come vuoi tu."

No, lui non poteva rispondere così, giacché era proprio quello che lei desiderava udire. Di nuovo quel terremoto, quel vulcano, quella tempesta. Sarebbe stato impossibile sfuggire alla sua stessa trappola: avrebbe perso quest'uomo, senza mai averlo avuto veramente.

"Tu sai, Maria, dunque insegnami. Forse questo mi salverà: salverà tutti e due e ci ricondurrà alla vita. Hai ragione, ho soltanto sei anni più di te, eppure ho già vissuto l'equivalente di molte vite. Abbiamo avuto esperienze totalmente diverse, ma siamo entrambi disperati. L'unica cosa che ci dà pace è stare insieme."

Perché diceva queste cose? Non era possibile, eppure era vero. Si erano visti solo una volta e avevano già bisogno l'uno dell'altra. Figurarsi se avessero continuato a incontrarsi: che disastro! Maria era una donna intelligente, con mesi di letture e di osservazione del genere umano alle spalle. Aveva uno scopo nella vita, ma possedeva anche un'anima, che doveva scoprire e conoscere la propria "luce".

Ormai cominciava a essere stanca della sua persona attuale e, malgrado l'imminente viaggio in Brasile fosse una sfida intrigante, ancora non aveva appreso quanto avrebbe voluto sapere. Ralf Hart era un uomo che aveva accettato le sfide, che aveva appreso tutto, ma che ora chiedeva a quella giovane, a quella prostituta, a quella Madre Comprensiva, di salvarlo. Che assurdità!

Altri uomini si erano comportati in quel modo con lei. Molti non erano riusciti ad avere l'erezione; alcuni avevano preteso di essere trattati come bambini; altri avevano detto che l'avrebbero voluta come moglie per eccitarsi al pensiero dei suoi numerosi amanti. Benché non avesse ancora conosciuto un "cliente speciale", Maria aveva già scoperto il gigantesco universo di fantasie che dimorava nell'animo umano. Ognuno di quei compagni occasionali era così abituato al proprio mondo che aveva evitato di dirle: "Aiutami a uscire da questa situazione. Portami via da qui." Anzi, tutti avrebbero voluto prenderla con sé.

E anche se dopo tutti gli incontri con quegli uomini si era sempre ritrovata con più denaro, ma senza energia, non era possibile che non avesse imparato nulla. E se, invece, qualcuno di loro fosse stato davvero in cerca dell'amore, e il sesso avesse costituito soltanto una parte della ricerca, come avrebbe voluto essere trattata? Che cosa sarebbe stato importante che avvenisse al primo incontro?

Che cosa avrebbe voluto davvero che accadesse?

"Ricevere un regalo," disse Maria.

Ralf Hart non capì. Un regalo? Le aveva pagato la serata in anticipo, in taxi, perché conosceva le regole. Che intendeva dire?

All'improvviso, Maria si era resa conto di aver compreso, in quell'istante, ciò che una donna e un uomo avevano bisogno di sentire. Lo prese per mano e lo condusse in uno dei saloni.

"Non saliremo in camera," disse.

Spense quasi tutte le luci, si sedette su un tappeto e lo fece accomodare accanto a sé. Notò che c'era un caminetto.

"Accendi il camino."

"Ma è estate."

"Accendilo, ti prego. Non vuoi che sia io a guidare i nostri passi, stasera? È quello che sto facendo."

Lo guardò decisa, sperando che lui scorgesse di nuovo la sua "luce". E così fu – perché Ralf andò in giardino, prese qualche ciocco umido di pioggia, sistemò alcuni vecchi giornali perché il fuoco asciugasse i tronchi e li attizzasse. Poi si diresse verso la cucina per prendere dell'altro whisky, ma Maria lo bloccò.

"Mi hai forse chiesto che cosa volevo?"

"No."

"Allora sappi che la persona che sta con te deve esistere. Pensa a lei. Chiedile se desidera un whisky, oppure un gin, o magari una tazza di caffè. Domandale che cosa vuole."

"Che cosa vuoi bere?"

"Del vino. E vorrei che tu mi facessi compagnia."

Lui si allontanò con la bottiglia di whisky vuota e tornò con una di vino. A quel punto, il fuoco ardeva vigoroso. Maria spense le poche luci rimaste accese, in modo che soltanto le fiamme illuminassero l'ambiente. Si stava comportando come se avesse sempre saputo che quello era il primo passo: riconoscere l'altro, sapere che esiste.

Aprì la borsa e scovò una penna che aveva comprato al supermercato. Qualsiasi cosa sarebbe servita.

"Questa è per te. Quando l'ho acquistata, pensavo di utilizzarla per annotare qualche idea su come gestire un'azienda agricola. L'ho usata per due giorni, lavorando fino a stancarmi. Conserva un po' del mio sudore, della mia concentrazione e della mia volontà – e ora la consegno a te."

Gli mise delicatamente la penna fra le mani.

"Invece di comprarti un oggetto che a te piacerebbe avere, ti do qualcosa di mio, di veramente mio. Un regalo. Un segno di rispetto verso la persona che mi è davanti, a cui chiedo di comprendere quanto sia importante per me starle accanto. Ora questa persona possiede una piccola parte di me stessa, che le ho dato di mia spontanea volontà."

Ralf si alzò, si avvicinò alla libreria e tornò con un oggetto. Lo porse a Maria.

"Questo è il vagone di un trenino elettrico che avevo da bambino. Ma non potevo giocarci da solo: mio padre diceva che era costoso, importato dagli Stati Uniti. Quindi dovevo aspettare che lui avesse voglia di montare le rotaie in mezzo alla stanza – spesso, però, passava le domeniche ascoltando brani d'opera. E così il giocattolo è sopravvissuto alla mia infanzia, senza mai procurarmi nessuna gioia. Lassù conservo ancora tutti i binari, la locomotiva, le casette, persino il manuale d'istruzioni. Sì, avevo un trenino che non era mio, con il quale non giocavo. Magari fosse andato distrutto come tutti gli altri giocattoli che ho avuto e di cui neppure mi ricordo! Perché la brama di distruggere fa parte del modo in cui un bambino scopre il mondo! Questo trenino intatto mi ricorda sempre una parte della mia infanzia che non ho vissuto, perché era troppo preziosa, o troppo faticosa per mio padre. O forse perché, ogni volta che montava il giocattolo, temeva di dimostrare il suo amore per me."

Maria prese a fissare il fuoco nel camino. Stava accadendo qualcosa – e non era il vino, né l'ambiente accogliente. Era lo scambio di doni.

Anche Ralf si girò verso il fuoco. Rimasero in silenzio, ad ascoltare il crepitio delle fiamme. Bevvero il vino, come se fosse importante non dire nulla, non parlare di nulla, non fare nulla. Limitarsi a stare lì, insieme, guardando nella stessa direzione.

"Ci sono molti treni intatti nella mia vita," disse Maria, dopo un po' di tempo. "Uno è il mio cuore. Anch'io ci giocavo solo quando il mondo montava i binari, e non sempre era il momento giusto."

"Ma tu hai amato?!"

"Sì, ho amato. E molto. Ho amato tanto che, quando il mio amore mi ha chiesto un regalo, ho avuto paura e sono fuggita."

"Non capisco."

"Non ce n'è bisogno. Te lo sto dicendo, cioè te lo sto insegnando, perché ho scoperto un elemento che non conoscevo. Il dono. La consegna di qualche cosa che ti appartiene. Dare piuttosto che ricevere qualcosa di importante. Tu hai un mio tesoro: la penna con cui ho scritto alcuni dei miei sogni. Io ne posseggo uno tuo: il vagone di un trenino, una parte dell'infanzia che non hai vissuto. Adesso porto con me un frammento del tuo passato, e tu serbi un po' del mio presente. Che bello!"

Maria disse tutto ciò senza battere ciglio, senza stupirsi per il proprio comportamento, come se già da tempo sapesse che questa era l'unica maniera – e la migliore – di agire. Si alzò lentamente, prese la giacca e gli diede un bacio sulla guancia. Mai, in nessun momento, Ralf Hart mostrò di volersi alzare: era ipnotizzato dal fuoco, con il pensiero forse rivolto al padre.

"Non ho mai ben capito perché conservassi quel giocattolo. Ora mi è chiaro: per consegnarlo a te, una sera, davanti al camino acceso. Adesso questa casa è più leggera."

Poi aggiunse che, l'indomani, avrebbe regalato a qualche orfanotrofio i binari, la locomotiva, gli altri vagoni e le pasticche che servivano a simulare il fumo.

"Forse, oggi, questo trenino è una rarità che non fabbricano più e vale un mucchio di denaro," lo avvertì Maria, pentendosi subito delle sue parole. Non si trattava di questo, ma di liberarsi di una cosa che per il suo cuore aveva un valore assai superiore.

Prima di aggiungere qualcos'altro che rovinasse quel momento, di nuovo lo baciò sulla guancia e si avviò verso la porta. Ralf era rimasto a guardare il fuoco e lei, gentilmente, lo pregò di andare ad aprirgliela.

L'uomo si alzò e Maria gli disse che, anche se era felice di vederlo lì a fissare il fuoco, voleva che fosse lui ad andare ad aprirle l'uscio. Gli spiegò che i brasiliani hanno una superstizione: quando vanno a trovare qualcuno per la prima volta, al momento del commiato non devono aprire la porta da sé perché, se lo facessero, non tornerebbero mai più in quella casa.

"E io voglio tornare."

"Anche se non ci siamo spogliati, e io non sono entrato in te – anzi, non ti ho neppure sfiorato –, abbiamo fatto l'amore."

Maria rise. Lui si offrì di accompagnarla a casa, ma lei rifiutò.

"Verrò a trovarti domani, al Copacabana."

"Non farlo. Aspetta una settimana. Ho imparato che aspettare è la parte più difficile; inoltre anch'io voglio abituarmi a tutto questo: sapere che sei con me, anche se non ti ho accanto."

Di nuovo, Maria si ritrovò a camminare nel silenzio e nel buio della notte, come aveva già fatto tante volte a Ginevra. In genere, queste passeggiate erano associate alla tristezza, alla solitudine, alla nostalgia della lingua che non parlava da tempo, al desiderio di tornare in Brasile, a conteggi e a orari.

Quella sera, però, Maria camminava per ritrovare se stessa, per rincontrare quella donna che aveva trascorso quaranta minuti davanti al fuoco in compagnia di un uomo, ed era piena di luce, di saggezza, di esperienza e di fascino. Aveva visto il suo volto tempo addietro, mentre passeggiava in riva al lago, riflettendo se dovesse dedicarsi a una vita che non era la sua – quel pomeriggio, aveva sorriso con grande tristezza. Poi lo aveva rivisto ancora su una tela arrotolata; adesso avvertiva di nuovo la presenza di quella figura. Prese un taxi solo molto tempo dopo, quando si accorse che quell'entità magica si era dileguata, lasciandola sola come sempre.

Meglio non pensarci per non rovinare tutto, per non lasciare che l'ansia si sovrapponesse a quanto di bello aveva appena vissuto. Se l'altra Maria esisteva davvero, sarebbe tornata al momento giusto.

Dal diario di Maria, un brano scritto la sera in cui lui le regalò il vagone di un trenino:

Il desiderio profondo, più reale, è quello di avvicinarsi a qualcuno. Da quel momento, cominciano le reazioni, e l'uomo e la donna entrano in gioco. Tuttavia ciò che accade prima – l'attrazione che li ha uniti – è impossibile da spiegare. È il desiderio immacolato, nel suo stato puro.

Quando il desiderio è ancora in quello stato, uomo e donna si innamorano della vita, vivono ogni attimo con venerazione e in modo consapevole, aspettando sempre il momento giusto per celebrare la prossima benedizione.

Queste persone non hanno fretta, non fanno precipitare gli eventi con azioni inconsapevoli: sanno che l'inevitabile si manifesterà, che ciò che è autentico troverà sempre una maniera di mostrarsi. Quando arriva il momento, non esitano, non perdono l'occasione, non si lasciano sfuggire un solo attimo magico perché conoscono e rispettano l'importanza di ogni secondo.

Nei giorni seguenti, Maria scoprì di essere prigioniera della trappola che aveva insistentemente evitato – ma non era né triste né preoccupata. Al contrario: non avendo niente da perdere, si sentiva libera.

Sapeva che, per quanto romantica fosse la situazione, un giorno Ralf Hart avrebbe capito che lei era soltanto una prostituta, mentre lui era un artista rinomato. Che proveniva da un paese lontano, in perenne crisi, mentre lui viveva in un paradiso, dove la vita era organizzata e protetta fin dalla nascita. Lui era cresciuto frequentando le migliori scuole e i musei più importanti del mondo, mentre lei aveva terminato a malapena le superiori. Insomma, simili fantasie non durano molto, e Maria aveva già vissuto abbastanza per capire che il mondo reale non si accordava con i suoi sogni. Tuttavia provava una grande gioia, adesso: poter dire alla realtà che non aveva bisogno dei suoi momenti, che per lei la felicità non dipendeva da ciò che accadeva.

'Come sono romantica, mio Dio.'

Durante la settimana, tentò di scoprire qualcosa che potesse rendere felice Ralf Hart. Quell'uomo le aveva restituito una dignità e una "luce" che credeva perdute per sempre; ma lei poteva ricambiarlo solo con ciò che lui riteneva fosse la sua specialità: il sesso. Poiché non c'erano molte variazioni nella routine del Copacabana, Maria decise di attingere ad altre fonti.

Andò a vedere alcuni film pornografici e, di nuovo, non li trovò interessanti – tranne, forse, per qualche variazione riguardo al numero dei partner. Visto che i film non le servivano granché, per la prima volta da quando era arrivata a Ginevra decise di acquistare qualche libro – benché ritenesse assai più pratico non occupare uno spazio della sua casa con qualcosa che, una volta letto, non serviva ad altro. Entrò in una libreria che aveva notato mentre passeggiava con Ralf lungo il Cammino di Santiago e chiese se avessero qualcosa sull'argomento.

"C'è tantissimo," rispose la giovane commessa. "In verità, sembra che la gente si interessi solo di quello. Oltre a una sezione specializzata, in tutti i romanzi qui intorno troverà almeno una scena di sesso. Per quanto sia dissimulato in bellissimi racconti d'amore, o in trattati seriosi sul comportamento umano, la gente pensa solo a quella cosa."

Considerando anche la sua esperienza, Maria sapeva che la giovane si stava sbagliando: si voleva pensarla in quel modo perché si era convinti che tutto il mondo si preoccupasse del sesso. Si facevano diete, si usavano parrucche, si passavano ore nei saloni di bellezza o nelle palestre, si indossavano abiti provocanti, ci si sforzava di far scoccare quella scintilla, ma a che pro? Quando arrivava il momento di andare a letto, undici minuti ed era fatta. Nessuna creatività, niente che conducesse al paradiso. E ben presto la favilla non aveva più il vigore per mantenere il fuoco acceso.

Comunque era inutile discutere con quella giovane bionda, per la quale il mondo poteva essere spiegato nei libri. Le domandò di nuovo dove fosse la sezione dedicata all'argomento; la raggiunse e vi trovò varie opere su gay, lesbiche, suore che rivelavano storie scabrose sulla Chiesa, e libri illustrati che mostravano tecniche orientali con posizioni alquanto scomode. Soltanto un volume suscitò il suo interesse: *Il sesso sacro*. Perlomeno doveva essere diverso.

Lo comprò, tornò a casa, sintonizzò la radio su una stazione che trasmetteva musiche piuttosto tranquille che favorivano la riflessione, aprì il libro e notò che in varie figure erano illustrate posizioni che solo chi lavorava in un circo avrebbe potuto adottare. Era un testo molto noioso.

Attraverso la sua professione, Maria aveva appreso a sufficienza per sapere che, nella vita, non tutto dipendeva dalla posizione che si assume quando si fa l'amore, e che qualsiasi variante scaturiva perlopiù in maniera naturale, inconsapevole, come i passi di una danza. Tentò comunque di concentrarsi su quello che stava leggendo.

Un paio d'ore dopo, si rese conto di due cose. La prima: che doveva cenare immediatamente, per non far tardi al Copacabana. La seconda: che chi aveva scritto quel libro non capiva assolutamente NIENTE della materia. Tanta teoria, riferimenti orientali, rituali inutili, suggerimenti idioti. L'autore aveva meditato sull'Himalaya (doveva scoprire dove si trovava), frequentato vari corsi di yoga (ne aveva sentito parlare) e letto molto sull'argomento (citava numerosi esperti), ma non aveva appreso l'essenziale. Il sesso non era teoria, incenso che brucia, punti di contatto, riverenze e salamelecchi. Quell'individuo (in realtà, una donna) come poteva osare scrivere su un soggetto che neanche Maria, che pure lo affrontava per lavoro, conosceva bene? Forse era colpa dell'Himalaya, o della necessità di complicare qualcosa la cui bellezza risiede nella semplicità e nella passione. Se quella donna era riuscita a pubblicare – e a vendere – un libro così stupido, avrebbe dovuto ripensare seriamente al suo testo: *Undici minuti*. Non sarebbe stato né cinico né falso, ma soltanto la sua storia, nulla di più.

Tuttavia non ne aveva né il tempo né l'interesse. Doveva concentrare le sue energie per rendere felice Ralf Hart, e per imparare a gestire un'azienda agricola.

Dal diario di Maria, subito dopo aver abbandonato la lettura di quel noioso libro:

Ho incontrato un uomo, e mi sono innamorata di lui. Ho lasciato che mi innamorassi per una semplice ragione: non mi aspetto nulla. So che fra tre mesi sarò lontana da questo posto, e lui sarà un ricordo, ma io non riuscivo più a sopportare di vivere senza amore. Ero arrivata al limite.

Sto scrivendo una storia per Ralf Hart – è questo il suo nome. Non sono sicura che tornerà nel locale dove lavoro, ma per la prima volta nella mia vita questo mi lascia indifferente. Mi basta amarlo, stare con lui nel pensiero e colorare questa bella città con i suoi passi, le sue parole, il suo affetto. Quando lascerò questo paese, lui sarà un volto, un nome, il ricordo di un caminetto. Tutto il resto che ho vissuto qui, tutti i momenti difficili che mi sono lasciata alle spalle, scompariranno al cospetto di questo ricordo.

Per Ralf, vorrei poter fare ciò che lui ha fatto per me. Ho riflettuto a lungo e ho scoperto che non sono entrata casualmente in quel caffè. Gli incontri più importanti sono già combinati dalle anime prim'ancora che i corpi si vedano. Generalmente, essi avvengono quando arriviamo a un limite, quando abbiamo bisogno di morire e rinascere emotivamente.

Gli incontri ci aspettano, ma la maggior parte delle volte evitiamo che si verifichino. Se siamo disperati, invece, se non abbiamo più nulla da perdere oppure siamo entusiasti della vita, allora l'ignoto si manifesta e il nostro universo cambia rotta.

Tutti sanno amare, poiché nascono con questo dono. Alcuni praticano l'amore naturalmente, ma la maggioranza deve apprendere di nuovo, ricordare come si ama; e tutti – senza alcuna eccezione – hanno bisogno di bruciare nel fuoco delle proprie emozioni passate, di rivive-

re gioie e dolori, cadute e riprese, fino al momento in cui sono in grado di intravedere il filo conduttore che esiste dietro ogni nuovo incontro. Sì, perché c'è un filo.

Allora i corpi imparano a parlare il linguaggio dell'anima, e questo si chiama "sesso". Ed è ciò che io posso dare all'uomo che mi ha restituito l'anima, benché lui ignori totalmente la sua importanza nella mia vita. È quello che mi ha chiesto, ed è ciò che avrà. Voglio che sia molto felice.

A volte la vita è molto avara: passano giorni, settimane, mesi e anni senza che una persona avverta qualcosa di nuovo. Poi, quando apre una porta – come nel caso di Maria con Ralf Hart – nello spazio libero si riversa una vera e propria valanga. C'è un attimo in cui non si ha nulla, mentre quello successivo offre più di quanto si riesca ad accettare.

Due ore dopo avere scritto il diario, quando arrivò al Copacabana, Maria fu chiamata da Milan, il proprietario:

"Allora, sei uscita con quel pittore."

Doveva essere conosciuto lì. Maria lo aveva capito quando, senza domandare il prezzo, aveva pagato la somma esatta per tre clienti. La ragazza si limitò ad annuire, sperando di creare un certo mistero al quale, peraltro, Milan non diede la minima importanza, visto che conosceva quella vita meglio di lei.

"Ormai dovresti essere pronta per il prossimo passo. C'è un 'cliente speciale' che chiede sempre di te. Quando gli ho detto che non avevi esperienza, mi ha creduto. Ma forse adesso è il momento di tentare."

Un cliente speciale?

"E questo cosa c'entra con il pittore?"

"Anche lui è un 'cliente speciale'."

E così, tutto quello che aveva fatto con Ralf Hart doveva essere già stato sperimentato da altre ragazze. Si morse le labbra e non disse niente – aveva passato una bellissima settimana, non poteva dimenticare ciò che aveva scritto.

"Devo fare quello che ho fatto con lui?"

"Non so che cosa abbiate fatto. Ma oggi, se qualcuno ti offre da bere, non accettare. I clienti speciali pagano meglio. Non te ne pentirai."

La serata cominciò nel solito modo, con le thailandesi sedute sempre vicine, le colombiane con l'abituale espressione di chi la sa lunga, le tre brasiliane (compresa Maria) che fingevano un'aria distratta, come se non ci fosse nulla di nuovo o di interessante. C'erano anche un'austriaca e due tedesche – e il resto delle offerte della *maison* era costituito da ragazze della vecchia Europa Orientale, alte e belle, con gli occhi chiari, che generalmente si sposavano prima delle altre.

Entrarono gli uomini: russi, svizzeri, tedeschi, manager sempre occupatissimi, che potevano permettersi di pagare i servizi delle prostitute più costose di una delle città più care del mondo. Alcuni si avvicinarono al suo tavolo; ogni volta, lei guardava Milan, che le faceva un cenno di diniego. Maria era contenta: quella sera non avrebbe dovuto aprire le cosce, sopportare odori, fare docce in bagni non sempre immacolati. Avrebbe dovuto soltanto insegnare a un uomo, ormai stanco del sesso, come fare l'amore. A ben pensarci, non era da tutte possedere la creatività necessaria per inventare la storia del presente.

Comunque, la ragazza si poneva una domanda: "Chissà perché, dopo aver provato tutto, vogliono tornare proprio all'inizio?" Be', non erano problemi suoi. Purché pagassero profumatamente, lei era lì per servirli.

Entrò un uomo più giovane di Ralf Hart: bello, capelli neri, dentatura perfetta; indossava un abito che ricordava quelli cinesi – senza cravatta, con un semplice collarino alto – e, sotto di esso, un'impeccabile camicia bianca. Si diresse al bar, dove c'era Milan. Entrambi guardarono Maria; poi lui le si avvicinò:

"Prendi un drink?"

Da lontano, Milan annuì, e lei invitò l'uomo a sedersi al suo tavolo. Ordinò il solito cocktail di frutta e, mentre aspettava l'invito a ballare, lui si presentò:

"Il mio nome è Terence, e lavoro per una casa discografica in Inghilterra. So di essere in un locale dove posso fidarmi delle persone e, dunque, penso che tutto rimarrà fra noi."

Maria stava per mettersi a parlare del Brasile, ma lui la bloccò:

"Milan mi ha detto che te ne intendi delle cose che voglio."

"Non so che cosa tu voglia, ma stai sicuro che me ne intendo di quello che faccio."

Il rituale non fu rispettato. L'uomo pagò il conto, e la prese sottobraccio; uscirono e salirono su un taxi, dove lui le porse mille franchi. Per un attimo, Maria ripensò all'arabo con cui era andata a cena in quel ristorante tappezzato di dipinti famosi. Da allora, era la prima volta che riceveva una somma di quell'entità e, invece di esserne contenta, ne fu innervosita.

Il taxi si fermò davanti a uno degli alberghi più costosi della città. L'uomo salutò il portiere, dimostrando una grande familiarità con l'ambiente. Salirono direttamente in una suite con vista sul fiume. Lui stappò una bottiglia di vino – probabilmente molto raro – e gliene offrì una coppa.

Maria lo guardava mentre beveva. Cosa desiderava da una prostituta un uomo di quel genere, ricco e bello? Visto che non diceva niente, anche lei rimase in silenzio, domandandosi cosa mai potesse soddisfare un "cliente speciale". Capì che non doveva prendere l'iniziativa: quando lui avesse deciso di aprire il gioco, l'avrebbe trovata pronta a seguirlo senza tentennamenti. In fin dei conti, non capitava tutte le sere di guadagnare mille franchi.

"Abbiamo tempo," disse Terence. "Tutto il tempo che vogliamo. Puoi dormire qui, se lo desideri."

Nella ragazza tornò l'insicurezza. Quell'uomo non sembrava affatto intimidito; parlava con un tono calmo, con una voce diversa da quella di tutti gli altri. Sapeva quello che voleva. Mise una musica perfetta, al momento giusto, in quella stanza stupenda, con un'eccellente finestra che si affacciava sul lago di una città ideale. Indossava un abito di ottima fattura, e la sua valigia era lì in un angolo, piccola, come se lui non avesse bisogno di granché per viaggiare, o fosse venuto a Ginevra solo per quella notte.

"Andrò a dormire a casa," rispose Maria.

L'uomo che aveva davanti si trasformò totalmente. I suoi occhi acquistarono un bagliore freddo, glaciale.

"Siediti lì," disse, indicando una sedia accanto al piccolo scrittoio.

Era un ordine! Un vero e proprio ordine. Maria obbedì e, stranamente, si sentì eccitata.

"Stai seduta ben eretta. Raddrizza le spalle, come una donna di classe. Se non lo farai, ti castigherò."

Castigare? 'Cliente speciale?' Bastò un attimo, e Maria capì: prese dalla borsa i mille franchi e li posò sullo scrittoio.

"So che cosa vuoi," disse, fissando intensamente i gelidi occhi azzurri dell'uomo. "E non sono disposta."

Lui parve ridiventare normale; si rese conto che lei stava parlando seriamente.

"Bevi pure il tuo vino," disse. "Non ti costringerò a nulla. Puoi restare ancora un po', oppure andartene, se vuoi."

Quella frase la tranquillizzò.

"Ho un lavoro. Ho un padrone che mi protegge e ha fiducia in me. Ti prego di non dirgli niente."

Maria pronunciò queste parole senza alcun tono pietoso, senza implorare nulla – era semplicemente la realtà della sua vita.

Anche Terence era tornato a essere l'uomo di prima: né dolce né duro – soltanto un cliente che, al contrario degli altri, dava l'impressione di sapere cosa desiderasse. Ora sembrava che fosse uscito da una trance, da una rappresentazione che non era mai cominciata.

Ma valeva la pena andarsene così, senza scoprire cosa significasse l'espressione "cliente speciale"?

"Che cosa vorresti, esattamente?"

"Lo sai. Dolore. Sofferenza. E piacere intenso."

'Il dolore e la sofferenza non si coniugano con il piacere intenso,' pensò Maria, anche se avrebbe voluto disperatamente credere il contrario e, in tal modo, far diventare positive gran parte delle esperienze negative della propria vita.

L'uomo la prese per mano e la condusse alla finestra: dall'altra parte del lago potevano vedere la torre di una cattedrale – Maria ricordava di esserci passata vicino mentre percorreva con Ralf Hart il Cammino di Santiago.

"Vedi questo fiume, questo lago, queste case e quella chiesa? Be', cinquecento anni fa era tutto più o meno identico. Tranne il fatto che la città era completamente deserta. Una malattia sconosciuta si era diffusa in tutta l'Europa, e nessuno sapeva perché mietesse tante vittime. Una malattia che cominciarono a chiamare 'Peste Nera', una punizione che Dio aveva mandato sulla terra a causa dei peccati degli uomini.

"Fu allora che un gruppo di persone decise di sacrificarsi per l'umanità e di offrire ciò che maggiormente temeva: il dolore fisico. Quegli individui presero a vagare giorno e notte attraverso questi ponti, lungo queste vie, flagellandosi il corpo con fruste o catene. Soffrivano in nome di Dio e, con il loro dolore, lo celebravano. Ben presto scoprirono di essere più felici così che non facendo il pane, lavorando i campi o governando gli animali. Il dolore non era più sofferenza, ma piacere di riscattare l'umanità dai suoi peccati. Esso si trasformò in gioia, in senso della vita, in godimento."

I suoi occhi riacquistarono quel freddo bagliore che Maria aveva scorto qualche minuto prima. L'uomo prese il denaro che lei aveva lasciato sullo scrittoio, contò centocinquanta franchi e glieli infilò nella borsa.

"Non preoccuparti del tuo padrone. Ti ho dato i soldi per la sua commissione, e ti prometto che non gli dirò niente. Ora puoi andare."

Lei afferrò il resto del denaro.

"No!"

Erano il vino, l'arabo del ristorante, la donna con il sorriso triste, l'idea che non sarebbe mai più tornata in quel locale maledetto, la paura dell'amore che si stava avvicinando nelle fattezze di un uomo, le lettere a sua madre che parlavano di una vita bella e ricca di occasioni di lavoro, il ragazzino che le aveva chiesto una penna nell'infanzia, le battaglie contro se stessa, i sensi di colpa, la curiosità, il denaro, la ricerca dei propri limiti, le occasioni e le opportunità perdute. Lì c'era un'altra Maria: che non offriva doni, ma si dava in sacrificio.

"La paura è passata, andiamo avanti. Se necessario, castigami pure, perché sono una ribelle. Ho mentito, ho tradito, ho agito in maniera sconveniente con chi mi ha protetto e amato."

Era entrata nel gioco. Stava dicendo le cose giuste.

"Inginocchiati!" disse Terence, con voce bassa e spaventosa.

Maria obbedì. Non era mai stata trattata in quella maniera – e non sapeva se fosse un bene o un male. Voleva soltanto andare avanti, meritava di essere umiliata per tutto ciò che aveva fatto nella vita. Stava entrando in un ruolo, in un nuovo personaggio, in una donna che non conosceva affatto.

"Sarai punita. Perché sei inutile, non conosci le regole, non sai nulla del sesso, della vita, dell'amore."

Mentre parlava, Terence si trasformava in due uomini diversi: uno che spiegava tranquillamente le regole e l'altro che la faceva sentire la persona più miserabile della terra.

"E sai perché accetto tutto ciò? Perché non c'è piacere più grande dell'iniziare qualcuno a un mondo sconosciuto. Togliere la verginità – non del corpo, ma dell'anima, capisci?"

Sì, Maria capiva.

"Oggi potrai farmi delle domande. Ma la prossima volta no. Quando si aprirà il sipario del nostro teatro, la rappresentazione avrà inizio e non potrà essere interrotta. Se ciò accadrà, sarà perché le nostre anime non si sono accordate. Rammenta: è una rappresentazione teatrale. Tu dovrai incarnare la figura che non hai mai avuto il coraggio di essere. A poco a poco, scoprirai che sei tu quel personaggio, ma fino a quando non riuscirai a scorgerlo con chiarezza, cerca di fingere, di inventare."

"E se non sopporterò il dolore?"

"Non esiste dolore: c'è qualcosa che si trasforma in delizia, in mistero. Fa parte della rappresentazione dire: 'Non trattarmi così, mi fai male.' Oppure: 'Fermati, non ce la faccio più!' E perciò, al fine di evitare il pericolo... Abbassa il capo e non guardarmi!"

Maria, inginocchiata, chinò il capo e si mise a fissare il pavimento.

"... al fine di evitare che questo rapporto causi qualche serio danno fisico, avremo due codici. Se uno di noi pronuncerà la parola 'giallo', significa che la violenza dovrà essere ridotta. Se dirà 'rosso', ci si dovrà fermare immediatamente."

"Hai detto 'uno di noi'?"

"I ruoli si alternano. Non esiste uno senza l'altro. Nessuno saprà umiliare, se non sarà umiliato."

Erano parole terribili, provenienti da un mondo che Maria non conosceva, pieno di ombra, fango e marciume. Ma nonostante questo, la ragazza avvertiva il desiderio di continuare: il suo corpo stava tremando, di paura e di eccitazione.

La mano di Terence le sfiorò il capo con una tenerezza inaspettata.

"Fine."

Le chiese di alzarsi: senza particolare dolcezza, ma anche senza la dura aggressività che aveva mostrato in precedenza. Maria indossò la giacca, ancora tremante. Terence notò il suo stato.

"Fumati una sigaretta prima di andare via."

"Non è successo niente."

"Non c'è bisogno che oggi avvenga qualcosa. Comincerà a succedere nella tua anima e, la prossima volta che ci incontreremo, sarai pronta."

"Valeva mille franchi, questa notte?"

L'uomo non rispose e si accese una sigaretta; poi finirono il vino, ascoltarono quella musica perfetta e, insieme, assaporarono il silenzio. Finché giunse il momento di dire qualcosa, e Maria fu sorpresa delle sue stesse parole:

"Non capisco perché io voglia sperimentare questo fango."

"Per mille franchi."

"Non è così."

Terence sembrava contento della risposta.

"Anch'io mi sono domandato la stessa cosa. Il marchese de Sade diceva che le più importanti esperienze dell'uomo sono quelle che lo portano all'estremo. Soltanto così apprendiamo, perché ciò richiede tutto il nostro coraggio.

"Quando un capo umilia un sottoposto, o un uomo ferisce la dignità della sua donna, è solo un vigliacco, oppure si sta vendicando della vita. È un essere che non ha mai osato guardare nel fondo della propria anima, che non ha mai cercato di scoprire da dove provenga il desiderio di liberare la fiera selvaggia, di capire che cosa siano il sesso, il dolore, l'amore: sono esperienze-limite dell'uomo.

"E soltanto chi conosce queste frontiere può dire di conoscere la vita. Il resto è solo un far passare il tempo, un ripetere lo stesso esercizio, invecchiare e morire senza avere realmente saputo che cosa si stava facendo."

Di nuovo la strada e il silenzio, e la voglia di camminare. Quell'uomo sbagliava: non c'era bisogno di conoscere i propri dèmoni per incontrare Dio. Maria incrociò degli studenti che uscivano da un bar: avevano bevuto ed erano piuttosto allegri; apparivano belli e pieni di salute. Ben presto avrebbero concluso l'università, iniziando quella che viene definita la "vera vita": lavoro, matrimonio, figli, televisione, amarezza, vecchiaia, sensazione di cose perdute, frustrazioni, malattie, invalidità, dipendenza dagli altri, solitudine, morte.

Che stava succedendo? Anche lei cercava la tranquillità per vivere la sua "vera vita". Il tempo trascorso in Svizzera, facendo qualcosa che non avrebbe mai immaginato, era solo quel periodo difficile che prima o poi affrontano tutti. Durante quella fase frequentava il Copacabana, si accompagnava agli uomini per denaro, diventava la Ragazza Ingenua, la Donna Fatale e la Madre Comprensiva a seconda del cliente.

Era solo un lavoro cui si dedicava con il massimo della professionalità – per via delle mance – e il minimo dell'interesse – per paura di abituarvisi. Aveva passato nove mesi a scrutare il mondo intorno a sé, e ora, poco prima di tornare nel suo paese, stava scoprendo di essere capace di amare senza pretendere nulla in cambio e di soffrire senza motivo. Come se la vita avesse scelto questo mezzo sordido, strano, per insegnarle qualcosa sui propri misteri, sulla propria luce e le proprie tenebre.

Dal diario di Maria, la sera in cui incontrò Terence per la prima volta:

Ha citato Sade, del quale non ho mai letto una sola riga. Ho soltanto udito i tradizionali commenti sul sadismo: "Arriviamo a conoscerci soltanto quando raggiungiamo i nostri limiti." E questo è vero. Eppure può anche essere considerato erroneo, perché non è importante conoscere tutto di noi stessi. L'essere umano non è fatto solo per ricercare la saggezza, ma anche per arare la terra, aspettare la pioggia, piantare e raccogliere il grano, fare il pane.

Io sono due donne: una desidera sperimentare tutte le gioie, tutte le passioni, tutte le avventure che la vita può dare; l'altra vuole essere schiava della routine, della vita familiare, delle cose che si possono pianificare e raggiungere. Io sono la prostituta e la casalinga, che vivono nello stesso corpo, e lottano l'una contro l'altra.

L'incontro di una donna con se stessa è un gioco che comporta seri rischi. È una danza divina. Quando ci incontriamo, siamo due energie sovrannaturali, due universi che si scontrano. Se nell'incontro non c'è il rispetto dovuto, allora un universo distrugge l'altro.

Maria era di nuovo nel salone della casa di Ralf Hart: il fuoco del camino, il vino, loro seduti sul tappeto... Tutto ciò che aveva vissuto il giorno precedente con quell'inglese non era che un sogno o un incubo – a seconda del suo stato d'animo. Ora cercava nuovamente una ragione di vita o, per meglio dire, l'abbandono più folle, quello in cui si offre il proprio cuore e non si chiede nulla in cambio.

Era cresciuta nell'attesa di questo momento, sapendo, infine, che il vero amore non aveva niente da spartire con ciò che immaginava, ossia una catena di avvenimenti provocati dall'energia amorosa: innamoramento, impegno, matrimonio, figli, attesa, cucina, luna-park alla domenica, altra attesa, vecchiaia insieme, fine dell'attesa e, al suo posto, pensione del marito, malattie, l'impressione che ormai fosse troppo tardi per vivere insieme quello che si sognava.

Guardò l'uomo al quale aveva deciso di consegnarsi, di non raccontare mai ciò che sentiva, perché le sensazioni che adesso provava erano comunque molto differenti dal passato, sotto qualsiasi aspetto, anche quello fisico. Lui sembrava più a suo agio, come se stesse iniziando un periodo interessante della propria esistenza. Sorrideva, narrava episodi di un recente viaggio a Monaco per incontrare il direttore di un importante museo.

"Mi ha domandato se la tela coi volti di Ginevra fosse ultimata. Gli ho detto che avevo incontrato una delle persone più belle che avrei voluto dipingere. Una donna piena di luce. Ma non voglio parlare di me, voglio abbracciarti. Ti desidero."

Desiderio. Desiderio? Desiderio! Proprio così: era il punto di partenza per quella serata, giacché si trattava di qualcosa che lei conosceva molto bene!

Per esempio: si risveglia il desiderio non concedendo subito il proprio oggetto.

"Allora, desiderami. È proprio ciò che stiamo facendo in questo momento. Tu sei a meno di un metro da me, sei stato in un locale, hai pagato per i miei servizi, sai di avere il diritto di toccarmi. Ma non osi. Guardami. Guardami e pensa che io potrei anche voler rifiutare. Immagina i tuoi sguardi che oltrepassano i miei vestiti."

Durante il lavoro, Maria indossava sempre vestiti neri, e non capiva il motivo per cui le altre ragazze del Copacabana cercassero di risultare provocanti con scollature e colori sgargianti. Per lei, eccitare un uomo significava vestirsi come qualsiasi altra donna che lui poteva incontrare in ufficio, in treno, o a casa di un'amica della moglie.

Ralf la guardò. Maria capì che la stava spogliando con gli occhi: le piacque sentirsi desiderata in quel modo, senza alcun contatto, come in un ristorante o in fila alla cassa di un cinema.

"Ci troviamo in una stazione," proseguì Maria. "Aspettiamo il treno insieme, ma tu non mi conosci. I miei occhi, però, incrociano i tuoi, per caso, e non si sviano. Tu non sai che cosa sto tentando di dire perché, pur essendo un uomo intelligente, capace di vedere la 'luce' degli altri, non sei abbastanza sensibile per cogliere ciò che questa luce illumina."

Aveva appreso il "teatro". Cercò di dimenticare subito il viso di quel manager inglese, ma lui era lì, e guidava la sua immaginazione.

"I miei occhi sono fissi nei tuoi, e magari mi sto domandando: 'L'ho già conosciuto in qualche posto?' O magari sono distratta. Oppure ho paura di mostrarmi antipatica. Forse mi conosci: per qualche secondo, voglio poterti concedere il beneficio del dubbio, per concluderne infine che si tratta di una certezza, oppure di un malinteso.

"Ma può anche darsi che stia desiderando la cosa più semplice del mondo: incontrare un uomo. È possibile che stia tentando di fuggire da un amore che mi ha fatto soffrire. Oppure che stia cercando di vendicarmi di un tradimento recente e abbia deciso di venire in questa stazione alla ricerca di uno sconosciuto. Può darsi che voglia essere la tua prostituta per una sola notte, per fare qualcosa di diverso nella mia vita noiosa. O magari sono davvero – perché no? – una prostituta, che è lì in cerca di un cliente."

Un breve silenzio. Tutt'a un tratto, Maria si era distratta. Era tornata in quell'albergo, all'umiliazione – al "giallo", al "rosso", al dolore e al piacere intenso. Era qualcosa che le aveva toccato l'anima, in un modo che non gradiva affatto.

Ralf notò il suo cambiamento e cercò di ricondurla nella stazione.

"In questo incontro, anche tu mi desideri?"

"Non lo so. Non ci siamo parlati, e nemmeno tu lo sai."

Qualche altro secondo di distrazione. L'idea del "teatro", comunque, era di grande aiuto: faceva incarnare il vero personaggio, allontanava le molte personalità false che dimorano in noi.

"Comunque io non distolgo gli occhi e tu non sai che cosa fare. Devi avvicinarti? Sarai respinto? Chiamerò una guardia? Oppure ti inviterò a prendere un caffè?"

"Io sto tornando da Monaco," disse Ralf Hart, e il tono della sua voce era diverso, come se si stessero incontrando davvero per la prima volta. "Sto pensando a una serie di quadri sulle personalità che si mettono in gioco nel sesso. Sulle molte maschere che si adottano per non vivere mai il vero incontro."

Conosceva il "teatro". Milan aveva detto che anche lui era un "cliente speciale". Un campanello di allarme, ma a Maria occorreva un po' di tempo per pensare.

"Il direttore del museo mi ha chiesto: 'Su cosa intende basare il lavoro?' Ho risposto: 'Sulle donne che si reputano libere di fare l'amore per denaro.' Lui ha soggiunto: 'Non va bene, queste donne noi le chiamiamo «prostitute».' Ho risposto: 'Bene, sono prostitute. E allora studierò la loro storia e farò qualcosa di più intellettuale, di più aderente al gusto delle famiglie che visitano il museo. È solo una questione di cultura, sa? Presentare in maniera gradevole ciò che si stenta ad accettare.' Il direttore ha insistito: 'Ma il sesso non è più un tabù. È talmente sfruttato che è difficile fare un lavoro su questo tema.' Ho domandato: 'Lei sa da dove proviene il desiderio sessuale?' 'Dall'istinto,' ha risposto il direttore. 'Sì, dall'istinto, ma questo lo sanno tutti. Come si può fare una bella mostra, se si parla soltanto di scienza? Io voglio parlare di come l'uomo spiega questa attrazione. Del modo in cui la racconterebbe un filosofo, magari.' Il direttore mi ha chiesto di fargli un esempio. Gli ho risposto che, quando avessi preso il treno per tornare a casa e una donna mi avesse guardato, le avrei parlato della cosa. Le avrei detto che, essendo un'estranea, avremmo potuto avere la libertà di fare tutto ciò che avevamo sognato, di vivere tutte le nostre fantasie e poi tornarcene a casa, dalle nostre mogli e dai nostri mariti, senza incontrarci mai più. E così, in questa stazione ferroviaria, io ti vedo."

"La tua storia è talmente interessante che sta uccidendo il desiderio."

Ralf Hart rise e ne convenne. Il vino era finito, così lui andò in cucina a prenderne un'altra bottiglia. Maria rimase a guardare il fuoco; sapeva perfettamente quale sarebbe stato il passo successivo, ma si godette comunque quell'ambiente accogliente, dimenticando l'inglese e abbandonandosi di nuovo.

Ralf versò il vino nei bicchieri.

"Solo per curiosità, come finiresti questa storia con il direttore?"

"Trovandomi di fronte a un intellettuale, citerei Platone. Secondo il filosofo, all'inizio della creazione, gli uomini e le donne non erano come oggi. Esisteva un essere unico, piuttosto basso, con un corpo e un collo; la sua testa presentava due facce, ciascuna delle quali guardava in una direzione. Era come se fossero due creature unite per le spalle, con due sessi diversi, quattro gambe, quattro braccia.

"Gli dèi greci, però, erano gelosi. Si resero conto che una creatura con quattro braccia lavorava di più, che le due facce la rendevano sempre vigile e non la si poteva attaccare a tradimento, che le quattro gambe le consentivano di non sottoporsi a grandi sforzi per stare in piedi o camminare a lungo. Inoltre – e si trattava della cosa più pericolosa – quell'essere possedeva entrambi i sessi e, dunque, non aveva bisogno di nessuno per continuare a riprodursi sulla terra.

"Allora Zeus, il signore supremo dell'Olimpo, disse: 'Ho un piano per far sì che questi mortali perdano la loro forza.'

"E, con un fulmine, tagliò quell'essere in due, creando l'uomo e la donna. In tal modo aumentò la popolazione del mondo e, nello stesso tempo, la disorientò e la indebolì – coloro che abitavano la terra adesso dovevano andare alla ricerca della parte perduta, riabbracciarla e, in quella stretta, recuperare l'antica forza, la capacità di evitare il tradimento, la resistenza per percorrere lunghe distanze e sopportare i lavori faticosi. E noi definiamo 'sessuale' quell'abbraccio in cui i due corpi si fondono di nuovo."

"È una storia vera?"

"Sì, secondo Platone, il filosofo greco."

Maria lo guardava affascinata; l'esperienza della notte precedente si era dissolta del tutto. L'uomo che le stava davanti era pervaso dalla stessa "luce" che aveva scorto in lei; aveva raccontato quella strana storia con entusiasmo, con gli occhi brillanti non più di desiderio, ma di gioia.

"Posso chiederti un favore?"

Ralf rispose che avrebbe potuto domandargli qualsiasi cosa.

"Potresti dirmi perché, dopo che gli dèi ebbero separato la creatura con quattro gambe, alcuni decisero che quell'abbraccio potesse essere solo un atto ordinario, un affare come un altro, qualcosa che, invece di aumentarla, sottrae energia alle persone?"

"Stai parlando della prostituzione?"

"Proprio così. Sapresti dirmi quando il sesso ha cessato di essere sacro?"

"Se lo desideri, cercherò di scoprirlo," rispose Ralf. "Sai, non ci avevo mai pensato, e credo che non lo abbia fatto nessuno. Forse non c'è materiale al riguardo."

Maria non resse alla pressione:

"Non hai pensato che le donne, soprattutto le prostitute, sono capaci di amare?"

"Sì. Mi è venuto in mente il primo giorno, quando eravamo seduti al tavolo di quel bar, nel momento in cui ho visto la tua luce. Prima, mentre pensavo di invitarti per un caffè, ho scelto di credere in tutto, compresa la possibilità che tu mi riconducessi in quel mondo da cui mi sono allontanato tanto tempo fa."

Adesso non esisteva più alcuna possibilità di tornare indietro. Maria, l'insegnante, doveva accorrere immediatamente in suo aiuto, oppure lo avrebbe abbracciato, baciato e gli avrebbe chiesto di non lasciarla mai più."

"Ritorniamo alla stazione ferroviaria," disse. "O meglio, torniamo a questa stanza, al giorno in cui siamo venuti qui per la prima volta, e tu hai riconosciuto la mia esistenza e mi hai fatto un regalo. È stato il primo tentativo di entrare nella mia anima, ma tu non sapevi se eri il benvenuto. Come racconta la tua storia, gli esseri umani furono divisi, e adesso cercano di nuovo l'abbraccio che li unisca. È il nostro istinto. Ma anche la ragione per cui sopportiamo tutte le cose ardue e spiacevoli che accadono nel corso di questa ricerca.

"Voglio che tu mi guardi, ma, nello stesso tempo, devi fare in modo che io non lo noti. Il primo desiderio è importante perché è nascosto, proibito, non consentito. Tu non sai se ti trovi davanti all'altra tua metà proibita, né tanto meno ne è a conoscenza lei, ma qualcosa le attrae – e bisogna credere che sia vero."

'Da dove sto tirando fuori tutto ciò? Dal profondo del mio cuore, perché vorrei che fosse stato sempre così. Sto estraendo queste fantasticherie dal mio personale sogno di donna.'

Maria abbassò leggermente una spallina del vestito, affinché una parte – minima – del suo capezzolo restasse scoperta.

"Il desiderio non è ciò vedi, ma quello che immagini."

Ralf Hart stava guardando una donna dai capelli corvini, che indossava abiti dello stesso colore, seduta sul pavimento del suo salotto, pervasa da desideri assurdi, come accendere il caminetto in estate. Sì, voleva figurarsi ciò che quegli abiti nascondevano: immaginava la dimensione dei suoi seni, sapeva che il reggipetto era superfluo, forse si trattava di un obbligo di lavoro. I suoi seni non erano né grandi né piccoli: erano giovani. Il suo sguardo non lasciava trasparire nulla. Che ci faceva lei, lì? Perché lui stava alimentando quella relazione pericolosa, assurda, visto che non aveva problemi a trovare una compagnia? Era ricco, giovane, famoso, di bell'aspetto. Adorava il suo lavoro, aveva amato le donne con cui era stato sposato, aveva provato la gioia di essere amato. Insomma, era una persona che, secondo tutti i canoni, avrebbe dovuto urlare: "Io sono felice."

Ma non lo era. Mentre la maggior parte degli esseri umani si affannava per un pezzo di pane, per avere un tetto sopra la testa, un lavoro che le permettesse di vivere dignitosamente, Ralf Hart aveva tutto – la qual cosa lo rendeva ancora più miserabile. Se avesse fatto un bilancio della propria vita, ne sarebbe risultato che forse aveva vissuto solo due o tre giorni, quelli in cui si era svegliato, aveva guardato il sole o la pioggia e si era sentito felice che fosse mattino, semplicemente felice, senza nessun desiderio, nessun progetto, niente da chiedere in cambio. Tranne quei pochi giorni, aveva sprecato la propria esistenza in sogni, frustrazioni e tentativi di realizzazione, nel desiderio di superare se stesso, in viaggi al di là dei propri limiti. Sì, aveva passato la vita tentando di dimostrare qualcosa, anche se non sapeva bene che cosa e a chi.

Guardava la bella donna davanti a sé, discretamente vestita di nero, una donna che aveva incontrato per caso, sebbene l'avesse già vista in un locale, notando come fosse inadatta a quel luogo. Ora lei gli chiedeva di desiderarla, e lui la desiderava molto, molto di più di quanto potesse immaginare – e non per i suoi seni o per il suo corpo. Per la sua compagnia, piuttosto. Avrebbe voluto abbracciarla, restare in silenzio a fissare il fuoco, bevendo un bicchiere di vino e fumando un'altra sigaretta: era sufficiente questo. La vita era fatta di cose semplici, e lui si sentiva stanco di tutti quegli anni trascorsi alla ricerca di qualcosa che ignorava.

Se l'avesse toccata, se lo avesse fatto, tutto sarebbe andato perduto. Perché, nonostante la sua "luce", non era sicuro che lei capisse quanto era bello starle accanto. La pagava? Sì, e avrebbe continuato a farlo per il tempo che fosse stato necessario, fino a potersi sedere insieme sulla riva del lago, parlare d'amore e udire le stesse parole di rimando. Meglio non rischiare, non precipitare le cose, non dire nulla.

Ralf Hart smise di torturarsi e tornò a concentrarsi sul gioco che avevano appena inventato insieme. Quella donna aveva ragione: non bastavano il vino, il fuoco, le sigarette, la compagnia. Ci voleva un altro tipo di ubriachezza, e un altro tipo di fiamma.

Lei indossava un abito con le spalline, e aveva lasciato che un seno facesse capolino: Ralf poteva vedere la sua carne, più bruna che chiara. La desiderò. Intensamente.

Maria notò il cambiamento negli occhi dell'uomo. Sapersi desiderata la eccitava più di qualsiasi altra cosa. Niente a che vedere coi canoni convenzionali – "Voglio fare l'amore con te, voglio sposarti, voglio portarti all'orgasmo, voglio avere un figlio". No, il desiderio era una sensazione libera, fluttuante nello spazio, che vibrava e colmava la vita con la brama di possedere qualcosa. E ciò bastava: questa volontà faceva muovere ogni cosa, abbatteva le montagne e le rendeva umido il sesso.

Il desiderio era la fonte di tutto: la partenza dal suo paese, la scoperta di un nuovo mondo, lo studio del francese, il superamento dei preconcetti, il sogno di un'azienda agricola, l'amare senza chiedere nulla in cambio, il sentirsi donna solo grazie allo sguardo di un uomo. Con lentezza calcolata, abbassò l'altra spallina e il vestito le scivolò lungo il busto. Poi sganciò il reggiseno. E rimase lì, con la parte superiore del corpo nuda, chiedendosi se lui le sarebbe saltato addosso, se l'avrebbe toccata giurandole il suo amore, o se fosse stato abbastanza sensibile per provare, nel solo desiderio, lo stesso piacere del sesso.

Intorno a loro le cose cominciarono a mutare: i rumori non esistevano più e, a poco a poco, scomparirono anche il caminetto, i quadri, i libri, sostituiti da una sorta di trance in cui c'era soltanto l'oscuro oggetto del desiderio, e nient'altro aveva importanza.

L'uomo non si mosse. All'inizio, una certa timidezza velò il suo sguardo, ma non durò a lungo. Lui la fissava e, nel mondo della sua immaginazione, la titillava con la lingua, facevano l'amore, sudavano, si abbracciavano, fondevano tenerezza e violenza, urlavano e gemevano insieme.

Nell'universo reale, però, non dicevano nulla: nessuno dei due si muoveva, e questo eccitava tremendamente Maria, perché anche lei si sentiva libera di pensare ciò che voleva. Gli chiedeva di toccarla con dolcezza, spalancava le gambe, si masturbava davanti a lui, pronunciava frasi romantiche e volgari quasi fossero la stessa cosa, aveva un orgasmo dopo l'altro, svegliava i vicini, destava il mondo intero con le sue grida. Lì c'era il suo uomo, a darle piacere e gioia; con lui poteva essere se stessa, parlare dei propri problemi sessuali, raccontare come avrebbe voluto passare insieme il resto della notte, della settimana, della vita.

Il sudore cominciò a stillare dalla fronte di entrambi. Per via del fuoco del camino, si dicevano mentalmente l'un l'altro. Ma sia l'uomo che la donna in quella stanza erano giunti al limite: avevano usato tutta la loro immaginazione, vissuto insieme un'eternità di momenti belli. Dovevano fermarsi: un passo oltre, e quella magia sarebbe stata cancellata dalla realtà.

Con gesti molto lenti – giacché la conclusione è sempre più difficile dell'inizio –, lei si rimise il reggiseno, celando i capezzoli. L'universo riprese il suo posto, gli oggetti intorno ricomparvero. Maria si tirò su il vestito che le era scivolato fino alla vita, sorrise e, delicatamente, gli sfiorò il viso. Ralf le prese la mano e la premette contro la sua guancia, senza sapere se tenerla lì o con quanta intensità stringerla.

La ragazza avvertì il desiderio di dirgli che lo amava. Ma questo avrebbe rovinato tutto: avrebbe potuto spaventarlo oppure, peggio, far sì che rispondesse che anche lui provava lo stesso sentimento. Ed era qualcosa che Maria non voleva: la libertà del suo amore consisteva nel non avere nulla da chiedere o da aspettarsi.

"Chi è capace di sentire, sa che si può provare piacere ancor prima di sfiorare l'altra persona. Le parole, gli sguardi... racchiudono il segreto della danza. Ma il treno è arrivato: ognuno se ne va per la sua strada. Spero di poterti accompagnare in questo viaggio fino a... Fino a dove?"

"Al ritorno a Ginevra," disse Ralf.

"Chi osserva – e scopre – la persona che ha sempre sognato, sa che l'energia sessuale si scatena prima del sesso. Il piacere più grande non è il sesso, ma la passione con cui viene praticato. Quando è intensa, il momento sessuale serve ad alimentare la danza, non è mai l'elemento principale."

"Stai parlando di amore come se fossi un'insegnante."

Maria decise di continuare, perché era questa la sua difesa, la sua maniera di dire tutto senza compromettersi:

"Chi è innamorato sta sempre facendo l'amore, anche quando non lo fa. Il momento in cui i corpi si incontrano è solo il traboccare della coppa. Si può restare insieme per ore, addirittura per giorni. Si può iniziare la danza un giorno e concluderla un altro, o magari non terminarla nemmeno, se il piacere è tanto. Niente a che vedere con undici minuti."

"Che cosa?"

"Io ti amo."

"Anch'io ti amo."

"Scusami, non so cosa sto dicendo."
"Neanch'io."
Maria si alzò, gli diede un bacio e uscì. Ora poteva aprire la porta perché, secondo la superstizione brasiliana, il padrone di casa doveva farlo solo la prima volta che il visitatore se ne andava.

Dal diario di Maria, la mattina seguente:

Ieri sera, quando Ralf Hart mi ha guardato, ha aperto una porta, come se fosse un ladro. Ma, andandosene, non ha portato via niente di me: anzi, ha lasciato un profumo di rose – non era un ladro, ma un innamorato che veniva a trovarmi.

Ogni essere umano vive il proprio desiderio. Questo fa parte del suo tesoro e, benché sia un'emozione che potrebbe allontanare, generalmente avvicina chi è importante. È un'emozione che la mia anima ha scelto di vivere, ed è talmente intensa che può contagiare tutto e tutti intorno a me.

Ogni giorno scelgo la verità con la quale intendo vivere. Cerco di essere pratica, efficiente, professionale. Ma vorrei poter scegliere, sempre, il desiderio come compagno. Non per obbligo, né per attenuare la solitudine della mia vita – semplicemente perché è bello. Sì, è molto bello.

In media, il Copacabana era frequentato regolarmente da trentotto ragazze, anche se soltanto una – la filippina Nyah – veniva considerata da Maria una sorta di amica. La permanenza nel locale variava da un minimo di sei mesi a un massimo di tre anni – di solito, alla fine, le ragazze ricevevano una proposta di matrimonio, o diventavano l'amante fissa di qualcuno, oppure, se non riuscivano più a suscitare l'interesse dei clienti, gentilmente Milan chiedeva loro di cercarsi un altro posto di lavoro.

Era importante rispettare sempre la clientela di ciascuna collega e non tentare mai di sedurre gli uomini che entravano nel locale e si rivolgevano subito a una precisa ragazza. Oltre che piuttosto disonesto, poteva risultare anche pericoloso. La settimana precedente, una colombiana aveva estratto delicatamente dalla tasca una lametta, l'aveva posata accanto al bicchiere di una iugoslava e, con la voce più tranquilla del mondo, le aveva detto che, se avesse continuato ad accettare gli inviti di un certo direttore di banca che frequentava il locale con regolarità, l'avrebbe sfigurata. La slava aveva replicato dicendo che l'uomo era libero e, se l'aveva scelta, lei non poteva rifiutare.

Quella sera l'uomo entrò, salutò la colombiana e si diresse al tavolo dov'era seduta l'altra. Presero un drink, ballarono e – Maria giudicò la provocazione eccessiva – la iugoslava fece l'occhietto all'altra, quasi a dire: "Vedi? Mi ha scelta lui!"

Quella strizzatina d'occhio, però, conteneva ben altri sottintesi: "Mi ha scelto perché sono più bella, perché sono stata con lui la settimana scorsa e gli è piaciuto, perché sono giovane." La colombiana non disse nulla. Quando l'altra tornò, due ore dopo, si sedette al suo tavolo, estrasse dalla tasca la lametta e le sfregiò il viso vicino all'orecchio: un taglio non profondo né pericoloso, ma sufficiente a lasciarle una cicatrice che le ricordasse per sempre quella sera. Le due donne si azzuffarono: schizzò sangue ovunque, e i clienti fuggirono spaventati.

Quando arrivò la polizia e chiese spiegazioni sull'accaduto, la iugoslava disse che si era tagliata il viso con un bicchiere caduto da uno scaffale (al Copacabana non c'era un solo scaffale). Era la legge del silenzio o, come amavano chiamarla le italiane, l'"omertà": in Rue de Berne, tutte le questioni, da quelle d'amore a quelle di morte, venivano risolte senza l'interferenza dell'autorità. La legge, lì, la facevano loro.

La polizia era a conoscenza di quell'"omertà", e constatò che la donna stava mentendo, ma non insistette. Al contribuente svizzero sarebbe costato molto denaro se si fosse deciso di procedere all'arresto, alla custodia in prigione e al processo. Milan ringraziò i poliziotti per il pronto intervento e disse che si era trattato di un malinteso, o forse di qualche trama di un concorrente.

Appena quelli uscirono, ordinò alle due ragazze di non tornare mai più nel suo locale. In fin dei conti, il Copacabana era un posto "familiare" (un'affermazione che Maria stentava a capire), e lui aveva una reputazione da difendere (il che la lasciava ancora più stupita). Lì, non dovevano esserci litigi, perché la prima regola era rispettare il cliente altrui. La seconda era la discrezione totale, "simile a quella di una banca 'svizzera'", diceva Milan. Soprattutto per il fatto che ci si poteva fidare dei clienti, tutti selezionati, esattamente con lo stesso procedimento di un istituto bancario – in base all'entità del conto corrente, sì, ma anche valutando le referenze, ossia i buoni precedenti.

Talvolta sorgeva qualche equivoco, ma di rado si verificavano casi di mancato pagamento, di aggressione o di minacce rivolte alle ragazze: dopo tutti quegli anni, durante i quali aveva creato e faticosamente fatto conoscere il suo locale, ormai Milan sapeva individuare chi poteva frequentarlo. Le ragazze non sapevano quale criterio adottasse, ma più di una volta avevano visto che un cliente, perfettamente vestito, veniva informato che il locale era al completo (anche se risultava vuoto), quella sera e pure le successive (in altre parole: "Per favore, non stia a tornare"). Ma avevano anche notato che altri individui, in abiti sportivi e con la barba lunga, venivano calorosamente invitati da Milan a bere una coppa di champagne. Il proprietario del Copacabana non giudicava dalle apparenze e, in fin dei conti, aveva sempre ragione.

In un buon rapporto commerciale, entrambe le parti devono essere soddisfatte. La stragrande maggioranza dei clienti era sposata, o aveva una posizione importante in qualche azienda. Anche alcune delle donne che lavoravano lì erano maritate, avevano dei figli e partecipavano alle riunioni dei genitori a scuola, consapevoli di non correre alcun rischio: se un padre si fosse presentato al Copacabana, sarebbe stato parimenti compromesso e non avrebbe potuto dire niente. Così funzionava l'"omertà".

Esisteva un certo cameratismo tra le ragazze, ma non una vera amicizia. Nessuna parlava molto della propria vita. Nelle rare conversazioni con le colleghe, Maria non aveva mai riscontrato amarezza, o sensi di colpa, o tristezza: solo una sorta di rassegnazione. E anche strani sguardi di sfida, come se tutte fossero orgogliose di se stesse e affrontassero il mondo indipendenti e fiduciose. Dopo una settimana, ogni nuova arrivata era ormai considerata una "professionista" e le veniva spiegato di adoperarsi per mantenere uniti i matrimoni (una prostituta non può rappresentare una minaccia per la stabilità di una coppia), di non accettare mai inviti al di fuori dell'orario di lavoro, di ascoltare gli sfoghi senza esprimere opinioni, di gemere nel momento dell'orgasmo (Maria aveva scoperto che lo facevano tutte ma, all'inizio, le era stato taciuto perché costituiva uno dei trucchi della professione), di salutare sempre i poliziotti per la strada, di tenere aggiornato il libretto di lavoro e quello sanitario e, infine, di non indagare troppo sugli aspetti morali o legali di ciò che facevano. Erano quello che erano: punto e basta.

Prima che l'ambiente cominciasse a movimentarsi, Maria aveva sempre un libro in mano, e così ben presto venne considerata l'"intellettuale" del gruppo. All'inizio, le colleghe le domandarono se fossero storie d'amore; quando scoprirono che si trattava di argomenti aridi e poco interessanti come economia, psicologia e, più tardi, gestione delle imprese rurali, lasciarono che proseguisse in pace le sue letture e prendesse appunti.

Poiché aveva molti clienti fissi e si recava al Copacabana tutti i giorni, anche quando c'era poco movimento, Maria si guadagnò la fiducia di Milan e l'invidia delle compagne. Tutte dicevano che quella brasiliana era ambiziosa e arrogante, e che pensava soltanto a guadagnare: era vero, ma avrebbe voluto domandare alle altre se non fossero lì per lo stesso motivo.

In ogni modo, i commenti non uccidono, ma appartengono alla vita di ogni individuo di successo. Meglio ignorarli, concentrando l'attenzione su due soli obiettivi: tornare in Brasile alla data stabilita e comprare un'azienda agricola.

Adesso Ralf Hart era nei suoi pensieri dalla mattina alla sera. E, per la prima volta, Maria riusciva a essere felice per un amore assente – per quanto si fosse abbastanza pentita di averlo confessato, correndo il rischio di perdere tutto. Ma, in realtà, che cos'aveva da perdere, se non chiedeva niente in cambio? Si ricordò di come il suo cuore si fosse messo a battere più velocemente quando Milan aveva accennato che lui era – o era stato – un "cliente speciale". Che significava? Si sentì tradita, provò una fitta di gelosia.

Certo, la gelosia era normale, sebbene la vita le avesse insegnato quanto fosse inutile pensare che si può possedere un altro essere – se qualcuno crede che ciò sia possibile non fa che ingannare se stesso. Ciononostante, l'idea della gelosia non si può reprimere, né si possono formulare pensieri elevati riguardo a essa, o, ancora, ritenere che sia una dimostrazione di fragilità.

L'amore più forte è quello capace di dimostrare la propria fragilità. 'In ogni modo, se il mio è un amore vero (e non solo un modo per distrarmi, per ingannarmi, per far passare il tempo che, in questa città, sembra non trascorrere mai), la libertà vincerà la gelosia e il dolore che essa provoca – giacché anche il dolore è parte di un processo naturale.' Lo sa bene chi pratica uno sport: quando si vogliono raggiungere gli obiettivi, bisogna essere pronti ad affrontare una dose quotidiana di dolore o di malessere. All'inizio è fastidioso e demotivante ma, giorno dopo giorno, si comprende che costituisce un elemento del cammino per sentirsi bene, e arriva un momento in cui, senza il dolore, si ha la sensazione che l'esercizio non produca l'effetto desiderato.

È pericoloso, piuttosto, focalizzare questo dolore, dargli il nome di una persona, averlo costantemente nel pensiero. Ma di questo, grazie a Dio, Maria era ormai riuscita a liberarsi.

A volte, comunque, si sorprendeva a pensare a dove potesse essere Ralf, e come mai non la cercasse; forse l'aveva reputata una sciocca per via della storia della stazione e del desiderio represso, forse era fuggito lontano per sempre perché lei gli aveva confessato il proprio amore. Maria escogitò un sistema per evitare che sentimenti così belli si trasformassero in sofferenza: ogniqualvolta le fosse sovvenuto qualche pensiero positivo legato a Ralf Hart – e poteva riguardare il caminetto o il vino, oppure essere un'idea di cui avrebbe voluto discutere con lui, o semplicemente la piacevole ansia di sapere quando sarebbe tornato –, avrebbe interrotto ciò che stava facendo, per sorridere al cielo e ringraziare di essere viva e di non aspettarsi nulla dall'uomo che amava. Se, invece, il suo cuore avesse reclamato per quell'assenza, o per le cose sbagliate che aveva detto durante i loro incontri, lei si sarebbe detta:

"Ah, vuoi pensare a questo? Va bene, d'accordo, continua pure a fare ciò che vuoi, mentre io mi dedico a cose molto più importanti."

E continuava a leggere, oppure, se era per strada, si sforzava di concentrare l'attenzione su tutto ciò che la circondava: i colori, le persone, i suoni – soprattutto i suoni: quelli dei suoi passi, delle pagine che sfogliava, delle automobili, dei brandelli di conversazione –, e allora quel fastidioso pensiero finiva per dissolversi. Se si fosse ripresentato cinque minuti dopo, lei avrebbe ripetuto ogni passaggio, fino a quando i ricordi, accettati ma gentilmente respinti, sarebbero scomparsi per un tempo considerevole.

Uno dei "pensieri negativi" era costituito dall'ipotesi di non rivederlo più. Con un po' di pratica e tanta pazienza, Maria riuscì a trasformarlo in un "pensiero positivo": dopo la sua partenza, Ginevra sarebbe stata il viso di un uomo con i capelli lunghi, leggermente fuori moda, un sorriso infantile e la voce grave. Se qualcuno le avesse domandato, dopo tanti anni, com'era il posto che aveva conosciuto in gioventù, avrebbe potuto rispondere: "Bello, capace di amare ed essere amato."

Dal diario di Maria, in un giorno di scarso movimento al Copacabana:

Dopo una considerevole frequentazione delle persone che vengono qui, sono arrivata alla conclusione che il sesso è usato come una qualsiasi droga: per sfuggire alla realtà, per dimenticare i problemi, per rilassarsi. E, come per tutte le sostanze stupefacenti, la sua pratica risulta nociva e devastante.

Se qualcuno vuole drogarsi, con il sesso o con qualsiasi altra cosa, è soltanto un problema suo. Le conseguenze dei suoi atti saranno migliori o peggiori sulla base di quello che la persona ha scelto per se stessa. Ma se parliamo di progredire nella vita, dobbiamo tenere a mente che ciò che è "discreto" è ben diverso da ciò che è "migliore".

Al contrario di quello che pensano i miei clienti, non è possibile praticare il sesso in qualsiasi momento. Nascosto in ciascuno di noi c'è un orologio e, per fare l'amore, le lancette di entrambe le persone devono segnare la stessa ora nel medesimo istante. E questo non accade tutti i giorni. Chi ama non ha bisogno dell'atto sessuale per sentirsi felice. Due persone che stanno insieme, e che si vogliono bene, devono regolare le loro lancette, con pazienza e perseveranza, con giochi e rappresentazioni "teatrali", fino a capire che fare l'amore è ben più che un incontro carnale. È un "abbraccio" fra le sfere genitali.

Ogni cosa è importante. Una persona che vive intensamente la propria vita gode di ogni attimo e non sente la mancanza del sesso. Quando fa sesso, è un sovrappiù, perché il bicchiere di vino è così pieno che trabocca naturalmente, perché è del tutto inevitabile, perché accetta il richiamo della vita, perché in quel momento – solo in quel momento – essa riesce a perdere il controllo.

P.S. Ho appena riletto ciò che ho scritto. Mio Dio, sto diventando troppo intellettuale!

Poco dopo avere scritto quelle frasi, e mentre si accingeva a vivere un'altra serata come Madre Comprensiva o Ragazza Ingenua, la porta del Copacabana si aprì ed entrò Terence, il manager della casa discografica, un "cliente speciale".

Dietro al bancone del bar, Milan si mostrò soddisfatto: la ragazza non lo aveva deluso. Maria si ricordò all'istante di quelle parole che significavano tante cose e, al tempo stesso, non dicevano niente: "Dolore, sofferenza e piacere intenso."

"Sono venuto da Londra appositamente per vederti. Ho pensato molto a te."

Lei sorrise, sforzandosi perché il suo sorriso non fosse un incoraggiamento. Ancora una volta l'uomo non seguì il rituale: non la invitò, ma si limitò a sedersi.

"Quando si fa scoprire una cosa a un'altra persona, anche il maestro finisce per scovare qualcosa di nuovo."

"So di che stai parlando," rispose Maria, ripensando a Ralf Hart, e irritandosi per quel ricordo. Aveva di fronte un altro cliente, e doveva rispettarlo e cercare di accontentarlo.

"Vuoi continuare?"

Mille franchi. Un universo nascosto. Un padrone che la guardava. La certezza che avrebbe potuto fermarsi quando lo avesse voluto. La data fissata per il ritorno in Brasile. Un altro uomo, che non si faceva mai vedere.

"Hai fretta?" domandò Maria.

Terence rispose di no. Che cosa desiderava lei?
"Voglio bere e ballare, e ti chiedo rispetto per la mia professione."
L'uomo esitò per qualche istante, ma dominare ed essere dominato faceva parte del gioco teatrale. Le offrì da bere, ballò, chiese un taxi, le consegnò il denaro mentre attraversavano la città, diretti al solito albergo. Entrarono, e lui salutò il portiere italiano, come aveva fatto la sera in cui si erano conosciuti; salirono nella stessa suite con vista sul fiume.

Terence accese un fiammifero, e solo allora Maria si rese conto che c'erano decine di candele sparse ovunque. Lui iniziò ad accenderle.
"Che vuoi sapere? Per quale motivo sono così? Perché, se non mi sbaglio, hai particolarmente apprezzato la serata che abbiamo trascorso insieme. Desideri conoscere il motivo per cui anche tu sei così?"
"Sto pensando che in Brasile c'è una superstizione per cui non si devono accendere più di tre cose con lo stesso fiammifero. E tu stai sfidandola."
L'uomo ignorò il commento.
"Tu sei come me. Non ti trovi qui per i mille franchi, ma per il senso di colpa e di dipendenza, per i tuoi complessi e la tua insicurezza. Ma questo non è né un bene né un male: è la natura umana."
Prese il telecomando del televisore e cambiò più volte canale, sino a sintonizzarsi su un notiziario, nel quale si parlava dei profughi di una guerra.
"Guarda! Hai mai visto quei programmi dove la gente va a parlare dei propri problemi personali di fronte a tutti? Ti sei mai fermata davanti a un'edicola a leggere i titoli dei giornali? Il mondo gioisce nella sofferenza e nel dolore. È sadismo quando guardiamo, masochismo quando concludiamo che non abbiamo bisogno di sape-

re tutto ciò per essere felici. Eppure assistiamo alle tragedie altrui e, a volte, ne soffriamo."

L'uomo riempì due coppe di champagne, spense il televisore e continuò ad accendere le candele, senza temere la superstizione di cui aveva parlato Maria.

"Lo ripeto: è la condizione umana. Da quando siamo stati cacciati dal paradiso, o soffriamo o facciamo soffrire qualcuno, oppure assistiamo alla sofferenza degli altri. È qualcosa di incontrollabile."

Si udì un fragore di tuoni in lontananza: un forte temporale si stava avvicinando.

"Ma io non ci riesco," disse Maria. "A me sembra ridicolo pensare che tu sia il mio 'maestro' e io la tua schiava. Non abbiamo bisogno di nessun 'teatro' per sperimentare la sofferenza. La vita ci offre infinite opportunità."

Terence aveva acceso tutte le candele. Ne prese una e la mise al centro del tavolo; poi mescé dell'altro champagne, servendolo con caviale. Maria beveva rapidamente, pensando ai mille franchi che aveva già nel portafogli, all'ignoto che la affascinava e la terrorizzava, al modo di controllare la paura. Sapeva che, con quell'uomo, una serata non sarebbe mai stata uguale a un'altra – niente poteva minacciarlo.

"Siediti."

La voce suonava ora dolce, ora autoritaria. Maria obbedì, e un'ondata di calore le percorse il corpo. Quell'ordine le era familiare, si sentì rassicurata.

"Teatro. Devo entrare nella rappresentazione."

Era bello ricevere ordini. Non bisognava pensare, ma soltanto obbedire. Supplicò per avere dell'altro champagne, e lui le portò della vodka. Faceva effetto più rapidamente, liberava con maggiore facilità, si sposava meglio con il caviale.

L'uomo aprì la bottiglia. Maria bevve praticamente da sola, mentre ascoltava i tuoni. Tutto contribuiva al momento perfetto, come se l'energia dei cieli e della terra mostrasse anche il suo lato violento.

A un certo punto, Terence prese una valigetta dall'armadio e la posò sul letto.

"Non ti muovere."

Maria rimase immobile. Lui aprì la valigetta e ne tirò fuori due paia di manette di metallo cromato.

"Siediti con le cosce aperte."

Lei obbedì: impotente per volontà propria, sottomessa perché lo desiderava. Si accorse che lui guardava fra le sue gambe: poteva vederle le mutandine nere, le calze, le cosce; poteva immaginare i suoi peli, il suo sesso.

"In piedi!"

Maria balzò su dalla sedia. Il suo corpo stentò a mantenersi in equilibrio, e lei si rese conto di essere più ubriaca di quanto avesse immaginato.

"Non mi guardare. Abbassa la testa, porta rispetto al tuo padrone!"

Prima che lei potesse chinare il capo, dalla valigetta uscì una sottile frusta e schioccò nell'aria – come se avesse vita propria.

"Bevi. Tieni la testa abbassata, ma bevi."

Le versò altri due, tre bicchieri di vodka. Ora non era soltanto una rappresentazione teatrale, ma la realtà della vita: Maria non aveva alcun controllo. Si sentiva un oggetto, un semplice strumento e, per quanto incredibile possa sembrare, quella sottomissione le dava un senso di completa libertà. Adesso non era più la maestra: colei che insegna, colei che consola, colei che ascolta le confessioni, colei che eccita. Di fronte al gigantesco potere di quell'uomo, era soltanto la ragazza di uno sperduto paese del Brasile.

"Togliti i vestiti."

L'ordine fu deciso, privo di desiderio – eppure non c'era nulla di più erotico. Con il capo chino in segno di deferenza, Maria si sbottonò il vestito e lo lasciò scivolare sul pavimento.

"Non ti stai comportando bene, sai?"
Di nuovo, la frusta schioccò nell'aria.
"Devi essere punita. Una ragazza della tua età, che osa contrariarmi! Dovresti essere in ginocchio davanti a me!"
Maria fece per inginocchiarsi, ma la frusta la bloccò. Per la prima volta le sfiorava la carne, sulle natiche. Avvertì un bruciore, ma non sembrava che avesse lasciato segni.
"Non ti ho detto di inginocchiarti, vero?"
"No."
Di nuovo, la frusta le sfiorò i glutei.
"Devi dire: 'No, mio signore.'"
Un'altra frustata. Ancora un bruciore. Per una frazione di secondo, pensò che avrebbe potuto interrompere quel gioco immediatamente. Oppure scegliere di arrivare sino alla fine, non per denaro, ma per ciò che lui aveva detto la prima volta – un essere umano conosce se stesso solo quando arriva ai propri limiti.
Quella era una cosa nuova: era l'"avventura". In seguito, avrebbe potuto decidere se intendeva proseguire, ma in quell'istante non fu più la giovane che aveva tre obiettivi nella vita, che guadagnava dei soldi con il proprio corpo, che aveva conosciuto un uomo con un caminetto e tante storie interessanti da raccontare. Lì, lei non era nessuno – e, non essendo nessuno, era tutto ciò che sognava.
"Spogliati completamente e cammina, affinché io possa vederti."
Ancora una volta Maria obbedì, tenendo il capo chino, senza dire una sola parola. L'uomo che la stava guardando era vestito, impassibile; non si trattava della stessa persona con cui aveva conversato dal locale fino a quella stanza: era un Ulisse che veniva da Londra, un Teseo che arrivava dal cielo, un sequestratore che invadeva la città più sicura del mondo – e aveva il cuore più arido della terra. Si sfilò le mutandine e il reggiseno; si sentì indife-

sa e, nel contempo, protetta. Di nuovo, la frusta schioccò nell'aria, stavolta senza sfiorarla.

"Tieni la testa bassa! Tu sei qui per essere umiliata, per sottometterti a tutto ciò che desidero, hai capito?"

"Sì, signore."

Lui le afferrò le braccia e le bloccò i polsi con le manette.

"E le prenderai secche, finché non avrai imparato come comportarti."

Con la mano aperta, l'uomo le diede uno schiaffo su una natica. Maria gridò, questa volta di dolore.

"Ah, protesti? Be', allora vedrai com'è bello."

Prima che lei potesse reagire, un bavaglio di cuoio le serrò la bocca. Non le impediva di parlare – poteva dire "giallo" o "rosso" –, ma sentiva che il suo destino era di permettere a quell'uomo di fare di lei ciò che voleva, e non c'era modo di sottrarvisi. Era lì nuda, imbavagliata, ammanettata, con la vodka che le scorreva nelle vene.

Un'altra botta sulle natiche.

"Cammina, avanti e indietro."

Maria cominciò a camminare, obbedendo agli ordini: "Fermati", "Gira a destra", "Siediti", "Apri le gambe". Ogni tanto, senza alcun motivo, veniva colpita da uno schiaffo e provava dolore, umiliazione – ben più profonda e sorda del male –, e si sentiva trasportata in un mondo dove non esisteva altro. Si trattava di una sensazione quasi religiosa: annullarsi totalmente, servire, perdere la cognizione dell'ego, dei desideri, della propria volontà. Era completamente bagnata, eccitata, ma non capiva che cosa stesse accadendo.

"Mettiti di nuovo in ginocchio!"

Maria continuava a tenere il capo chino, in segno di obbedienza e di umiltà, e dunque non riusciva a vedere il resto della scena. Notava però che, in un altro universo, su un altro pianeta, quell'uomo ansimava, stanco di far schioccare la frusta e di colpirla sulle natiche col palmo della mano aperta, mentre lei si sentiva sempre più piena di forza e di energia. Ora non provava più vergogna, non la disturbava mostrare quanto tutto ciò le piacesse: cominciò a gemere e chiese all'uomo di toccarla sul sesso; ma lui, invece, la afferrò e la scagliò sul letto.

Con violenza – una violenza che non le avrebbe fatto alcun male –, le divaricò le gambe e gliele legò ai due lati del letto. I polsi ammanettati dietro la schiena, le gambe aperte, il bavaglio sulla bocca... ma quando l'avrebbe penetrata? Non si accorgeva che era già pronta? Che voleva servirlo; che era la sua schiava, il suo animale, il suo oggetto; che avrebbe fatto qualsiasi cosa le avesse ordinato?

"Ti piacerebbe se ti spaccassi tutta?"

Lo vide mentre le avvicinava la punta della frusta al sesso. La fece scorrere avanti e indietro e, nel momento in cui le toccò il clitoride, lei perse il controllo. La ragazza non sapeva da quanto tempo fossero lì, o quante volte fosse stata colpita, ma all'improvviso sopraggiunse l'orgasmo, quell'orgasmo che decine, centinaia di uomini, in tutti quei mesi, non erano mai riusciti a provocarle. Esplose una luce. Lei sentì che stava entrando in una sorta di buco nero all'interno della propria anima, dove il dolore intenso e la paura si fondevano con il piacere assoluto. Qualcosa la spingeva oltre di tutti i limiti prima conosciuti, e Maria gemette, urlò con la voce soffocata dal bavaglio, si agitò sul letto, sentendo che le manette le tagliavano i polsi e le cinghie di cuoio le indolenzivano le caviglie, si dibatté furiosamente perché non poteva muoversi, gridò come non aveva mai fatto anche se aveva la bocca parzialmente tappata e nessuno avrebbe potuto udirla. Erano il dolore e il piacere, la punta della frusta che le premeva sul clitoride, sempre di più, e l'orgasmo che le fuoriusciva dalla bocca, dal sesso, dai pori, dagli occhi, da ogni punto della pelle.

Entrò in una specie di trance e poi, pian piano, cominciò a scendere, sempre più in basso. Ormai non aveva più la frusta fra le gambe; adesso c'erano solo i suoi capelli madidi di sudore e quelle mani affettuose che le toglievano le manette e le liberavano i piedi dalle cinghie di cuoio.

Rimase lì, sdraiata, confusa, incapace di guardare l'uomo perché provava vergogna di se stessa, delle proprie urla, del proprio orgasmo. Terence le accarezzava i capelli e, nel contempo, ansimava – ma il piacere era stato soltanto suo: lui non aveva avuto alcun momento di estasi.

Il suo corpo nudo si strinse a quello dell'uomo completamente vestito, esausto dopo quell'infinità di ordini, quelle ripetute grida, quell'assiduo controllo della situazione. Ora lei non sapeva che dire, come continuare, ma si sentiva sicura, protetta, perché lui l'aveva invitata a spingersi fino a quella parte di sé che non conosceva: era il suo protettore e il suo maestro.

Maria scoppiò a piangere, e Terence, pazientemente, attese che si riprendesse.

"Che cosa mi hai fatto?" disse Maria, fra le lacrime.

"Ciò che volevi che facessi."

Lei lo guardò e capì di avere disperatamente bisogno di lui.

"Io non ti ho forzato, né ti ho obbligato, né ti ho sentito dire: 'Giallo.' Il mio unico potere era quello che mi davi tu. Non esisteva alcun tipo di obbligo, di ricatto: c'era soltanto la tua volontà. Anche se tu fossi stata una schiava e io il tuo signore, il mio unico potere era quello di spingerti verso la tua libertà."

Le manette. Le cinghie di cuoio ai piedi. Il bavaglio. L'umiliazione, più forte e più intensa del dolore. Nonostante tutto ciò – aveva ragione lui –, Maria avvertiva una sensazione di libertà totale. Si sentiva carica di energia e di vigore, ed era sorpresa di notare che l'uomo accanto a sé appariva esausto.

"Hai raggiunto l'orgasmo?"

"No," rispose lui. "Il signore è lì per forzare lo schiavo. Il piacere dello schiavo è la gioia del suo signore."

Tutto ciò non aveva senso, perché non è questo che raccontano le storie, non avviene così nella vita reale. Ma quello era un mondo fantastico, lei era piena di luce e lui sembrava opaco, esausto.

"Puoi andartene quando vuoi," disse Terence.

"Non intendo affatto andarmene, voglio capire."

"Non c'è niente da capire."

Lei si alzò, sfavillante nella bellezza e nell'intensità della sua nudità, e versò due bicchieri di vino. Accese due sigarette e gliene porse una. I ruoli si erano invertiti: lei era la padrona che serviva lo schiavo, ricompensandolo per il piacere che le aveva procurato.

"Fra poco mi vestirò e me ne andrò. Ma prima vorrei parlare un po'."

"Non c'è niente di cui parlare. Era ciò che volevo, e tu sei stata meravigliosa. Ora sono stanco, domani devo tornare a Londra."

Terence si sdraiò e chiuse gli occhi. La ragazza non sapeva se fingesse di dormire, ma non aveva importanza. Assaporò la propria sigaretta, sorseggiò il bicchiere di vino con il viso accostato alla finestra, guardando il lago e desiderando che qualcuno, sull'altra riva, la vedesse così: nuda, soddisfatta, sicura.

Si vestì e uscì senza neppure salutare; era sicura di voler tornare.

Terence sentì sbattere la porta, aspettò per vedere se Maria tornasse con la scusa di aver dimenticato qualcosa; solo qualche minuto dopo, si alzò e si accese un'altra sigaretta.

Aveva classe quella ragazza, pensò. Era riuscita a sopportare la frusta: il più comune, il più antico e il minore dei supplizi. Per un attimo, si ricordò della prima volta che aveva sperimentato quel misterioso rapporto fra due esseri che desiderano avvicinarsi, ma ci riescono solo infliggendo e bramando la sofferenza.

Nel mondo, tutti i giorni, milioni di coppie praticavano inconsciamente l'arte del sadomasochismo. Individui che si recavano al lavoro, rincasavano, si lagnavano di tutto, aggredivano o venivano aggrediti dai coniugi, si sentivano meschini ma, profondamente legati alla propria infelicità, non sapevano che bastava un gesto, un "addio" per liberarsi dell'oppressione. Tutto questo, Terence lo aveva provato con la prima moglie, una famosa cantante inglese. Viveva tormentato dalla gelosia, facendo scenate, trascorrendo le giornate sotto l'effetto dei calmanti e le notti ubriaco di liquori. Lei lo amava, e non capiva perché si comportasse così. Anche Terence la amava, e non riusciva a comprendere il proprio comportamento. Ma era come se l'agonia che uno infliggeva all'altra fosse necessaria, fondamentale per la vita.

Una volta, un musicista che considerava alquanto strano perché sembrava fin troppo normale in quell'ambiente di gente stravagante, dimenticò un libro nel suo studio di registrazione. *La Venere in pelliccia* di Leopold von Sacher-Masoch. Terence si mise a sfogliarlo e, a mano a mano che leggeva, comprendeva meglio se stesso:

> *La bellissima donna si spogliò e prese una lunga frusta, con un piccolo cordone, che si legò al polso. "Lo hai chiesto tu," disse. "Perciò ti frusterò."*
>
> *"Fallo," sussurrò il suo amante. "Ti imploro."*

Sua moglie si trovava al di là del divisorio di vetro della sala d'incisione e stava provando. Aveva chiesto di chiudere il microfono che permetteva ai tecnici di ascoltare, ed era stata accontentata. Terence aveva pensato che, in quel momento, magari stava concordando un appuntamento con il pianista: fu allora che se ne rese conto, lei lo stava portando alla follia. Tuttavia gli sembrava di essersi ormai abituato a soffrire e di non poterne più fare a meno.

"*Ti frusterò,*" diceva la donna nuda nel romanzo che aveva tra le mani. "*Fallo, ti imploro.*"

Lui era un bell'uomo, e aveva un certo potere nella casa discografica. Perché doveva condurre una vita del genere?

Perché gli piaceva. Meritava di soffrire, giacché la vita si era dimostrata prodiga nei suoi confronti; lui non era degno di tutti quei doni – denaro, rispetto, fama. Riteneva che la carriera lo stesse conducendo a un punto in cui avrebbe cominciato a essere dipendente dal successo, e questo lo spaventava, poiché aveva già assistito alla rovina di tanta gente.

Terminò la lettura di quel libro. Poi lesse tutto ciò che gli capitava fra le mani sul misterioso legame fra dolore e piacere. La moglie scoprì le cassette che noleggiava, i libri che nascondeva, e gli domandò cosa stesse succedendo, se per caso non fosse malato. Terence le rispose di no: si trattava di una ricerca per un video di un nuovo disco che lei avrebbe dovuto realizzare. E, quasi con noncuranza, suggerì:

"Forse dovremmo provare."

Provarono. All'inizio assai timidamente, limitandosi a seguire le indicazioni dei manuali che trovavano nei sex-shop. Pian piano, cominciarono a elaborare nuove tecniche, spingendosi ben oltre i limiti, correndo dei rischi, ma sentendo che il matrimonio era di nuovo saldo. Erano complici di qualcosa di nascosto, di proibito, di condannato.

La loro esperienza si trasformò in arte: crearono nuovi modelli, cuoio e borchie di metallo. La donna entrava in scena con frusta, giarrettiere e stivali – e portava la platea al delirio. In Inghilterra il nuovo disco arrivò al primo posto nella hit-parade e, da lì, proseguì la sua vittoriosa ascesa in tutta Europa. Terence si stupiva del fatto che la gioventù accettasse i suoi deliri personali con tanta naturalezza: la sua unica spiegazione era che, così, la violenza repressa poteva manifestarsi in maniera intensa, ma inoffensiva.

La frusta divenne il simbolo della band, venne riprodotta su magliette, adesivi, cartoline e tatuaggi. La formazione intellettuale di Terence lo spinse a ricercare l'origine di tutto ciò, per comprendere meglio se stesso.

Quella pratica non risaliva ai penitenti che tentavano di allontanare la Peste Nera, come aveva detto alla prostituta durante il loro primo incontro. Fin dalla notte dei tempi, l'uomo aveva capito che la sofferenza, se affrontata senza timore, costituiva il passaporto verso la libertà.

Nelle civiltà dell'Egitto, di Roma e della Persia esisteva già la nozione secondo la quale il sacrificio di un uomo può salvare il paese e il suo mondo. In Cina, se si verificava una catastrofe naturale, veniva punito l'imperatore, poiché era il rappresentante della divinità sulla Terra. Nell'antica Grecia, i più valorosi guerrieri di Sparta venivano frustati una volta all'anno, dall'alba al tramonto, in omaggio alla dea Diana – mentre la folla urlava parole di incitamento, chiedendo loro di sopportare con dignità il dolore, perché li avrebbe preparati alla realtà delle guerre. Alla fine della giornata, i sacerdoti esaminavano le ferite sulle spalle dei guerrieri e, attraverso di esse, predicevano il futuro della città.

I Padri del Deserto, un'antica comunità cristiana del IV secolo che si riuniva nei pressi di un monastero di Alessandria, usavano la flagellazione per allontanare i dèmoni, e per dimostrare l'inutilità del corpo nella ricerca spirituale. Le vite dei santi erano costellate di esempi: Santa Rosa correva in un giardino dove i rovi le ferivano la carne, San Domenico Loricato si frustava tutte le sere prima di addormentarsi, i martiri si consegnavano volontariamente alla lenta morte sulla croce o alle fauci delle fiere. Tutti dicevano che il dolore, una volta superato, era in grado di condurre all'estasi divina. (Alcuni studi recenti, non confermati, hanno indicato che nelle ferite si sviluppa un fungo dalle proprietà allucinogene, che provoca le visioni.) Sembrava che il piacere fosse tale che ben presto la pratica uscì dai conventi e si diffuse nel mondo.

Nel 1718, fu pubblicato il *Trattato di autoflagellazione*, che insegnava a scoprire il piacere attraverso il dolore, senza causare alcun danno al corpo. Alla fine di quel secolo, in centinaia di luoghi in tutta l'Europa le persone soffrivano per raggiungere la gioia. Esistono testimonianze di re e principesse che si facevano flagellare dai loro schiavi, fino a scoprire che il piacere consisteva non solo nel ricevere, ma anche nell'arrecare dolore (per quanto fosse meno completo e meno gratificante).

Mentre fumava una sigaretta, Terence provava un certo piacere nel sapere che la maggior parte dell'umanità non avrebbe mai potuto comprendere ciò che stava pensando.

Meglio così: era bello appartenere a una cerchia ristretta, cui avevano accesso solo gli eletti. Di nuovo, si rammentò del modo in cui il tormento di essere sposato si fosse trasformato in meraviglia. Sua moglie sapeva che si recava a Ginevra con quell'unico scopo, e non ne era turbata – anzi, in questo mondo malato, era felice perché il marito otteneva la ricompensa desiderata dopo una settimana di duro lavoro.

La giovane che era appena uscita dalla sua stanza aveva capito tutto. Lui sentiva di esserle vicino con l'anima, anche se non era ancora pronto per innamorarsi, perché amava sua moglie. Comunque gli piacque pensare di essere libero e di poter sognare un nuovo rapporto.

Adesso doveva solo farle affrontare la prova più difficile: trasformarla nella Venere castigatrice in pelliccia, nella Dominatrice, nella Signora capace di umiliare e punire senza pietà. Se avesse superato la prova, sarebbe stato pronto ad aprirle il proprio cuore e a lasciarla entrare.

Dal diario di Maria, ancora ubriaca di vodka e di piacere:

Quando non ho avuto più nulla da perdere, ho ricevuto tutto. Quando ho smesso di essere chi ero, ho incontrato me stessa.

Quando ho conosciuto l'umiliazione e la sottomissione totale, sono stata libera. Non so se sono malata, se è stato un sogno, o se accade una volta sola. So che posso vivere senza tutto ciò, ma io vorrei incontrarlo di nuovo, ripetere l'esperienza, spingermi oltre il punto in cui sono arrivata.

Avevo paura del dolore, anche se non era forte quanto l'umiliazione – era solo un pretesto. Nel momento in cui ho avuto il primo orgasmo dopo molti mesi, nonostante i molti uomini e le molte cose diverse che hanno fatto con il mio corpo, mi sono sentita – è mai possibile? – più vicina a Dio.

Mi sono ricordata quello che lui ha detto sulla Peste Nera, sul momento in cui i flagellanti, nell'offrire il proprio dolore per la salvezza dell'umanità, scoprirono il piacere. Io non volevo salvare né l'umanità, né lui, né me stessa. Semplicemente mi trovavo lì.

Il sesso è l'arte di controllare la mancanza di controllo.

Non era un teatro: si trovavano davvero nella stazione ferroviaria, come aveva chiesto Maria, a cui piaceva la pizza che facevano lì. Non c'era niente di male nell'essere un po' capricciosa. Ralf sarebbe dovuto arrivare un giorno prima, quando lei era ancora una donna in cerca di amore, di fuoco, di vino, di desiderio. Ma la vita aveva scelto diversamente. E lei aveva trascorso quell'intera giornata senza dover ricorrere al suo esercizio per concentrarsi sui suoni e sul presente, semplicemente perché non aveva più pensato a lui: aveva scoperto cose che le interessavano di più.

Come comportarsi con quell'uomo che, al suo fianco, stava mangiando una pizza che forse non gli piaceva, soltanto per far passare il tempo in attesa di andare insieme a casa? Quando era entrato nel locale e le aveva offerto un drink, Maria aveva pensato di dirgli che non le interessava più, di suggerirgli di cercarsi un'altra, ma aveva un enorme bisogno di parlare con qualcuno della notte precedente.

Aveva provato a farlo con alcune delle prostitute che intrattenevano i "clienti speciali": nessuna, però, le aveva prestato attenzione, perché Maria era furba, imparava rapidamente e stava diventando un grosso pericolo per le altre ragazze del Copacabana. Fra tutti gli uomini che conosceva, Ralf Hart era forse l'unico che poteva capirla, poiché Milan lo considerava un "cliente speciale". Ma lui la guardava con gli occhi illuminati dall'amore, e questo rendeva le cose più difficili. Meglio non dire niente.

“Che cosa mi dici del dolore, della sofferenza e del piacere intenso?”

Ancora una volta, non era riuscita a controllarsi.

Ralf, che stava mangiando la pizza, si bloccò.

“So tutto. E non m’interessa affatto.”

Era stata una risposta rapida, e Maria ne fu colpita. Allora, tutti sapevano tutto, tranne lei? Che razza di mondo era, mio Dio?

“Ho conosciuto i miei dèmoni e le mie tenebre,” proseguì Ralf. “Sono arrivato al fondo, ho provato tutto, e non solo in questo campo, anche in molti altri. Eppure, l’ultima volta che ci siamo incontrati, ho raggiunto i miei limiti attraverso il desiderio, e non tramite il dolore. Mi sono immerso nel profondo della mia anima, e adesso so che voglio ancora delle cose belle, le tante cose splendide di questa vita.”

Poi avvertì l’impulso di aggiungere: “E una di queste sei tu. Ti prego, non proseguire su questa strada”, ma non ne ebbe il coraggio. Chiamò invece un taxi e disse all’autista di condurli in riva al lago – dove, il giorno in cui si erano conosciuti, un’eternità prima, avevano passeggiato insieme. Maria si stupì della richiesta, tuttavia rimase in silenzio: l’istinto le diceva che aveva molto da perdere, sebbene la sua mente fosse ancora ubriaca per quanto era accaduto la sera precedente.

Si ridestò dalla passività soltanto quando arrivarono nel giardino che costeggiava il lago. Benché fosse ancora estate, la sera cominciava già a rinfrescare.

“Che facciamo qui?” domandò lei, quando scesero dall’auto. “C’è molto vento, mi prenderò un raffreddore.”

“Ho pensato molto a quanto hai detto alla stazione. Sofferenza e piacere. Togliti le scarpe.”

La ragazza si ricordò che, una volta, uno dei suoi clienti le aveva chiesto la stessa cosa e si era eccitato soltanto guardandole i piedi. Forse che l’“avventura” la rendeva inquieta, adesso?

"Prenderò un raffreddore," insistette.
"Fa' quello che ti dico," ribatté lui. "Non prenderai nessun raffreddore, se non ci tratterremo a lungo. Credimi, come io credo in te."
Senza alcuna ragione apparente, Maria capì che in quel momento l'uomo voleva aiutarla. Forse perché aveva già bevuto a una fonte tanto amara e pensava che lei stesse correndo lo stesso rischio. Ma la ragazza non voleva essere aiutata. Era felice del suo nuovo mondo, dove aveva scoperto che la sofferenza non era più un problema. Pensò invece al suo paese, all'impossibilità di trovare un compagno con cui condividere questo universo differente, e siccome il Brasile era la cosa più importante della sua vita, si tolse le scarpe. Il terreno era coperto di sassolini che le strapparono le calze – ma non importava, ne avrebbe comprate altre.
"Togliti la giacca."
Avrebbe potuto rispondere di no, ma dalla sera precedente si era già abituata alla gioia di poter dire di sì a tutto ciò che incontrava nel suo cammino. Si tolse la giacca. Il suo corpo, ancora caldo, non reagì subito: a poco a poco, però, il freddo cominciò a disturbarla.
"Ora, camminiamo. E parliamo."
"Qui non è possibile: il terreno è pieno di sassi."
"Proprio per questo devi camminare. Voglio che tu senta questi sassi, che ti feriscano, che ti facciano male, così avrai sperimentato, come ho già fatto io, la sofferenza combinata con il piacere. Devo strappare il dolore dalla tua anima."
Maria sentì l'impulso di dire: "Non ce n'è bisogno, a me piace", ma tacque. Iniziò a camminare senza fretta, i piedi cominciarono a bruciarle, per il freddo e i sassi taglienti.
"Una delle mie mostre mi ha portato in Giappone, proprio mentre ero totalmente coinvolto in quello che hai definito un insieme di 'sofferenza, umiliazione e piacere intenso'. A quell'epoca, credevo che non esistesse

una via di ritorno, che sarei caduto sempre più in basso, e nella vita non mi restasse altro che la volontà di punire ed essere punito.

"Dopo tutto, siamo esseri umani, nasciamo già con la nostra colpa, proviamo paura quando la felicità diviene possibile e moriamo con il desiderio di castigare gli altri, poiché ci sentiamo sempre impotenti, prevaricati e infelici. Pagare per i tuoi peccati e poter castigare i peccatori, non è forse una delizia? Sì, è bellissimo."

Maria camminava. Il dolore e il freddo le rendevano difficile prestare attenzione alle parole di Ralf, ma lei si sforzava.

"Oggi ho notato quei segni sui tuoi polsi."

Le manette. Si era messa qualche braccialetto per nasconderli, ma gli occhi allenati riconoscono sempre ciò che cercano.

"Be', se quanto hai provato recentemente ti sta conducendo a questo passo, non sarò io a impedirtelo. Tutto questo, però, non ha alcun rapporto con la vita vera."

"Quale passo?"

"Dolore e piacere. Sadismo e masochismo. Chiamali come vuoi. Se sei convinta che il tuo cammino sia questo, io soffrirò, rammenterò il desiderio, i nostri incontri, la passeggiata lungo il Cammino di Santiago, la tua luce. Custodirò la penna in un luogo speciale, e ogni volta che accenderò quel caminetto mi ricorderò di te. Ma non ti cercherò più."

Maria ne fu spaventata, pensò che fosse giunto il momento di arretrare, di dire la verità, di smettere di fingere che ne sapeva più di lui.

"Quello che ho sperimentato di recente – o, più esattamente, proprio ieri –, non lo avevo mai provato. E mi spaventa che, al limite della degradazione, io possa trovare me stessa."

Le stava diventando difficile continuare a parlare: batteva i denti per il freddo e le facevano male i piedi.

"Alla mia mostra, in una regione chiamata Kumano, si presentò un taglialegna," proseguì Ralf, come se non avesse udito ciò che la ragazza aveva detto. "I miei quadri non gli piacquero, tuttavia riuscì a decifrare, attraverso la pittura, quello che stavo vivendo e sperimentando. Il giorno seguente, mi cercò in albergo e mi domandò se ero felice. Se lo fossi stato, avrei dovuto continuare a fare ciò che mi piaceva. In caso contrario, mi sarebbe convenuto seguirlo e trascorrere qualche giorno con lui.

"Mi fece camminare sui sassi, come ora io sto facendo con te. Mi fece patire il freddo. Mi costrinse a capire la bellezza del dolore: ma di un dolore inferto dalla natura, non dall'uomo. Lui lo chiamava *Shugen-do*: era una pratica millenaria.

"Mi disse di essere un uomo che non temeva il dolore, e questo era un bene, perché per dominare l'anima bisogna imparare a dominare il corpo. Mi disse anche che stavo usando il dolore in maniera sbagliata, e questo era un grosso male.

"Quel taglialegna ignorante pensava di conoscermi meglio di quanto non mi conoscessi io, e ciò mi irritava e, nel contempo, mi rendeva orgoglioso di sapere che i miei quadri erano in grado di esprimere esattamente quello che sentivo."

Maria si accorse che un sasso più aguzzo le aveva ferito il piede; adesso il freddo era più intenso, il suo corpo scivolava nel torpore, e lei non riusciva a seguire le parole di Ralf. Perché gli uomini, in questo santo mondo di Dio, erano interessati a mostrarle solo il dolore? Il dolore sacro, il dolore unito al piacere, il dolore con o senza spiegazioni: ma sempre il dolore, il dolore...

Il piede ferito sfiorò un altro sasso, lei soffocò un grido e proseguì. All'inizio, aveva cercato di mantenere la propria integrità, il proprio autocontrollo, ciò che lui definiva "luce". Ora stava camminando lentamente, mentre lo stomaco e il pensiero erano in subbuglio: credette di essere sul punto di vomitare. Pensò di fermarsi – niente di tutto questo aveva un senso –, ma continuò.

Non si fermò per rispetto di se stessa. Avrebbe potuto sopportare quel cammino a piedi scalzi per quanto fosse necessario, giacché non sarebbe durato all'infinito. Poi, all'improvviso, un altro pensiero attraversò lo spazio: e se il giorno dopo non fosse potuta andare al Copacabana per qualche problema serio ai piedi, o magari per la febbre causata dal raffreddore che, ne era sicura, avrebbe aggredito il suo corpo poco coperto? Pensò ai clienti che l'aspettavano, a Milan che riponeva tanta fiducia in lei, al denaro che non avrebbe guadagnato, all'azienda agricola, ai genitori orgogliosi. Subito dopo, però, la sofferenza allontanò ogni riflessione: decise di continuare a mettere un piede davanti all'altro, desiderando ardentemente che Ralf Hart apprezzasse il suo sforzo e le dicesse di fermarsi, di infilarsi le scarpe.

L'uomo, invece, si mostrò indifferente, lontano, come se quello fosse l'unico modo per liberarla da qualcosa che Maria non conosceva, ma che la seduceva, e che avrebbe finito per lasciare qualche segno più profondo delle manette. Comprendeva che lui stava cercando di aiutarla, e si sforzava di proseguire e palesargli la luce della sua forza di volontà, ma il dolore non le consentiva alcun pensiero, nobile o banale: esisteva soltanto il male che occupava tutto lo spazio, la spaventava e la obbligava a pensare che aveva un limite, e che non l'avrebbe mai raggiunto.

Ma fece un passo.

E poi un altro.

Adesso era come se il dolore le stesse invadendo l'anima e la indebolisse spiritualmente, perché esisteva una grande differenza tra rappresentare una scena in un albergo a cinque stelle, nuda, con vodka e caviale, e una frusta tra le gambe, e trovarsi al freddo, scalza, coi sassi che le ferivano i piedi. Maria era disorientata, non riusciva a scambiare una sola parola con quell'uomo: l'unica cosa presente nel suo universo erano i sassolini taglienti che segnavano il sentiero fra gli alberi.

Poi, nel momento in cui pensò di rinunciare, uno strano sentimento la pervase: aveva raggiunto il limite, oltre il quale c'era uno spazio vuoto, in cui lei sembrava fluttuare al di sopra di se stessa e ignorare tutto ciò che stava sentendo. Era forse questa la sensazione che provavano i penitenti? All'altro estremo del dolore, scopriva una porta che conduceva a un diverso livello di coscienza, dove c'era posto soltanto per la natura implacabile – e anche per lei, ormai invincibile.

Intorno, tutto si trasformò in un sogno: il giardino poco illuminato, il lago scuro, l'uomo silenzioso, qualche coppia che passeggiava senza accorgersi che lei era scalza e camminava con difficoltà. Non sapeva se si trattasse di freddo o di sofferenza, ma all'improvviso cessò di percepire il proprio corpo e scivolò in uno stato nel quale non esisteva né desiderio né paura, ma solo una "misteriosa" – come avrebbe potuto definirla altrimenti? –, una "misteriosa pace". L'estremo del dolore non costituiva il suo limite. Poteva oltrepassarlo.

Pensò a tutti gli esseri umani che soffrivano senza averlo chiesto, mentre in quel momento era lei a provocare la propria sofferenza. Ma tutto ciò non aveva più importanza: aveva attraversato le frontiere del corpo e ora le rimaneva solo l'anima, la "luce", una sorta di vuoto che qualcuno, un giorno, chiamò "paradiso". Riusciamo a dimenticare certe sofferenze soltanto quando possiamo fluttuare al di sopra dei nostri dolori.

La cosa successiva di cui più tardi si ricordò fu Ralf che la prendeva in braccio, che si toglieva il giubbotto e glielo metteva sulle spalle. Doveva essere svenuta per il freddo, ma poco importava: era felice, non aveva paura. Aveva vinto. Non si era umiliata di fronte a quell'uomo.

I minuti si trasformarono in ore. Maria doveva essersi addormentata fra le sue braccia perché, quando si svegliò, benché non fosse ancora notte, si trovava in una stanza con un televisore in un angolo, e nient'altro. Bianco, vuoto.

Ralf comparve con una tazza di cioccolata calda.

"Tutto bene?" disse. "Sei arrivata dove dovevi arrivare."

"Non voglio la cioccolata, preferisco del vino. E voglio scendere nel nostro posto, con il caminetto e i libri sparsi ovunque."

Aveva detto il "nostro posto": non era quanto aveva pianificato.

La ragazza si guardò i piedi. Tranne un piccolo taglio, c'era solo qualche segno rosso, che sarebbe scomparso in poche ore. Con una certa difficoltà, scese le scale senza prestare una particolare attenzione a nulla. Si diresse verso il "suo angolo", sul tappeto accanto al caminetto – aveva scoperto che quando si metteva lì si sentiva bene, come se fosse il "suo luogo" in quella casa.

"Quel famoso taglialegna mi disse che, quando si fa un certo tipo di esercizio fisico, quando si chiede il massimo al proprio corpo, la mente acquisisce una strana forza spirituale, che si collega con la 'luce' che ho visto in te. Cosa hai provato? Cosa hai capito? "

"Che il dolore è amico della donna."

"Ecco il pericolo."

"Che il dolore ha un limite."

"Ed ecco la salvezza. Non dimenticarlo."

La mente di Maria era ancora confusa. Lei aveva provato quella "pace" quando era andata oltre il suo limite. Ralf le aveva mostrato un altro tipo di sofferenza, e anche questo le aveva provocato uno strano piacere.

L'uomo prese una grande cartella e l'aprì davanti a lei. Erano disegni.

"La storia della prostituzione. Me l'hai chiesta tu, velatamente, quando ci siamo incontrati."

Era vero: ma si trattava soltanto di una maniera per passare il tempo, per rendersi interessante. Ora non aveva la minima importanza.

"In tutti questi giorni, ho navigato in un mare sconosciuto. Non immaginavo che ci fosse una storia: pensavo solo che fosse la professione più antica del mondo, come si suol dire. Invece esiste una storia: anzi, due."

"E questi disegni?"

Ralf Hart sembrò piuttosto deluso per il fatto che lei non riuscisse a comprenderlo, ma si controllò e proseguì:

"È quanto ho messo sulla carta mentre leggevo, ricercavo, apprendevo."

"Ne parleremo un altro giorno. Oggi non intendo cambiare argomento: voglio capire il dolore."

"L'hai sperimentato ieri, e hai scoperto che conduce al piacere. L'hai provato oggi, e hai trovato la pace. Perciò ti dico: non abituarti, perché è assai facile vivere con il dolore, è una droga potente, presente nel nostro quotidiano, nella sofferenza nascosta, nelle rinunce che facciamo, quando diamo la colpa all'amore per la sconfitta dei nostri sogni. Il dolore spaventa allorché mostra la sua vera faccia, ma è seducente quando si ammanta di sacrificio, di rinuncia. O di vigliaccheria. L'essere umano, per quanto lo rigetti, trova sempre una maniera per stare in sua compagnia, per corteggiarlo, per fare in modo che sia parte della propria vita."

"Non ci credo. Nessuno desidera soffrire."

"Se riuscirai a capire che è possibile vivere senza sofferenza, sarà già un grande passo. Ma non credere che altri ti comprenderanno. Nessuno desidera soffrire, eppure quasi tutti ricercano il dolore e il sacrificio, e allora si sentono giustificati, puri e meritevoli del rispetto dei figli, dei mariti, del prossimo, di Dio. Ma adesso non pensiamoci: sappi soltanto che non è la ricerca del piacere a far muovere il mondo, ma la rinuncia a tutto ciò che si reputa importante.

"Il soldato va forse in guerra per ammazzare il nemico? No, va a morire per la patria. Alla moglie piace mostrare al marito quanto sia contenta? No, vuole che veda quanto gli è devota, quanto soffre perché lui sia felice. Il marito si reca al lavoro pensando di arrivare alla propria realizzazione personale? No, versa il sudore e le lacrime per il bene della famiglia. E via così: figli che rinunciano ai propri sogni per accontentare i genitori, genitori che sacrificano la loro vita per soddisfare i figli, dolore e sofferenza che giustificano ciò che dovrebbe arrecare solo gioia: l'amore."

"Basta."

Ralf si interruppe. Era il momento di cambiare argomento, così cominciò a mostrarle i disegni. All'inizio, tutto le sembrò confuso: c'erano alcune figure umane abbozzate, ma anche scarabocchi, colori, tratti nervosi o geometrici. A poco a poco, però, Maria cominciò a seguire ciò che lui stava dicendo, perché ogni sua parola era accompagnata da un gesto della mano, e ogni frase la faceva entrare in quel mondo di cui fino ad allora aveva negato di far parte – ripetendosi che si trattava solo di un periodo della sua vita, di un modo per guadagnare dei soldi, e nient'altro.

"Sì, ho scoperto che non esiste un'unica storia della prostituzione, bensì due. Conosci benissimo la prima, perché è anche la tua: una bella ragazza – per varie ragioni che ha scelto, o che hanno scelto per lei – scopre che l'unica maniera di sopravvivere è vendere il proprio corpo. Alcune prostitute finiscono per dominare intere nazioni, come Messalina con Roma; altre si trasformano in miti, come Madame Du Barry; altre ancora corteggiano sia l'avventura che la sventura, come la spia Mata Hari. La maggior parte di esse, però, non affronterà mai un momento di gloria o una grande sfida: saranno sempre ragazze di cittadine sperdute in cerca di fama, di avventura, di un marito, e finiranno per scoprire una realtà differente, vi s'immergeranno per qualche tempo, si abitueranno, crederanno di poter controllare sempre tutto e tutti, e non riusciranno più a fare altro.

"Gli artisti seguitano a realizzare sculture e quadri, o a scrivere i libri, da più di tremila anni. Allo stesso modo, il lavoro delle prostitute è continuato nel corso dei secoli come se non ci fossero stati grandi cambiamenti. Vuoi altri dettagli?"

Maria annuì. Doveva guadagnare tempo, capire il dolore. Cominciava ad avere la sensazione che qualcosa di terribile fosse uscito dal suo corpo mentre camminava nel parco.

"Compaiono prostitute nei testi classici, nei geroglifici egizi, nelle scritture sumere, nell'Antico e nel Nuovo Testamento. Tuttavia la professione cominciò a essere codificata solo nel VI secolo a.C., quando il legislatore Solone, in Grecia, istituì i bordelli controllati dallo stato e iniziò la riscossione di imposte sul 'commercio della carne'. Gli uomini d'affari ateniesi se ne rallegrarono perché, in tal modo, ciò che prima era proibito divenne legale. Per quanto riguarda le prostitute, esse vennero classificate sulla base delle imposte che pagavano.

"La più economica veniva chiamata *pornai*, ed era la schiava appartenente ai padroni del locale. C'era poi la *peripatetica*, che si procacciava i clienti per strada. Infine, al più alto livello di prezzo e di qualità, si trovava la *haetera*, la 'compagnia femminile', che seguiva gli uomini d'affari nei viaggi, frequentava i bei ristoranti, ed era padrona del proprio denaro, dava consigli, arrivava a interferire nella vita politica della città. Come vedi, quanto accadeva ieri, avviene ancora oggi."

"Nel Medio Evo, per via delle malattie sessualmente trasmissibili..."

Silenzio, paura del raffreddore, calore del caminetto – ora necessario per riscaldare il corpo e l'anima. Maria non voleva sentire altro di quella storia: aveva la sensazione che il mondo si fosse fermato, che ogni cosa si ripetesse, e che l'uomo non avrebbe mai saputo dare al sesso il rispetto che meritava.

"Non sembri interessata."

La ragazza si sforzò di mostrare attenzione. In fin dei conti, era l'uomo al quale aveva deciso di dare il proprio cuore – per quanto adesso non ne fosse più molto sicura.

"Quello che già conosco non m'interessa. Mi rattrista. Hai detto, però, che c'era un'altra storia."

"L'altra storia racconta esattamente l'opposto: narra della prostituzione sacra."

All'improvviso, Maria era uscita dal suo stato di torpore e lo ascoltava attenta. Prostituzione sacra? Guadagnare denaro con il sesso e, inoltre, riuscire ad avvicinarsi a Dio?

"Lo storico greco Erodoto scrive al riguardo di Babilonia: 'Esiste in quel luogo un costume alquanto strano: ogni donna nata in Sumeria è obbligata, perlomeno una volta nella vita, a recarsi al tempio della dea Ishtar e a offrire il proprio corpo – per un prezzo simbolico – a uno sconosciuto, quale segno di ospitalità.'"

Avrebbe dovuto domandargli chi fosse quella dea. Forse avrebbe potuto aiutarla a recuperare qualcosa di ignoto che lei aveva perduto."

"L'influenza della dea Ishtar si diffuse in tutto il Medio Oriente, raggiungendo la Sardegna, la Sicilia e i porti del Mediterraneo. In seguito, durante l'Impero Romano, il culto di un'altra dea, Vesta, richiedeva la verginità o l'abbandono totale. Per mantenere acceso il fuoco sacro, le ancelle del suo tempio si incaricavano di iniziare i giovani e i re nel cammino della sessualità: cantavano inni erotici, entravano in trance e consegnavano la loro estasi all'universo, in una sorta di comunione con la divinità."

Ralf Hart le mostrò le fotocopie di alcuni scritti antichi, con la traduzione in tedesco a piè di pagina. Declamò lentamente, traducendo ogni verso:

Quando sono seduta sulla soglia di una taverna,
Io, Ishtar, la dea,
Sono prostituta, madre, sposa e divinità.
Sono ciò che si chiama Vita
Benché voi la chiamiate Morte.
Sono ciò che si chiama Legge
Benché voi la chiamiate Emarginata.
Io sono ciò che voi cercate
E quello che avete ottenuto.
Io sono ciò che avete diffuso
E ora raccogliete i miei pezzi.

Maria scoppiò in singhiozzi, e Ralf Hart rise: la sua energia vitale stava comparendo di nuovo, la "luce" ricominciava a brillare. Era meglio proseguire nella storia, mostrarle i disegni, farla sentire amata.

"Nessuno sa perché la prostituzione sacra sia scomparsa dopo essere durata almeno due millenni. Forse a causa delle malattie, o di una società che cambiò le regole quando furono mutate le religioni. Insomma, tutto ciò ormai non esiste e non esisterà più. Oggi, gli uomini controllano il mondo, e il termine 'prostituta' serve soltanto a creare un marchio e a definire qualsiasi donna che si ponga al di fuori delle regole."

"Puoi venire al Copacabana domani?"

Ralf non capì la domanda, ma rispose immediatamente di sì.

Dal diario di Maria, la sera in cui camminò a piedi nudi nel Giardino Inglese di Ginevra:

Non mi interessa se in passato fosse sacro o no, ma IO ODIO CIÒ CHE FACCIO. Sta distruggendo la mia anima, mi sta facendo perdere il contatto con me stessa, mi sta insegnando che il dolore è una ricompensa, che il denaro compra e giustifica tutto.

Intorno a me nessuno è felice. I clienti sanno che sono obbligati a pagare per quello che dovrebbero avere gratuitamente, e questo è deprimente. Le donne sanno che hanno bisogno di vendere ciò che vorrebbero dare solo per piacere e affetto, e questo è distruttivo. Ho lottato a lungo prima di scrivere tutto ciò, di accettare che ero infelice, scontenta – avevo e ho tuttora bisogno di resistere qualche altra settimana.

Adesso, però, non riesco più a essere tranquilla, a fingere che tutto sia normale, che si tratti di un periodo, di un'epoca della mia vita. Voglio dimenticare, ho bisogno di amare – solo questo: ho bisogno di amare.

La vita è breve, oppure è troppo lunga perché io possa concedermi il lusso di viverla così male.

Non è la casa di lui. Non è nemmeno la sua casa. Non è né il Brasile né la Svizzera, ma un albergo – che si può trovare in qualsiasi parte del mondo, sempre con un arredamento identico e quell'atmosfera che pretende di essere familiare, rendendolo così ancora più impersonale.

Non è più quell'albergo con la bella vista sul lago, il ricordo del dolore, della sofferenza, dell'estasi. Le sue finestre si affacciano sul Cammino di Santiago, una via di pellegrinaggio ma non di penitenza, un luogo dove le persone si incontrano nei bar sul ciglio della strada, scoprono la "luce", chiacchierano, diventano amiche, si innamorano. Sta piovendo e, a quest'ora della notte lungo quella via non transita nessuno, ma lì c'è passata gente per anni, per decenni, per secoli. Forse il Cammino ha bisogno di respirare, di riposare dopo gli innumerevoli passi che ogni giorno vi si trascinano.

Spegnere la luce. Chiudere le tende.

Chiedergli di togliermi i vestiti, di levarsi i suoi. L'oscurità fisica non è mai totale, e quando gli occhi si sono abituati, riuscire a scorgere, stagliata in una fioca luce che penetra da chissà dove, la figura dell'uomo. Quando si erano incontrati la volta precedente, solo lei aveva denudato una parte del suo corpo.

Prendere due fazzoletti, ben piegati, lavati e ripetutamente sciacquati, perché non resti alcuna traccia di profumo né di sapone. Avvicinarsi a lui e chiedergli che si bendi gli occhi. L'uomo esita per un istante, e fa qualche accenno all'inferno attraverso cui è già passato. La ragazza dice che, no, non si tratta di questo: ha bisogno soltanto dell'oscurità totale, perché ora tocca a lei fornirgli qualche insegnamento, come ieri lui le ha insegnato il dolore. L'uomo si abbandona, si mette la benda. Lei fa la stessa cosa. Ora non esiste più alcuna lama di luce, l'oscurità è totale, hanno bisogno l'uno della mano dell'altra per raggiungere il letto.

"No, non dobbiamo sdraiarci. Sediamoci come abbiamo sempre fatto, uno di fronte all'altra, soltanto più vicini, cosicché le mie ginocchia tocchino le tue."

Lei aveva sempre desiderato farlo. Ma non aveva mai avuto l'elemento indispensabile: il tempo. Né con il suo primo ragazzo, né con l'uomo che l'aveva penetrata la prima volta. Né con l'arabo che l'aveva pagata mille franchi, forse aspettandosi più di quanto fosse capace di dare – anche se mille franchi non sarebbero stati sufficienti per comprare ciò che lui desiderava. E neppure con i molti uomini che si erano avvicendati sopra il suo corpo, che erano entrati e usciti tra le sue gambe: talvolta pensando solo a se stessi, talaltra preoccupandosi anche di lei, alcune volte con sogni romantici, altre spinti unicamente dall'istinto di ripetere un gesto perché gli era stato detto che un uomo si comporta proprio così, e se non agisce in quel modo non può dirsi uomo.

Si ricorda del diario. È stufa, desidera che le settimane che deve ancora trascorrere in Svizzera passino rapidamente, e perciò si abbandona a quest'uomo, perché lì risiede la luce del suo stesso amore. Il peccato originale non fu la mela che Eva mangiò, ma il credere che Adamo avesse bisogno di condividere quello che aveva provato la donna. Eva aveva paura di proseguire nel suo cammino senza un aiuto, e così volle condividere ciò che sentiva.

Alcune cose, però, non si condividono. Non dobbiamo aver timore degli oceani in cui c'immergiamo volontariamente: la paura ostacola il gioco di tutti. L'essere umano attraversa gli inferni per capirlo. Amiamoci l'un l'altro, ma non tentiamo di possederci l'un l'altro.

'Io amo l'uomo che è qui davanti a me perché non lo posseggo, così come lui non possiede me. Nel nostro concederci siamo liberi: devo ripeterlo decine, centinaia, milioni di volte, sino a quando finirò per credere alle mie stesse parole.'

Per un attimo, Maria pensa alle prostitute che lavorano con lei. Pensa a sua madre, alle sue amiche. Tutte sono convinte che l'uomo desideri solo undici minuti al giorno, e che per questo paghi un mucchio di soldi. No, non è così. L'uomo è anche una donna. Desidera incontrare un altro essere, dare un significato alla propria vita.

Chissà, forse anche sua madre si comporta come lei, fingendo di avere l'orgasmo con il marito? O non sarà, invece, che nell'interno del Brasile a una donna è ancora proibito dimostrare di raggiungere il piacere nel sesso? Lei sa così poco della vita, dell'amore, e ora – con gli occhi bendati e l'intero tempo del mondo a disposizione – sta scoprendo le origini di ogni cosa – e tutto comincia dove e come lei vorrebbe che fosse iniziato.

Il contatto. Dimentica le prostitute, i clienti, la madre e il padre. Ora è avvolta da un buio totale. Ha passato tutto il pomeriggio alla ricerca di ciò che avrebbe potuto dare a un uomo che le aveva restituito la dignità, facendole comprendere che perseguire la gioia è assai più importante del bisogno del dolore.

'Io vorrei dargli la felicità di insegnarmi qualcosa di nuovo, come ieri lui mi ha edotto sulla sofferenza, le peripatetiche, le prostitute sacre. È felice quando può insegnarmi qualcosa, e allora che mi faccia apprendere, che mi guidi. Vorrei conoscere i modi per raggiungere il corpo, prima di avvicinarmi all'anima, alla penetrazione, all'orgasmo.'

Adesso tende il braccio verso di lui e gli chiede di ricambiare il gesto. Mormora qualche parola, dicendo che quella sera, in quel luogo che non appartiene a nessuno, vorrebbe che scoprisse la sua pelle, la frontiera fra lei e il mondo. Gli chiede di toccarla, di sentirla con le mani, perché i corpi si capiscono anche se le anime non sono sempre concordi. Lui comincia a toccarla, contraccambiato, ed entrambi, quasi lo avessero deciso in precedenza, evitano le parti del corpo in cui l'energia sessuale affiora più rapidamente.

Le sue dita le sfiorano il viso: lei avverte un leggero lezzo di colori, un odore che ci sarà sempre, anche se lui si laverà le mani migliaia, milioni di volte; un odore già presente quando è nato, quando ha visto il primo albero, la prima casa, decidendo di disegnarla nei suoi sogni. Anche l'uomo deve sentire qualche odore sulla sua mano, ma lei non sa cosa sia, e non vuole domandarglielo perché in quel momento il corpo è tutto, e il resto è soltanto silenzio.

Accarezza e viene accarezzata. Potrebbe trascorrere così tutta la notte: è piacevole, e non necessariamente finirà in sesso. E in quell'istante, proprio perché non ha alcun obbligo, la ragazza avverte un calore fra le gambe e sa di essere bagnata. Arriverà il momento in cui l'uomo toccherà il suo sesso, scoprendolo umido: non sa se sia un bene o un male, ma è così che il suo corpo sta reagendo, e lei non ha alcuna intenzione di dire: "Qui, lì, più piano, più veloce..." Ora l'uomo le sfiora le ascelle, e i peli delle braccia le si rizzano: vorrebbe allontanare quelle mani – ma è bello, anche se, forse, ciò che sta provando è dolore. Ricambia il gesto, e nota che le ascelle di lui hanno una grana diversa, forse per via del deodorante. Ma cosa sta pensando? Non deve pensare. Deve toccare, e questo è tutto.

Le dita dell'uomo si muovono in circolo intorno al suo seno, come un animale in agguato. Lei desidera che scivolino più rapidamente, che lui le tocchi i capezzoli, perché il suo pensiero sta correndo più veloce di quelle falangi; ma, forse consapevole di ciò, l'uomo provoca, si trastulla, e tarda un'eternità a raggiungerli. Sono duri, lui giocherella per qualche momento, e questo le procura ulteriori brividi lungo il corpo e rende il suo sesso più caldo e più umido. Ora l'uomo le sfiora il ventre con le dita; poi si discosta, le tocca le gambe e i piedi, le passa le mani all'interno delle cosce, avanti e indietro; avverte il calore, ma non si avvicina – è uno sfioramento dolce e lieve, e quanto più è lieve, tanto più è allucinante.

La ragazza compie i medesimi gesti con le mani quasi fluttuanti, sfiorando solo i peli delle sue gambe – e sente quello stesso calore quando si avvicina al sesso. Tutt'a un tratto, è come se avesse riacquistato misteriosamente la verginità, come se scoprisse per la prima volta il membro di un uomo. Lo tocca. Non è duro come immaginava; lei invece è bagnata. Non lo reputa giusto. Ma forse, chissà, lui ha bisogno di più tempo.

Comincia ad accarezzarlo come sanno fare soltanto le vergini, perché le prostitute lo hanno ormai dimenticato. L'uomo reagisce, il suo sesso inizia a crescere, e lei aumenta adagio la pressione, sapendo perfettamente dove toccare, più verso il basso che verso l'alto: deve avvolgerlo con le dita, tirare la pelle all'indietro, in direzione del corpo. Ora lui è eccitato, molto eccitato, sfiora le labbra della sua vagina, dolcemente; la ragazza vorrebbe chiedergli di essere più deciso, di infilarle le dita dentro, nella parte superiore. Ma l'uomo non lo fa, spande sul clitoride l'umore che stilla dal suo ventre e, di nuovo, ripete i movimenti circolari che in precedenza aveva riservato ai capezzoli. La sta toccando come farebbe lei stessa.

Una mano dell'uomo si posa ancora sul suo seno: com'è bello, vorrebbe tanto che l'abbracciasse. E invece no, stanno scoprendo i loro corpi: ci sarà tempo, hanno bisogno di molto tempo. Potrebbero fare l'amore adesso, sarebbe la cosa più naturale del mondo, e probabilmente risulterebbe fantastica, ma è tutto talmente nuovo; deve controllarsi, non vuole rovinare tutto. Maria ripensa al vino che hanno bevuto la prima sera, centellinando ogni sorso; ricorda come l'abbia scaldata, le abbia fatto vedere il mondo in maniera diversa e l'abbia resa più libera e più vicina alla vita.

Desidera bere anche quell'uomo. Solo allora potrà dimenticare per sempre il vino cattivo, che s'ingolla d'un fiato, che dà una sensazione di ebbrezza, ma che finisce per lasciare soltanto un gran mal di testa e un buco nell'anima.

La ragazza si ferma, intreccia dolcemente le dita con quelle di lui; ode un gemito; anche lei vorrebbe gemere, ma si controlla, sente quel calore spandersi in tutto il corpo. 'Starà accadendo la stessa cosa pure a lui?' Senza orgasmo, l'energia prende altre strade, va al cervello, non le consente di pensare soltanto ad arrivare alla fine. Invece tutto quello che vuole è fermarsi: fermarsi a metà, espandere il piacere all'intero corpo, fino alla mente, rinnovare l'impegno e il desiderio, essere di nuovo vergine.

Dolcemente si toglie la benda dagli occhi; poi la leva anche a lui. Accende la luce del comodino. Sono entrambi nudi: non sorridono, ma si guardano. 'Io sono l'amore, io sono la musica,' pensa lei. 'Balliamo.'

Ma non lo dice. Parlano di banalità. "Quando ci rivediamo?" Lei indica una data. "Forse fra un paio di giorni." Lui dice che vorrebbe che lo accompagnasse a una mostra; la ragazza appare titubante. Significherebbe conoscere il suo mondo, i suoi amici. 'Che diranno? Che penseranno?'

Risponde di no. Ma l'uomo capisce che avrebbe voluto dire di sì, e allora insiste, adducendo argomentazioni piuttosto sciocche, che tuttavia fanno parte della danza che stanno conducendo in quel momento, e la ragazza finisce per cedere, perché era proprio ciò che voleva. Lui suggerisce un posto in cui incontrarsi, nel bar dove sono stati il primo giorno. Lei risponde di no: i brasiliani sono superstiziosi e una credenza vuole che nessuno si incontri dove si è visto il primo giorno perché questo potrebbe chiudere un ciclo e porre fine a tutto.

L'uomo le confessa di essere felice per il fatto che lei non voglia chiudere questo ciclo. Decidono per una chiesa, da dove si può vedere l'intera città, proprio lungo il Cammino di Santiago, un frammento di quel misterioso pellegrinaggio che hanno compiuto insieme da quando si sono incontrati.

Dal diario di Maria, alla vigilia del giorno in cui avrebbe comprato il biglietto aereo per il Brasile:

C'era una volta un uccellino, con ali perfette e piume lucenti, colorate e meravigliose. Insomma, un animale creato per volare in libertà nel cielo, e rallegrare chiunque lo vedesse.

Un giorno, una donna vide questo uccellino e se ne innamorò. Stupefatta, si fermò a osservarne il volo con il cuore che batteva all'impazzata, e gli occhi brillanti di emozione. Lo invitò a volare vicino a lei, e insieme vagarono attraverso i cieli e le terre in perfetta armonia. Lei ammirava, venerava, celebrava quell'uccellino.

Ma poi pensò: 'E se volesse conoscere le montagne lontane?' Ebbe paura. Paura di non provare mai più quel sentimento con altri uccellini. E provò anche invidia: invidia per la sua capacità di volare.

Si sentiva sola.

E allora si disse: 'Preparerò una trappola. La prossima volta che arriverà, non potrà più andare via?'

L'uccellino, parimenti innamorato, tornò il giorno seguente, cadde nella trappola e fu imprigionato in una gabbia.

Lei trascorreva ore a guardarlo, tutti i giorni. Era l'oggetto della sua passione e lo mostrava alle amiche, che dicevano: "Ma tu hai davvero tutto." Poi cominciò a verificarsi una strana trasformazione: visto che possedeva l'uccellino, e non aveva più bisogno di conquistarlo, lentamente perse interesse per lui. E l'uccellino, non potendo volare ed esprimere il senso della propria vita, a poco a poco deperì, la lucentezza delle sue piume svanì e divenne brutto. La donna non gli prestava più attenzione, se non per nutrirlo e pulirgli la gabbia.

Un giorno, l'uccellino morì. Lei ne fu profondamente rattristata e iniziò a pensare sempre a lui. Tuttavia non si ricordava della gabbia, rammentava soltanto il gior-

no in cui lo aveva visto per la prima volta, mentre volava felice fra le nuvole.

Se avesse osservato se stessa, avrebbe scoperto che ciò che l'aveva colpita in quell'uccellino era la libertà, l'energia delle sue ali in movimento, e non il suo corpo fisico.

Senza l'uccellino, la sua vita perse di significato, e la Morte andò a bussarle alla porta. "Perché sei venuta?" le domandò lei.

"Per farti volare di nuovo insieme a lui nel cielo," rispose la Morte. "Se lo avessi lasciato partire e tornare, lo avresti amato e ammirato anche di più. Ora, invece, hai bisogno di me per poterlo rincontrare."

Maria iniziò la giornata con un'azione per cui si era preparata in tutti quei mesi: entrare in un'agenzia di viaggi, acquistare un biglietto per il Brasile, per la data che aveva indicato sul suo calendario.

Doveva trascorrere soltanto due settimane ancora in Europa. Da quel momento, Ginevra sarebbe stata il volto di un uomo che aveva amato, e dal quale era stata amata. Rue de Berne sarebbe stato solo un nome, un omaggio alla capitale della Svizzera. Lei si sarebbe ricordata della sua stanza, del lago, della lingua francese, delle follie che una ragazza di ventitré anni (aveva festeggiato il compleanno il giorno precedente) può fare, fino al momento in cui capisce che c'è un limite.

Non avrebbe imprigionato quell'uccellino, né gli avrebbe chiesto di seguirla in Brasile. Lui era l'unica cosa veramente pura che le fosse capitata. Un uccellino così doveva volare libero, nutrirsi della nostalgia del tempo in cui solcava i cieli in compagnia. Ma anche lei era un uccellino: avere accanto Ralf Hart sarebbe stato come ricordare per sempre i giorni del Copacabana. E quello era il suo passato, non il suo futuro.

Decise che gli avrebbe detto addio una volta soltanto, quando fosse giunta l'ora della partenza. Non intendeva soffrire in ogni momento che avesse pensato: 'Fra poco non sarò più qui.' Quella mattina, dunque, ingannò il proprio cuore e passeggiò per Ginevra come se, in futuro, avrebbe ancora frequentato quelle strade, la collina, il Cammino di Santiago, il ponte del Mont-Blanc, i bar in cui soleva sostare. Stipò nella memoria il volo dei gabbiani sul fiume, i negozianti che disponevano le loro mercanzie, la gente che usciva dall'ufficio per andare a pranzo, il colore e il gusto della mela che stava mangiando, gli aerei che atterravano in lontananza, l'arcobaleno nella colonna d'acqua che s'innalzava al centro del lago, la gioia timida e malcelata di coloro che le passavano accanto, gli sguardi di desiderio, gli sguardi senza espressione, gli sguardi. Per quasi un anno, aveva vissuto in una piccola città simile a tante altre disseminate nel mondo: se non fosse stato per la sua peculiare architettura e la quantità di insegne di banche, avrebbe potuto trovarsi nell'interno del Brasile. C'era una fiera. C'era un mercato. C'erano casalinghe che trattavano sul prezzo. C'erano studenti usciti da scuola in anticipo sull'orario, forse con la scusa di un padre o di una madre ammalati, che ora passeggiavano e si baciavano sulle sponde del fiume. C'era gente che si sentiva a casa propria, e persone che si sentivano straniere. C'erano giornali che parlavano di scandali, e rispettabili riviste per uomini d'affari che, come poteva notare, leggevano solo rotocalchi scandalistici.

Maria andò in biblioteca per restituire il manuale sulla gestione di un'azienda agricola. Non aveva capito nulla, ma quel libro le aveva rammentato, nei momenti in cui pensava di avere perduto il controllo di se stessa e del proprio destino, l'obiettivo della sua vita. Era stato un compagno silenzioso, con la sua copertina gialla senza disegni e le serie di grafici, ma, soprattutto, si era rivelato un faro nelle molte notti buie delle settimane appena trascorse.

Continuava a fare progetti per il futuro, ma appariva sempre sorpresa dal presente, pensava la ragazza. Rifletteva su come avesse scoperto se stessa attraverso l'indipendenza, la disperazione, l'amore, il dolore, per incontrare subito dopo un altro tipo di amore – e avrebbe voluto che tutto si fermasse in quel momento.

Ma la cosa più curiosa era che, mentre alcune compagne di lavoro parlavano delle virtù e dell'estasi di andare a letto con certi uomini, Maria non si era mai scoperta migliore o peggiore attraverso il sesso. Non aveva risolto il suo problema, non era capace di raggiungere l'orgasmo con la penetrazione, e aveva talmente banalizzato l'atto sessuale che, forse, non sarebbe mai riuscita a trovare in quel famoso "abbraccio del ricongiungimento" – come lo chiamava Ralf Hart – il fuoco e la gioia che cercava.

O forse, come di tanto in tanto le capitava di pensare, senza amore era impossibile procurarsi il piacere a letto, come dicevano le madri e i padri, e i libri romantici.

La bibliotecaria, in genere alquanto seria (era la sua unica amica, anche se non gliel'aveva mai detto), appariva di buon umore. La ricevette all'ora di pranzo e la invitò a prendere un panino con lei. Maria ringraziò, ma disse che aveva già pranzato.

"Ha impiegato molto tempo a leggerlo."

"Non ho capito niente."

"Si ricorda di quello che, una volta, mi ha chiesto?"

No, non se ne ricordava, ma dopo aver notato il sorriso malizioso di quella donna, immaginò di che cosa potesse trattarsi. Sesso.

"Sa, da quando lei è venuta qui a chiedere dei libri su quell'argomento, ho deciso di fare una ricerca per scoprire ciò che avevamo. Non era granché, e visto che il nostro scopo è educare i giovani, ho ordinato alcuni titoli. Così non avranno bisogno di apprenderne i segreti nel modo peggiore – con le prostitute, per esempio."

La bibliotecaria indicò una pila di libri in un angolo, tutti accuratamente rilegati con copertine grigie."

"Non ho ancora avuto il tempo di classificarli, ma gli ho dato una scorsa e sono rimasta orripilata davanti a quello che ho visto."

Be', Maria poteva tranquillamente immaginare cosa avrebbe detto quella donna: posizioni scomode, sadomasochismo e roba del genere. Meglio dire che doveva tornare al lavoro (non sapeva dove le aveva detto di lavorare: se in una banca, o in un negozio. Le bugie erano davvero faticose, si dimenticava sempre i particolari).

La ragazza ringraziò e fece il gesto di uscire, ma l'altra soggiunse:

"Anche lei resterebbe sconcertata. Per esempio, sapeva che il clitoride è un'invenzione recente?"

Un'invenzione? Recente? Proprio quella settimana un uomo aveva toccato il suo, come se fosse stato sempre lì, e come se quelle mani conoscessero alla perfezione il terreno che esploravano – malgrado la totale oscurità.

"La sua esistenza venne sancita ufficialmente nel 1559, dopo che un medico, Realdo Colombo, pubblicò un libro intitolato *De re anatomica.* Per millecinquecento anni dell'era cristiana, fu ufficialmente ignorato. Colombo lo descrive, nel suo libro, come 'una cosa bella e utile'... Se l'immagina?"

Risero entrambe.

"Due anni dopo, nel 1561, un altro medico, Gabriele Falloppio, affermò che si trattava di una sua 'scoperta'. Pensi! Due uomini – italiani, è chiaro: quelli sì che se ne intendono – che discutevano su chi avesse inserito ufficialmente il clitoride nella storia del mondo!"

Era una conversazione interessante, ma Maria si rifiutava di pensare a quell'argomento, soprattutto perché sentiva di nuovo l'umore che stillava, e la sua vagina che s'inumidiva al semplice ricordo di quel contatto, delle bende, delle mani che le sfioravano il corpo. No, non era ancora pronta per il sesso: in un certo senso, quell'uomo l'aveva riscattata. Era davvero bello essere viva.

La bibliotecaria, però, appariva entusiasta di quella conversazione:

"Anche dopo essere stato 'scoperto', continuò a non venire considerato," proseguì, quasi fosse divenuta un'esperta di 'clitoridologia', o di qualunque fosse il nome di quella scienza. "Le mutilazioni di cui si legge sui giornali, mediante le quali alcune tribù dell'Africa sottraggono ancora alla donna il diritto al piacere, non sono affatto una novità. Anche in Europa, fino al diciannovesimo secolo, si praticavano interventi chirurgici per eliminarlo, ritenendo che in quella piccola e insignificante parte dell'anatomia femminile risiedesse la fonte dell'isteria, dell'epilessia, della tendenza all'adulterio e dell'incapacità di procreare."

Maria le porse la mano per congedarsi, ma la bibliotecaria non sembrava ancora stanca di quel discorso.

"Peggio ancora, il nostro caro Freud, l'inventore della psicanalisi, sosteneva che l'orgasmo femminile, in una donna normale, deve estendersi dal clitoride alla vagina. I suoi allievi più fedeli, sviluppando questa tesi, giunsero ad affermare che il fatto di mantenere il piacere sessuale concentrato nel clitoride costituiva un segno di infantilismo o, peggio ancora, di bisessualità.

"Eppure, come ben sappiamo tutte, è molto difficile raggiungere l'orgasmo solo con la penetrazione. È bello essere posseduta da un uomo, ma il piacere sta in quel 'nocciolino', scoperto da un italiano!"

Distratta, Maria riconobbe che il suo problema era proprio quello indicato da Freud: era ancora infantile, il suo orgasmo non aveva mai interessato la vagina. O forse Freud era in errore?

"E del punto G, che cosa ne pensa?"

"Lei sa dove si trova?"

La donna arrossì e tossicchiò, ma ebbe il coraggio di rispondere:

"Subito dopo l'entrata, al primo piano, finestra in fondo."

Geniale! Aveva descritto la vagina come un edificio! Probabilmente era una spiegazione letta in qualche libro per bambine: "Quando qualcuno bussa alla porta ed entra, scoprirai un intero universo all'interno del tuo corpo." Ogni volta che si masturbava, Maria preferiva di gran lunga quel famoso punto G al clitoride, perché titillare quest'ultimo le procurava un certo fastidio, un piacere mescolato al tormento, qualcosa di angosciante.

Lei andava sempre al primo piano, finestra in fondo!

Accorgendosi che la donna non aveva alcuna intenzione di interrompere la conversazione – chissà che non avesse scoperto in lei una complice della sua perduta sessualità – le rivolse un cenno di saluto con la mano, uscì e cercò di concentrarsi su qualche inezia: non era la giornata adatta per pensare a congedi, clitoride, verginità riacquistata, o punto G. Prestò attenzione ai rumori – le campane che suonavano, i cani che abbaiavano, le ruote del tram che stridevano sui binari, e i passi, i respiri, le insegne che offrivano di tutto.

Non avrebbe voluto tornare al Copacabana. Ma si sentiva in obbligo di rispettare l'impegno assunto, anche se ne ignorava la vera ragione – in fin dei conti, era riuscita a risparmiare quanto bastava. Quel pomeriggio, poteva fare qualche spesa, parlare con un direttore di banca – un cliente – che le aveva promesso di aiutarla per i risparmi, prendere un caffè, spedire per posta tutti gli abiti che non sarebbero entrati nel bagaglio. Stranamente si sentiva triste, ma non sapeva spiegarsi il motivo. Forse perché mancavano ancora due settimane alla partenza: doveva far passare il tempo, guardare la città con altri occhi, gioire di aver vissuto quell'esperienza.

Raggiunse un incrocio che aveva attraversato centinaia di volte, da cui poteva vedere il lago, la colonna d'acqua e, al centro del giardino che si estendeva al di là del marciapiede, il bell'orologio coi fiori, uno dei simboli della città – e quello non le consentiva di mentire, perché...

Tutt'a un tratto, il tempo e il mondo si fermarono.

Cos'era quella storia della verginità riacquistata a cui pensava dal momento del risveglio?

Il mondo sembrava cristallizzato, quel secondo non passava mai. Davanti a sé, aveva qualcosa di molto serio e importante per la sua vita: non poteva dimenticare, non poteva comportarsi come se fosse in uno di quei sogni che si riprometteva sempre di annotare, senza mai ricordarsene...

'Non pensare a niente. Il mondo si è fermato. Cosa sta succedendo?'

BASTA!

L'uccellino... La bella storia dell'uccellino che aveva appena scritto riguardava forse Ralf Hart?

No, riguardava se stessa!

PUNTO E A CAPO!

Erano le undici e undici del mattino e, in quel momento, lei si stava cristallizzando e sublimando. Straniera nel suo stesso corpo, stava riscoprendo la verginità da poco recuperata: tuttavia quella sua rinascita era talmente fragile che, se fosse rimasta lì, si sarebbe perduta per sempre. Forse aveva provato le gioie del cielo – i tormenti dell'inferno di sicuro –, ma adesso l'"avventura" era sul punto di arrivare all'epilogo. Non poteva aspettare due settimane, oppure dieci giorni, o una settimana: doveva andarsene subito perché, guardando l'orologio coi fiori, circondato di turisti che scattavano fotografie e bambini che giocavano, aveva scoperto il motivo della propria tristezza.

E quel motivo era che non voleva tornare a casa.

E la ragione di tutto ciò non erano Ralf Hart, la Svizzera, l'"avventura". Il vero movente era fin troppo semplice: il denaro!

Il denaro! Pezzi di carta speciale, dai colori tenui, che a detta di tutti avevano un certo valore – e lei ne era convinta, come il resto del mondo. Fino al momento in cui sarebbe entrata con un mucchio di quei foglietti in qualche banca – rispettabile, tradizionale, segretissima banca svizzera – per chiedere: "Posso comprare alcune ore per la mia vita?" "No, signora, non vendiamo, acquistiamo soltanto."

Maria fu strappata al suo delirio dalla frenata di una macchina, dalla protesta di un autista e da un vecchietto che, sorridendo e parlando in inglese, la costrinse a retrocedere – il semaforo era rosso per i pedoni.

'Be', credo di avere scoperto qualcosa che tutti devono sapere.'

E invece non lo sapevano. Maria si guardò intorno – gente che camminava a testa bassa, che correva per andare al lavoro, a scuola, a un'agenzia di collocamento, a Rue de Berne, continuando a ripetersi: 'Posso aspettare ancora. Ho un sogno, ma non è indispensabile che lo viva oggi, devo guadagnare altro denaro.' Certo, il suo mestiere era davvero maledetto, ma in fondo doveva semplicemente vendere il suo tempo, come tutti. Fare cose che non le piacevano, come tutti. Confrontarsi con gente insopportabile, come tutti. Consegnare il corpo prezioso e l'anima altrettanto preziosa in nome di un futuro che non arrivava mai, come tutti. Ripetersi che non ne aveva ancora abbastanza, come tutti. Aspettare soltanto un altro po', come tutti. Attendere ancora qualche tempo, guadagnare ulteriori somme, rimandare la realizzazione dei suoi desideri: per il momento, era troppo occupata, aveva davanti a sé ottime occasioni, i clienti l'aspettavano, le erano fedeli, potevano pagare da trecentocinquanta a mille franchi per una serata con lei.

E, per la prima volta nella sua vita, nonostante tutte le cose belle che avrebbe potuto acquistare con il denaro guadagnato – magari lavorando solo per un altro anno –,

Maria decise consapevolmente, lucidamente di lasciarsi sfuggire l'occasione.

La ragazza attese che il semaforo diventasse verde e attraversò la strada; si fermò davanti all'orologio coi fiori e pensò a Ralf: di nuovo, ne sentì lo sguardo carico di desiderio della sera in cui si era abbassata in parte il vestito; avvertì le sue mani che le accarezzavano i seni, il sesso e il viso; si ritrovò bagnata, guardò l'immensa colonna d'acqua in lontananza e, senza aver bisogno di toccarsi nessuna parte del corpo, raggiunse l'orgasmo proprio lì, davanti a tutti.

Nessuno lo notò. Erano tutti molto, molto occupati.

Nyah, l'unica collega con cui Maria intratteneva un rapporto molto simile all'amicizia, la chiamò appena entrò nel locale. Era seduta con un orientale, e stavano ridendo.

"Guarda!" le disse. "Guarda cosa vuole che faccia con lui!"

Con uno sguardo complice e il sorriso sulle labbra, l'orientale sollevò il coperchio di quella che sembrava una scatola di sigari. Da lontano, Milan aguzzò la vista per accertarsi che non contenesse siringhe o droghe. No, era solo quello strano strumento: neppure lui sapeva come funzionasse, comunque non era niente di speciale.

"Sembra una cosa del passato!" disse Maria.

"In effetti, lo è," convenne l'orientale, risentito per l'ignoranza di quel commento. "Ha circa cento anni, e mi è costata una fortuna."

Maria vide una serie di valvole, una manovella, alcuni circuiti elettrici, dei minuscoli contatti di metallo, pile: sembrava l'interno di una vecchia radio. Notò due fili, alle cui estremità erano collegate due piccole bacchette di vetro, della grandezza di un dito. Niente che potesse costare una fortuna.

"Come funziona?"

A Nyah non piacque la domanda di Maria. Aveva fiducia nella ragazza brasiliana, ma, come si sa, le persone cambiano da un istante all'altro, e quella poteva anche aver puntato il suo cliente.

"Me lo ha appena spiegato. Quell'aggeggio è la 'Bacchetta Viola'."

Poi, rivolgendosi all'orientale, suggerì di avviarsi, perché aveva deciso di accettare l'invito. Ma l'uomo sembrava entusiasta dell'interesse suscitato dal suo giocattolo.

"All'inizio del Novecento, quando cominciarono a circolare sul mercato le prime pile, la medicina tradizionale iniziò a fare esperimenti con l'elettricità, nel tentativo di curare alcune malattie mentali o l'isteria. Questo apparecchio, però, fu utilizzato anche per debellare i brufoli e stimolare la vitalità della pelle. Vedete le due bacchette? Venivano appoggiate qui..." Indicò le tempie. "La batteria provocava una scarica elettrica identica a quella che subiamo quando l'aria è molto secca."

In Brasile non accadeva mai, ma in Svizzera era qualcosa di molto comune, e Maria lo aveva scoperto un giorno in cui, aprendo lo sportello di un taxi, aveva udito uno schiocco e avvertito una scossa. Subito aveva pensato che fosse dovuta a un problema dell'auto, e aveva reclamato, dicendo che non avrebbe pagato la corsa, ma l'autista l'aveva quasi aggredita, dandole dell'ignorante. Aveva ragione lui: la macchina non c'entrava niente; era colpa dell'aria molto secca. Dopo aver subito varie scosse, la ragazza cominciò ad aver paura di toccare qualsiasi oggetto metallico, finché scoprì in un supermercato un braccialetto che consentiva di scaricare l'elettricità statica accumulata nel corpo.

Rivolgendosi all'orientale, Maria disse:

"Ma è terribilmente sgradevole!"

Nyah cominciava a spazientirsi per quei commenti. Per evitare futuri conflitti con la sua unica, possibile amica, teneva un braccio sulle spalle dell'uomo, in modo da non lasciare dubbi sulla sua appartenenza.

"Dipende da dove lo metti," disse l'orientale, ridendo.

Poi azionò, la piccola manovella e le due bacchette parvero acquistare un colore viola. Con un movimento rapido, le accostò alle due donne. Si udì uno schiocco. La scossa avvertita dalle ragazze fu più una specie di prurito che una sensazione di dolore.

Milan si avvicinò.

"Per favore, qui non lo usi."

L'uomo ripose le bacchette nella scatola. La filippina ne approfittò per suggerirgli di andare subito in albergo. L'orientale parve deluso, la nuova arrivata sembrava interessata alla Bacchetta Viola più di quanto non lo fosse la donna che lo stava invitando a uscire. Indossò la giacca e infilò la scatola in una cartella di cuoio, dicendo:

"Ancora oggi fabbricano oggetti simili: è diventata una sorta di moda fra coloro che ricercano piaceri particolari. Un esemplare identico a questo, però, lo si può trovare solo in qualche collezione medica, nei musei, o dagli antiquari."

Milan e Maria rimasero zitti, non sapendo cosa dire.

"Ne avevi mai visti?"

"Di questo tipo, no. Deve costare davvero una fortuna, ma quest'uomo è un alto dirigente di una compagnia petrolifera. Mi è capitato di vederne altri, moderni."

"E che ne fanno?

"Si infilano le bacchette nel corpo... e chiedono alla donna di girare la manovella. Ricevono la scossa dentro."

"Ma non potrebbero farlo da soli?"

"Nel sesso, si può fare qualsiasi cosa da soli. Ma è meglio che 'quelli' continuino a trovarlo più divertente quando c'è un'altra persona, altrimenti il mio bar andrebbe in fallimento e tu dovresti trovarti un lavoro in qualche mercato. A proposito, il tuo cliente particolare ha detto che verrà stasera. Per favore, rifiuta qualsiasi invito."

"D'accordo. Rifiuterò anche il suo. Perché gli concederò solo di salutarmi. Sto per lasciare."

Milan parve non accusare il colpo.

"Il pittore?"

"No, il Copacabana. C'è un limite – e io ci sono arrivata stamattina, mentre guardavo quell'orologio coi fiori vicino al lago."

"Qual è il limite?"

"Il prezzo di un'azienda agricola nell'interno del Brasile. So che potrei continuare a guadagnare: se lavorassi per un altro anno, non farebbe differenza, vero?

"Invece, adesso io so qual è la differenza: mi ritroverei per sempre in questa trappola, prigioniera come te e i clienti, i direttori, i commissari di bordo, i talent-scout, i grandi discografici, gli innumerevoli uomini che ho conosciuto e ai quali ho venduto il mio tempo, ma che non possono rivendermi. Se rimarrò un giorno in più, resterò un anno ancora, e se starò qui per un altro anno, non me ne andrò mai più."

Milan assentì discretamente, come se capisse e concordasse su tutto, anche se non poteva dire niente, perché quella scelta avrebbe potuto contagiare le altre ragazze che lavoravano per lui. Era un uomo buono e, sebbene non le avesse dato alcuna benedizione, non intendeva tentare di convincere Maria del fatto che stava commettendo un errore.

La ragazza ringraziò, e chiese una bevanda, una coppa di champagne: non sopportava più il cocktail di frutta. Ora poteva bere, non era più in servizio. Milan le disse di telefonargli se avesse avuto bisogno di qualcosa. Poi aggiunse che lì sarebbe stata sempre la benvenuta.

Maria fece per pagare, ma il padrone disse che offriva la casa. Lei accettò: a quella "casa" aveva dato ben più di un drink.

Dal diario di Maria, quel giorno, al suo rientro a casa:

Non ricordo quando è stato, ma una domenica ho deciso di entrare in una chiesa per assistere alla messa. Dopo aver atteso a lungo, mi sono resa conto di trovarmi nel posto sbagliato – era un tempio protestante.

Quando stavo per uscire, il pastore ha iniziato il sermone, e così ho pensato che sarebbe stato scortese alzarmi. È stata una benedizione, perché quel giorno ho ascoltato parole che avevo davvero bisogno di udire.

Il pastore ha detto qualcosa del genere:

"In tutte le lingue del mondo esiste questo adagio: 'Ciò che gli occhi non vedono, il cuore non sente.' Ebbene, io affermo che non c'è niente di più falso. Quanto più lontani stanno, tanto più vicini al cuore sono i sentimenti che cerchiamo di soffocare e dimenticare. Se siamo in esilio, vogliamo serbare ogni piccolo ricordo delle nostre radici; se ci troviamo lontani dalla persona amata, chiunque passi per la strada ce la fa ricordare.

"I Vangeli, e tutti i testi sacri delle varie religioni, furono scritti in esilio, cercando di comprendere Dio, la fede che faceva avanzare i popoli, la sofferta peregrinazione delle anime erranti sulla faccia della terra. I nostri antenati non sapevano – e tanto meno lo sappiamo noi – ciò che la Divinità si aspetta dalle nostre vite. È in quel momento che i libri vengono scritti, i quadri dipinti, poiché noi non vogliamo e non possiamo dimenticare chi siamo."

Alla fine della funzione, mi sono avvicinata e l'ho ringraziato: gli ho detto che ero una forestiera in un paese straniero, e gli ho espresso la mia gratitudine per avermi ricordato che ciò che gli occhi non vedono, il cuore lo sente. E proprio perché ho sentito tanto, oggi me ne vado.

Maria prese le due valigie e le mise sul letto. Erano sempre rimaste in un angolo, in attesa del momento in cui tutto sarebbe giunto alla fine. Pensava che le avrebbe riempite di regali, di vestiti nuovi, di fotografie scattate sulla neve e nelle grandi capitali europee, ricordi di un tempo felice quando aveva conosciuto il paese più sicuro e più generoso del mondo. Possedeva qualche vestito nuovo, è vero, e conservava alcune istantanee prese in un giorno nel quale la neve era caduta su Ginevra: a parte questo, però, niente era stato come lo aveva immaginato.

In sogno era arrivata a guadagnare un mucchio di soldi, ad apprendere segreti sulla vita e su di sé, a comprare un'azienda agricola per i suoi genitori, a trovare un marito e a far conoscere alla famiglia il luogo dov'era nata. Invece, tornava a casa con il denaro appena sufficiente per realizzare un solo sogno, senza aver mai visto le montagne e, peggio ancora, sentendosi un'estranea nei confronti di se stessa. Eppure era contenta: sapeva che era giunto il momento di fermarsi.

Pochi al mondo sanno riconoscere questo momento.

Lei aveva vissuto soltanto quattro "avventure" – fare la ballerina in un locale, imparare il francese, lavorare come prostituta e amare perdutamente un uomo. Quante persone possono vantarsi di avere provato tante emozioni in un anno? Poteva dirsi felice, malgrado la tristezza – una pena che aveva un nome: non si chiamava "prostituzione", né "Svizzera", né "denaro", ma "Ralf Hart". Benché non lo avesse mai ammesso, nel profondo del cuore avrebbe voluto sposare lui, l'uomo che ora l'aspettava in una chiesa, pronto a farle conoscere i suoi amici, la sua pittura, il suo mondo.

Pensò di non andare all'appuntamento e, visto che aveva fissato la partenza per la mattina seguente, di prendere alloggio in un albergo vicino all'aeroporto. Da quel momento, ogni minuto trascorso accanto a lui sarebbe stato un anno di sofferenza nel futuro, per tutto ciò che avrebbe potuto dirgli e non gli avrebbe detto, per il ricordo delle sue mani, della sua voce, del suo aiuto, delle sue storie.

Aprì di nuovo la valigia e prese il vagone del trenino elettrico che Ralf le aveva regalato la prima sera a casa sua. Lo contemplò per qualche istante, poi lo gettò nella spazzatura. Quel giocattolo non meritava di conoscere il Brasile: si era dimostrato inutile e malevolo nei confronti del bambino che lo aveva sempre desiderato.

No, non sarebbe andata all'appuntamento in quella chiesa, magari Ralf le avrebbe fatto qualche domanda e, se lei avesse detto la verità – "Sto partendo" –, le avrebbe chiesto di restare: in quel momento, lui le avrebbe fatto qualsiasi promessa per non perderla, le avrebbe dichiarato quell'amore già dimostrato nel tempo che avevano trascorso insieme. Poiché avevano imparato a convivere in libertà, nessun altro tipo di rapporto avrebbe funzionato – questa era forse l'unica ragione per la quale si amavano, perché sapevano di non avere bisogno l'uno dell'altra. Gli uomini si spaventano sempre quando una donna dice, magari in modo velato: "Voglio dipendere da te", e Maria avrebbe voluto portare con sé l'immagine di un Ralf Hart innamorato, abbandonato, pronto a tutto.

Aveva ancora tempo per decidere se andare all'appuntamento. Adesso, doveva concentrarsi su faccende più pratiche. Si accorse delle innumerevoli cose che non avevano trovato posto in valigia, non sapeva proprio dove stiparle. Decise che se ne sarebbe occupato il padrone di casa quando, entrando nell'appartamento, avrebbe visto gli elettrodomestici, i quadri acquistati nei mercatini, le tovaglie e le lenzuola. Non poteva portare niente di quella roba in Brasile, anche se i suoi genitori ne avrebbero avuto più bisogno di quanto non ne avesse un mendicante svizzero: quegli oggetti le avrebbero ricordato per sempre la realtà in cui si era avventurata.

Uscì e andò in banca, dove chiese di ritirare tutto il denaro che aveva depositato. Il direttore – un frequentatore del suo letto – le disse che si trattava di una pessima idea: quei franchi avrebbero continuato a rendere, e lei avrebbe ricevuto gli interessi in Brasile. Oltre tutto, se fosse stata derubata, sarebbero andati in fumo molti mesi di lavoro. Maria ebbe un attimo di esitazione, pensando – come sempre – che volesse davvero aiutarla. Ma, dopo avere riflettuto, si disse che quel denaro non doveva trasformarsi in ulteriore carta, ma in un'azienda agricola, in una casa per i suoi genitori, in qualche capo di bestiame e in altro lavoro.

Ritirò fino all'ultimo centesimo, mise tutto in un borsino appositamente comprato e se lo legò alla vita, sotto i vestiti.

Poi si recò all'agenzia di viaggi, pregando di avere la forza per proseguire. Quando chiese di modificare la prenotazione, le dissero che il volo del giorno successivo faceva scalo a Parigi, dove l'attendeva un cambio d'aeromobile. Non le importava niente – lei voleva solo allontanarsi, prima di poterci ripensare.

Raggiunse a piedi uno dei ponti, comprò un gelato – anche se stava già cominciando a rinfrescare – e guardò Ginevra. Tutto le parve diverso, come se fosse appena arrivata e dovesse ancora visitare i musei, vedere i monumenti storici, frequentare i bar e i ristoranti alla moda. È curioso, ma quando si vive in una città, si rimanda sempre il momento di conoscerla. E, in genere, si finisce per non conoscerla mai.

Rifletté sul fatto che avrebbe dovuto essere felice perché stava per tornare nel suo paese: no, non era in grado di provare nessuna felicità. Pensò che avrebbe dovuto sentirsi triste perché stava per lasciare una città che l'aveva trattata davvero bene: no, non era capace di vivere nemmeno la tristezza. Riuscì soltanto a versare qualche lacrima, compatendosi: era una giovane intelligente che aveva tutto per raggiungere il successo, ma che in genere prendeva decisioni sbagliate.

Sperò ardentemente che questa fosse la scelta giusta.

Quando Maria entrò, la chiesa era completamente deserta. E, nel silenzio, poté contemplare le stupende vetrate, illuminate dalla luce esterna, la luce di una giornata lavata dal temporale della sera precedente. Davanti a lei, un altare con una croce vuota: lì non c'era uno strumento di tortura, con un uomo insanguinato in punto di morte, ma un simbolo di risurrezione, dove il mezzo del supplizio perdeva tutto il suo significato, il suo terrore, la sua importanza.

Fu contenta di non vedere neppure immagini di santi che soffrivano, con macchie di sangue e ferite aperte – quello era soltanto un luogo dove gli uomini si riunivano per adorare un'entità che non potevano comprendere.

Si fermò davanti al tabernacolo dov'era custodito il corpo di un Cristo nel quale credeva ancora, anche se non rivolgeva il pensiero a Lui da molto tempo. Si inginocchiò e promise a Dio, alla Madonna, a Gesù e a tutti i santi che, qualsiasi cosa fosse accaduta quel giorno, lei non avrebbe cambiato idea e sarebbe partita comunque. Fece questa promessa perché conosceva le trappole dell'amore, e sapeva che possono modificare la volontà di una donna.

Poco dopo, sentì una mano che le sfiorava una spalla e reclinò il capo per toccarla.

"Come stai?"

"Bene," disse la voce, senza alcuna venatura di affanno. "Benissimo. Andiamo a prendere un caffè."

Uscirono tenendosi per mano, come due innamorati che si rivedevano dopo molto tempo. Si baciarono; qualcuno li guardò scandalizzato. Entrambi sorridevano per l'imbarazzo che stavano suscitando e per i desideri che risvegliavano con quella scena – sì, sapevano che gli altri avrebbero voluto fare le stesse cose. Era questo l'unico scandalo.

Entrarono in un bar simile a mille altri; quel pomeriggio, però, appariva diverso perché loro erano lì, e si amavano. Parlarono di Ginevra, delle difficoltà della lingua francese, delle vetrate della chiesa, dei danni provocati dal fumo delle sigarette – infatti, fumavano entrambi, e non avevano alcuna intenzione di smettere.

Maria insistette per pagare i caffè, e Ralf acconsentì. Si recarono alla mostra, e lei conobbe il suo mondo: artisti, ricchi che parevano ancora più danarosi, miliardari che sembravano poveri, individui che domandavano cose di cui non aveva mai sentito parlare. Piacque a tutti, e tutti elogiarono il suo francese, le chiesero del carnevale, del calcio, della musica del suo paese. Educati, gentili, simpatici, affascinanti.

Quando uscirono, Ralf disse che quella sera sarebbe andato a trovarla al Copacabana. Maria lo pregò di non farlo: era la sua serata libera e le sarebbe piaciuto invitarlo a cena.

Lui accettò l'invito e si salutarono, dopo aver concordato di incontrarsi a casa di Ralf per andare a cena in un simpatico ristorante in Place de Cologny, una piazzetta che attraversavano sempre in taxi; in quei viaggi, lei non aveva mai chiesto di fermarsi per conoscere il posto.

Fu allora che Maria si ricordò della sua unica amica e decise di andare alla biblioteca per dirle che non sarebbe più tornata.

Rimase bloccata nel traffico per un tempo che le parve un'eternità, fino a quando i curdi – ancora quelli! – non ebbero concluso la loro manifestazione e la circolazione delle auto poté tornare alla normalità. Comunque non le importò niente di quel disguido, poiché era di nuovo padrona del proprio tempo.

Arrivò a destinazione mentre la biblioteca stava per chiudere.

"Può darsi che mi stia permettendo un'eccessiva confidenza, ma non ho nessuna amica a cui raccontare certe cose," disse la bibliotecaria, appena vide Maria.

Quella donna non aveva amiche? Dopo aver vissuto per tutta la vita nello stesso posto e aver incontrato tanta gente ogni giorno, era mai possibile che non avesse nessuno con cui parlare? In quel momento, Maria stava scoprendo qualcuno simile a lei – o, meglio, simile a tutti.

"Stavo pensando al racconto di quello che ho letto sul clitoride..."

"No! E c'è altro?"

"Be', sì, mi sono accorta che, malgrado abbia provato sempre molto piacere nei rapporti con mio marito, talvolta ho faticato a raggiungere l'orgasmo durante il coito. Lo trova normale?"

"E lei, trova normale che i curdi manifestino tutti i giorni? Che le donne innamorate fuggano dal loro principe azzurro? Che la gente si perda in sogni su aziende agricole invece di pensare all'amore? Che uomini e donne vendano il proprio tempo, senza poterlo ricomprare? Eppure, tutto ciò accade. Sicché, non importa cosa io pensi o non pensi, è sempre normale. Quanto si rivela contrario alla natura, ai nostri desideri più intimi, alla fine risulta normale ai nostri occhi, anche se appare un'aberrazione allo sguardo di Dio. Abbiamo cercato il nostro inferno, impiegando millenni per costruirlo, ma ora, dopo tanti sforzi, possiamo vivere nel peggiore dei modi."

Guardò la donna e, per la prima volta, le domandò il nome (conosceva soltanto il suo cognome da coniugata). Si chiamava Heidi, era sposata da trent'anni e mai – mai! – si era domandata se fosse normale non raggiungere l'orgasmo durante un rapporto sessuale con il marito.

"Non so se avrei dovuto leggere tutte queste cose! Forse sarebbe stato meglio vivere nell'ignoranza, pensando che un marito fedele, un appartamento con vista sul lago, tre figli e un impiego nell'amministrazione pubblica fossero tutto ciò che una donna può sognare. Ora, da quando lei è arrivata qui, e da quando ho letto il primo libro, sono molto preoccupata per il modo in cui ho trasformato la mia vita. Sarà così per tutti?"

"Le posso garantire che, sì..." E, di fronte a quella donna che le chiedeva di consigliarla, Maria si sentì una giovane saggia.

"Vorrebbe che entrassi nei particolari?"

Maria annuì.

"Ovviamente, lei è ancora molto giovane per capire certe cose. Ma, proprio per questo, vorrei trasmetterle un po' della mia esperienza di vita, affinché non commetta i miei stessi errori.

"Il clitoride... Perché mio marito non gli ha mai riservato l'attenzione dovuta? Io pensavo che l'orgasmo si originasse nella vagina, e mi costava molto – davvero molto – fingere quello che lui immaginava dovessi provare. Ovviamente, mi procurava anche piacere, ma un piacere diverso. Solo quando la frizione avveniva nella parte superiore... Mi capisce?"

"Capisco perfettamente."

"E ora ho scoperto il perché. È tutto lì..." Indicò un libro sul tavolo, di cui Maria non riusciva a leggere il titolo. "Esiste un fascio di nervi che va dal clitoride al punto G, ed è predominante. Gli uomini pensano che siano solo fandonie, che tutto avvenga attraverso la penetrazione. Lei sa che cos'è il punto G?"

“Ne abbiamo parlato l’altro giorno,” disse Maria, assumendo il tono della Ragazza Ingenua. “Subito dopo l’entrata, al primo piano, finestra in fondo.”

“Ma certo, certo!” Gli occhi della bibliotecaria si illuminarono. “Verifichi lei stessa quanti dei suoi amici ne hanno sentito parlare: nessuno! Un’assurdità! Eppure, proprio come il clitoride fu un’‘invenzione’ di quell’italiano, il punto G è una ‘conquista’ del nostro secolo! Ben presto occuperà i titoli di tutti i giornali, e nessuno potrà più ignorarlo! Riesce a immaginare il momento rivoluzionario che stiamo vivendo?”

Maria guardò l’orologio, e Heidi si rese conto che doveva dirle tutto rapidamente, insegnare a quella bella giovane che le donne avevano il pieno diritto di essere felici, realizzate, perché una futura generazione potesse godere dei benefici di queste straordinarie conquiste scientifiche.

“Il caro e famoso dottor Freud aveva altre idee perché non era una donna e, visto che raggiungeva l’orgasmo col pene, pensava che fossimo obbligate a trarre piacere attraverso la vagina. Ma noi dobbiamo tornare alle origini, a ciò che ci ha sempre procurato il godimento: il clitoride e il punto G! Poche donne riescono ad avere un rapporto sessuale soddisfacente, ragion per cui, se lei avrà difficoltà nel raggiungere il godimento che merita, le suggerisco una cosa: inverta la posizione. Faccia sdraiare supino il suo compagno e gli stia sempre sopra. Il suo clitoride premerà con più forza sul corpo di lui, e lei – non lui – otterrà lo stimolo di cui ha bisogno: o meglio, che merita!”

Maria fingeva soltanto di non prestare attenzione al discorso. Allora non era soltanto lei! Non aveva nessun problema sessuale: era semplicemente una questione di anatomia! Ebbe voglia di baciare quella donna, mentre un peso immenso, gigantesco, abbandonava il suo cuore. Com’era bello averlo scoperto ancora giovane! Che giornata magnifica stava vivendo!

Heidi le rivolse un sorrisetto d'intesa.

"Loro non lo sanno, ma anche noi abbiamo un'erezione! Il clitoride si indurisce!"

"Loro" dovevano essere gli uomini. E così, visto che il discorso si era fatto tanto intimo, Maria prese coraggio:

"Lei ha mai avuto 'qualcuno' al di fuori del matrimonio?"

La bibliotecaria rimase colpita dalla domanda. I suoi occhi sprigionarono una sorta di fuoco sacro, la pelle le si imporporò – non avrebbe saputo dire se per la rabbia o per la vergogna. Dopo qualche momento, però, la sua lotta fra l'aprirsi e il fingere ebbe fine. Bastava cambiare argomento.

"Torniamo alla nostra erezione: il clitoride! Si inturgidisce, lo sa?"

"Fin da bambina."

Heidi sembrò delusa. Forse non ci aveva badato granché.

"E sembra che, sfiorandone i contorni col dito, senza toccare la sommità, possa scaturire un piacere ancora più intenso. È una cosa che deve sapere! Certi uomini, pur rispettando il corpo della donna, cercando subito la punta del clitoride, ignorando che talvolta quel tocco può essere doloroso, non è d'accordo? Perciò, dopo il primo o il secondo incontro, prenda in mano la situazione: stia sopra e decida come e dove applicare la pressione, aumenti e diminuisca il ritmo a sua discrezione. Inoltre, secondo il libro che sto leggendo adesso, è sempre necessario un discorso franco."

"Lei ne ha parlato francamente con suo marito?"

Ancora una volta, Heidi evitò la domanda personale, dicendo soltanto che erano altri tempi. Ora le interessava di più condividere le proprie esperienze intellettuali.

"Cerchi di considerare il suo clitoride come la lancetta di un orologio e chieda al suo compagno di muoverla fra le undici e le tredici, capisce?"

Maria sapeva perfettamente di cosa stava parlando quella donna, ma non si reputava molto d'accordo, anche se il libro non era poi così lontano dalla verità. Tuttavia, quando la bibliotecaria parlò di ore, guardò l'orologio e disse che era passata a salutarla perché il suo soggiorno volgeva al termine. La donna parve non udirla.

"Non vuole prendere in prestito questo libro sul clitoride?"

"No, grazie. Ho altri pensieri."

"Vuole qualcos'altro?"

"No. Sto per tornare nel mio paese, ma vorrei ringraziarla per avermi sempre trattato con rispetto e comprensione. Arrivederci."

Si strinsero la mano e si augurarono tanta felicità.

Heidi aspettò che la giovane fosse uscita, prima di perdere il controllo di sé e sferrare un pugno sul tavolo. Perché non aveva colto l'occasione per condividere qualcosa che, visto il modo in cui procedeva la situazione, si sarebbe portata fin nella tomba? Quella ragazza aveva avuto il coraggio di domandarle se avesse mai tradito il marito, e allora perché non risponderle, proprio adesso che stava scoprendo un nuovo mondo, nel quale le donne finalmente ammettevano quanto fosse difficile raggiungere l'orgasmo vaginale?

'Be', non importa. Il mondo non è soltanto sesso.'

Certo, non era la cosa principale, ma era importante, eccome. Si guardò intorno: la maggior parte di quelle migliaia di libri raccontava una storia d'amore. Sempre la stessa: una persona ne incontra un'altra e si innamora, la perde e poi la incontra di nuovo. Anime che comunicano, paesi lontani, avventura, sofferenza e dolore... Solo di rado qualcuno diceva: "Ascolta, caro, cerca di capire il mio corpo di donna." Perché i libri non ne parlavano apertamente?

Forse non interessava a nessuno, in realtà. Giacché, per quanto lo riguardava, l'uomo avrebbe continuato a ricercare la novità – era ancora il cacciatore primitivo che seguiva il proprio istinto di riproduttore della razza. E la donna? In base alla sua personale esperienza, il desiderio di avere un orgasmo con il compagno durava solo per i primi anni. Poi diminuiva, come la frequenza dei rapporti. Ma nessuna ne parlava, ritenendo che accadesse soltanto a lei. E tutte mentivano, fingendo di non poter resistere alle voglie del marito che intendeva fare l'amore tutte le notti. Così, attraverso la menzogna, suscitavano la preoccupazione delle altre. A questo punto, si concentravano su qualcosa di diverso: i bambini, la cucina, gli orari, la casa, i conti da pagare, la tolleranza verso le scappatelle del coniuge, le vacanze in cui si preoccupavano più dei figli che di se stesse, la complicità – o magari anche l'amore, ma non più il sesso.

Forse lei avrebbe dovuto aprirsi maggiormente con quella giovane brasiliana: una ragazza innocente che, considerata l'età, poteva essere sua figlia, e che era ancora in difficoltà nel comprendere il mondo. Una giovane emigrata che viveva lontano dal suo paese, lavorando sodo e aspettando l'uomo con il quale sposarsi, fingere l'orgasmo, trovare la sicurezza, riprodurre questa misteriosa razza umana e dimenticare ben presto tutte quelle cose che si chiamavano "orgasmo", "clitoride", "punto G" (scoperto solo nel ventesimo secolo!). E, inoltre, essere una buona moglie, e un'ottima madre, preoccuparsi che in casa non mancasse niente e, di tanto in tanto, masturbarsi in segreto, pensando al tizio che aveva incrociato lungo la strada e l'aveva guardata con un certo desiderio. Insomma, mantenere le apparenze. Ma perché il mondo si preoccupava tanto delle apparenze?

Ecco il motivo per cui non aveva risposto alla domanda: "Lei ha mai avuto 'qualcuno' al di fuori del matrimonio?"

Sono cose che muoiono con noi, pensò. Suo marito era stato l'unico uomo della sua vita, anche se il sesso apparteneva ormai a un passato lontano. Era un ottimo compagno, onesto, generoso, amabile; si impegnava per mantenere la famiglia e cercava di rendere felici tutti coloro che dipendevano da lui. Un uomo ideale, come lo sognano tutte le donne, ed era proprio per questo che lei si sentiva davvero male al pensiero di aver desiderato – e di aver avuto, un giorno – un altro amante.

Ricordava con precisione come lo aveva incontrato. Stava tornando da Davos, una cittadina sulle Alpi, quando una valanga aveva interrotto per alcune ore la circolazione dei treni. Aveva telefonato a casa, affinché nessuno si preoccupasse. Poi aveva comprato alcune riviste e si era rassegnata a una lunga attesa nella stazione.

Proprio allora aveva notato un uomo accanto a sé, con uno zaino e un sacco a pelo. Aveva i capelli brizzolati, la pelle scurita dal sole, ed era l'unico che sembrava non preoccuparsi per il mancato arrivo del treno. Anzi, sorrideva e si guardava intorno, cercando qualcuno con cui chiacchierare. Heidi aveva aperto una rivista, ma – misteri della vita! – i suoi occhi avevano incrociato quelli di lui, e non era riuscita a sviare lo sguardo abbastanza rapidamente per evitare che le si avvicinasse.

Prima che potesse dirgli, gentilmente, che intendeva terminare la lettura di un articolo davvero interessante, l'uomo si era già lanciato in una conversazione. Aveva detto che era uno scrittore, reduce da un appuntamento in quella città, e il ritardo del treno gli avrebbe fatto perdere il volo per rientrare a casa. Quando fossero arrivati a Ginevra, lei avrebbe potuto aiutarlo a trovare un albergo?

Heidi lo aveva fissato: com'era possibile essere così di buon umore al pensiero di perdere un aereo e vedersi costretto ad aspettare in una deprimente stazione ferroviaria che gli inconvenienti dei trasporti si risolvessero?

L'uomo aveva attaccato a chiacchierare come se fossero vecchi amici. Le narrava dei viaggi, le parlava del mistero della creazione letteraria e, con suo grande stupore, delle donne che aveva incontrato e amato. Heidi si limitava ad annuire, al che lui proseguiva. Ogni tanto, si scusava – forse stava cianciando troppo –, e le chiedeva di raccontargli qualcosa di sé. Ma lei avrebbe potuto dirgli soltanto: “Io sono una persona comune, senza niente di straordinario.”

Improvvisamente, si era resa conto di desiderare che il treno non arrivasse. Quella conversazione la stava affascinando, e lei scopriva cose che erano entrate nel suo mondo solo attraverso i romanzi. Non avrebbe mai più rivisto quell’uomo, e perciò si era fatta coraggio (non sarebbe stata in grado di spiegarne il motivo) e aveva cominciato a porgli qualche domanda su temi che le interessavano. Il suo matrimonio attraversava un momento difficile; il marito invocava la sua presenza e Heidi voleva scoprire cosa fare per renderlo felice. Quell’uomo le aveva fornito qualche spiegazione illuminante, raccontandole una certa storia, tuttavia non sembrava molto contento di parlare del marito.

“Lei è una donna molto interessante,” aveva detto, usando una frase che lei non udiva da anni.

Heidi non sapeva come reagire. Lui si era accorto del suo imbarazzo e, subito, si era messo a parlare di deserti, di montagne, di città perdute, di donne velate o nude fino alla vita, di guerrieri, di pirati e di saggi.

Poi era arrivato il treno. Si erano seduti l’uno accanto all’altra e, a quel punto, Heidi non era più una donna sposata, con una casetta in riva al lago e tre figli da allevare, ma un’avventuriera che stava arrivando a Ginevra per la prima volta. Guardava le montagne e il fiume, ed era contenta di trovarsi lì, accanto a quell’uomo che voleva portarsela a letto (perché gli uomini pensano solo a questo) e cercava di impressionarla. Aveva pensato a tutti gli altri che avevano avuto la medesima intenzione, senza che lei gliene avesse mai data l’occasione. Quella mattina, però, il mondo era cambiato: Heidi era un’adolescente di trentott’anni che assisteva, stupefatta, al tentativo di sedurla. Era la cosa più bella del mondo.

Nel prematuro autunno della sua vita, quando ormai pensava di avere avuto tutto ciò che si era aspettata, in quella stazione ferroviaria compariva un uomo ed entrava nella sua esistenza senza chiedere permesso.

Erano scesi a Ginevra, lei gli aveva indicato un albergo (modesto, aveva insistito l'uomo, perché sarebbe dovuto partire già quella mattina e non aveva previsto di trattenersi un giorno in più nella costosissima Svizzera), e lui l'aveva pregata di accompagnarlo in camera per verificare che tutto fosse in ordine. Heidi sapeva ciò che l'aspettava, ma aveva accettato la proposta. Appena chiusa la porta, si erano baciati con violenza e desiderio, e lui le aveva letteralmente strappato i vestiti di dosso e... Mio Dio, quell'uomo conosceva bene il corpo femminile, perché forse aveva sperimentato la sofferenza o la delusione di tante altre compagne!

Avevano fatto l'amore per tutto il pomeriggio; solo all'imbrunire l'incanto si era dissolto. E Heidi aveva pronunciato una frase che non avrebbe mai voluto dire:

"Devo andare, mio marito mi sta aspettando."

A quel punto, lui si era acceso una sigaretta, ed erano rimasti in silenzio per qualche minuto. Nessuno aveva voluto pronunciare il termine "addio". Heidi si era alzata ed era uscita senza voltarsi, sapendo che, qualsiasi cosa avessero detto, nessuna parola o frase avrebbe avuto senso.

Non avrebbe rivisto mai più quell'uomo, tuttavia nell'autunno del suo avvilimento, per qualche ora aveva cessato di essere la sposa fedele, la padrona di casa, la madre amorevole, l'impiegata esemplare, l'amica sincera. Era stata di nuovo, semplicemente, la donna.

Per qualche giorno, il marito le aveva ripetuto che era cambiata, che era più allegra o forse più triste – no, non avrebbe saputo dirlo esattamente. Una settimana dopo, tutto era tornato alla normalità.

'Peccato non averlo raccontato a quella ragazza,' pensò Heidi. 'Comunque, non avrebbe capito: vive ancora in un mondo dove le persone sono fedeli e i giuramenti d'amore eterni.'

Dal diario di Maria:

Non so cosa avrà pensato quando ha aperto la porta, quella sera, e mi ha visto con due valigie.

"Non aver paura," gli ho detto subito. "Non mi sto trasferendo qui. Andiamo a cena."

Mi ha aiutato, senza fare commenti, a portare in casa il bagaglio. Poi, prima di dire "Che significa?" oppure "Che bello vederti!", mi ha abbracciato e ha cominciato a baciarmi, a toccare il mio corpo, i miei seni, il mio sesso, come se avesse aspettato tanto e ora intuisse che, forse, il momento non sarebbe mai arrivato.

Mi ha tolto la giacca e il vestito; mi ha spogliato completamente, lasciandomi nuda, ed è stato proprio lì nell'ingresso, senza nessun preliminare, senza neppure il tempo di dire ciò che sarebbe stato bello o brutto, con il vento freddo che entrava dalla porta, che abbiamo fatto l'amore per la prima volta. Ho pensato di dirgli che sarebbe stato meglio fermarsi, trovare un posto più comodo, avere il tempo di esplorare l'immenso mondo della nostra sensualità, ma in quel momento lo volevo dentro di me, subito: era l'uomo che non avevo mai avuto, e che mai avrei posseduto di nuovo. Perciò dovevo amarlo con tutte le mie energie, avere, almeno per una notte, quello che non avevo avuto prima e che, probabilmente, non avrei più avuto in seguito.

Mi ha fatto sdraiare sul pavimento, è entrato in me prima che fossi ben bagnata, ma il dolore non mi ha infastidito: anzi, mi è piaciuto che stesse avvenendo così, perché doveva capire che gli appartenevo e che non aveva bisogno di chiedere alcun permesso. Non ero lì per insegnargli qualcosa, o per mostrare come la mia sensibilità fosse migliore o più intensa di quella di altre donne, ma solo per dirgli che, sì, era il benvenuto, che anch'io lo stavo aspettando, che mi rendeva felice la sua trasgressione di tutte le regole che avevamo stabilito, e ora volevo che fossero solo i nostri istinti, maschio e femmina, a guidarci. Facevano l'amore nella posizione più convenzionale: io sotto, con le gambe aperte, e lui sopra, che entrava e usciva, mentre lo guardavo, senza nessuna voglia di fingere, di gemere, di... nulla, con l'unico desiderio di tenere gli occhi ben aperti per ricordare ogni secondo, per vedere il suo viso trasformarsi, le sue mani che mi afferravano i capelli, la sua bocca che mi mordeva, mi baciava. Nessun preliminare, nessuna carezza, nessun preparativo, nessuna affettazione: soltanto lui dentro di me, e io nella sua anima.

Entrava e usciva, aumentava e diminuiva il ritmo, ogni tanto si fermava per guardarmi, senza però domandarmi se mi piaceva, perché sapeva che quello era l'unico modo di comunicare per le nostre anime. La cadenza è aumentata, e io avevo ben chiaro in mente che gli undici minuti stavano arrivando alla fine; avrei voluto che durassero in eterno, perché era tanto bello – ah, com'era bello! – essere posseduta e non possedere! Tutto a occhi aperti. Poi mi sono accorta del momento in cui entrambi non riuscivamo più a vedere distintamente, come se stessimo entrando in una dimensione dove io ero la Grande Madre, l'universo, la donna amata, la prostituta sacra degli antichi rituali di cui mi aveva parlato con un bicchiere di vino in mano e un caminetto acceso. Ho visto il suo orgasmo salire e manifestarsi, e le sue braccia hanno stretto con forza le mie; i movimenti sono aumentati d'intensità, ed è stato allora che ha gridato – non gemeva, non si mordeva le labbra, ma gridava! Urlava! Come un animale! Nella mia mente è balenato il pensiero che i vicini potessero chiamare la polizia, ma non aveva alcuna importanza, e ho provato un piacere immenso, perché era così dal principio dei tempi, da quando il primo uomo incontrò la prima donna e fecero l'amore per la prima volta: sì, gridarono.

Poi il suo corpo si è abbandonato sul mio, e non so per quanto tempo siamo rimasti così, abbracciati. Gli ho accarezzato i capelli come avevo fatto soltanto la sera in cui ci eravamo rifugiati nel buio dell'albergo; ho sentito il suo cuore, che prima batteva all'impazzata, assumere il ritmo regolare; le sue mani hanno cominciato a carezzarmi delicatamente le braccia, e questo gesto ha fatto rizzare tutti i peli del mio corpo.

Deve aver pensato a qualcosa di estremamente reale – come al suo peso sopra di me –, visto che è rotolato su un fianco, tenendomi le mani, e siamo rimasti lì a fissare il soffitto e il lampadario con le tre lampadine accese.

"Buonanotte," gli ho detto.

Lui mi ha attirato a sé, facendomi appoggiare il capo sul suo petto. Mi ha accarezzato a lungo, prima di augurarmi la buonanotte.

"I vicini avranno udito tutto," ho commentato, senza sapere come avremmo proseguito. Dire "Ti amo" in quel momento non aveva molto senso. Lo sapevamo entrambi.

"Da sotto la porta, arriva uno spiffero" è stata la sua risposta, mentre avrebbe potuto dire: "Che meraviglia!"

"Andiamo in cucina."

Quando ci siamo alzati, ho notato che non si era tolto neppure i pantaloni: era ancora vestito come quando mi aveva aperto la porta, ma aveva il sesso fuori. Mi sono infilata la giacca sul corpo nudo. Siamo andati in cucina, lui ha preparato un caffè, poi ha fumato due sigarette – io soltanto una. Seduti al tavolo, lui con gli occhi mi diceva "Grazie", e io rispondevo: "Anch'io ti ringrazio": le nostre labbra erano chiuse.

Alla fine, si è fatto coraggio e mi ha domandato delle valigie.

"Parto per il Brasile domani a mezzogiorno."

Una donna capisce quando un uomo è importante. Chissà se anche "loro" sono capaci di questo genere di in-

tuizioni. Forse avrei dovuto dire: "Ti amo", o: "Vorrei rimanere qui con te", oppure: "Chiedimi di restare."

"Non partire." Sì, aveva capito che poteva dirmelo.

"Non posso. Ho fatto una promessa."

Perché, se non l'avessi fatta, avrei forse creduto che poteva durare per sempre. E invece no: era parte di un sogno di una giovane donna proveniente da un paese lontano, che si reca nella grande città (non era poi così grande, in verità), supera mille difficoltà, e incontra un uomo che la ama. Ecco il felice epilogo di tutti i momenti duri che ho attraversato: ogniqualvolta mi fossi ricordata della mia vita in Europa, avrei concluso con la storia di un uomo innamorato di me, che sarebbe stato mio per l'eternità, giacché avevo trovato la sua anima.

'Ah, Ralf, non sai quanto ti amo. Forse ci innamoriamo sempre quando ci ritroviamo a guardare l'uomo dei nostri sogni per la prima volta, anche se in quell'attimo la ragione ci dice che stiamo sbagliando, e noi cominciamo a lottare, senza voler realmente vincere, contro questo istinto. Fino a quando arriva il momento in cui ci lasciamo sopraffare dall'emozione, com'è accaduto la sera che ho camminato scalza nel parco, soffrendo per il dolore e per il freddo, ma comprendendo quanto mi volevi bene.

'Sì, ti amo profondamente, come non ho mai amato nessuno, e proprio per questo me ne vado: se restassi, il sogno si trasformerebbe in realtà, in volontà di possedere, di desiderare che la tua vita mi appartenga – insomma, in tutte quelle cose che finiscono per mutare l'amore in schiavitù. È meglio il sogno. Dobbiamo usare la massima cautela riguardo a ciò che portiamo via da un paese – o dalla vita.'

"Non hai raggiunto l'orgasmo," ha detto lui, tentando di cambiare argomento, di mostrarsi premuroso, di non forzare la situazione. Aveva paura di perdermi e pensava di avere tutta la notte per farmi cambiare idea.

"No, ma ho provato un piacere immenso."

"Ma sarebbe stato meglio se avessi avuto un orgasmo."

"Avrei potuto fingere, solo per farti contento, ma tu non lo meriti. Tu sei un uomo, Ralf Hart, con tutto ciò che questa parola può racchiudere di bello e di intenso. Hai saputo sostenermi e aiutarmi; hai accettato che io ti sostenessi e ti aiutassi, senza che ciò significasse umiliazione. Sì, mi sarebbe piaciuto avere un orgasmo, ma non è stato così. Comunque ho adorato il pavimento freddo, il tuo corpo caldo, la violenza con cui sei entrato in me.

"Oggi sono andata a restituire i libri che avevo preso in prestito, e la bibliotecaria mi ha domandato se parlavo di sesso con il mio compagno. Mi è venuta voglia di chiederle: quale compagno? Quale genere di sesso? Ma non meritava una simile sgarberia, è sempre stata un angelo con me.

"In realtà, ho avuto solo due compagni da quando sono arrivata a Ginevra: uno che ha risvegliato la componente peggiore di me, perché gliel'ho permesso – anzi, l'ho implorato. L'altro, tu, che mi ha fatto sentire di nuovo parte del mondo. Vorrei poterti insegnare dove toccare il mio corpo, con quale intensità e per quanto tempo, e so che non la reputeresti una recriminazione, ma uno stimolo affinché le nostre anime comunicassero meglio. L'arte dell'amore è come la tua pittura: richiede tecnica, pazienza e, soprattutto, inventiva tra gli amanti. Ed esige anche audacia: bisogna andare al di là di ciò che è convenzionalmente definito con l'espressione 'fare l'amore'."

Ecco, era comparsa l'insegnante, qualcosa che non volevo, ma Ralf ha saputo risolvere la situazione. Invece di accettare le mie parole, dopo aver acceso la terza sigaretta in meno di mezz'ora, ha detto:

"Prima di tutto, passerai la notte qui."

Non era una richiesta, ma un ordine.

"Poi, faremo l'amore di nuovo, con meno ansietà e più desiderio. Vorrei che, finalmente, tu capissi meglio gli uomini."

Capire meglio gli uomini? Passavo tutte le mie notti con loro: bianchi, neri, asiatici, ebrei, mussulmani, cattolici, buddisti. Non lo sapeva, questo, Ralf Hart?

D'un tratto, mi sono sentita più leggera: com'è bello quando una conversazione si avvia a diventare una discussione. A un certo punto, ero arrivata a pensare di chiedere perdono a Dio e rompere la mia promessa. Ma ecco il ritorno alla realtà, per dirmi di non dimenticare di serbare il mio sogno intatto, di non lasciarmi intrappolare dal destino.

"Sì, vorrei che tu capissi meglio gli uomini," ha ripetuto Ralf, notando la mia espressione ironica. "Parli di esprimere la tua sessualità femminile, di aiutarmi a navigare nel tuo corpo, di avere pazienza e tempo. D'accordo, ma ti è mai venuto in mente che siamo diversi, almeno riguardo al tempo? Perché non te la prendi con Dio?

"Quando ci siamo incontrati, ti ho chiesto di darmi qualche lezione sul sesso, perché il mio desiderio era svanito. E sai qual è il motivo? Dopo un certo numero di anni, le mie relazioni sessuali finivano per tediarmi o frustrarmi, poiché avevo capito che mi era molto difficile dare alle donne che amavo lo stesso piacere che loro procuravano a me."

Non mi sono piaciute le parole: "Alle donne che amavo", ma ho finto indifferenza, accendendo una sigaretta.

"Non avevo il coraggio di chiedere: 'Insegnami il tuo corpo, rivelami i suoi segreti.' Ma quando ho incontrato te, ho visto la tua luce e ti ho amata immediatamente. Ho pensato che, a questo punto della vita, ormai non avevo nient'altro da perdere se fossi stato onesto con me stesso – e con la donna che avrei voluto avere al mio fianco."

Ho trovato deliziosa quella sigaretta e avrei tanto voluto che mi offrisse del vino, ma non volevo lasciar cadere l'argomento.

"Perché gli uomini, anziché comportarsi con me nel tuo stesso modo, e cioè cercare di scoprire come veramente mi sento, pensano solo al sesso?"

"Chi l'ha detto che pensiamo solo al sesso? Al contrario, passiamo anni della nostra vita cercando di convincerci che, anche per noi, il sesso è importante. Apprendiamo l'amore con le prostitute o con le vergini, raccontiamo le nostre storie a tutti coloro che vogliano ascoltarle, ci intratteniamo con giovani amanti quando ormai siamo vecchi, soltanto per mostrare agli altri che, effettivamente, siamo quello che le donne si aspettavano che fossimo.

"Ma vuoi sapere una cosa? Non è niente di tutto ciò. Noi non capiamo niente. Pensiamo che sesso ed eiaculazione siano la stessa cosa: ma come hai appena detto tu, non lo sono. Non impariamo perché non abbiamo il coraggio di dire alla donna: 'Insegnami il tuo corpo, rivelami i suoi segreti.' Non apprendiamo perché neppure la donna ha l'audacia di dire: 'Impara come sono.' Così ci limitiamo al primitivo istinto di perpetuazione della specie, ed è tutto. Per quanto assurdo sembri, sai che cos'è più importante del sesso per un uomo?"

Io ho pensato ai soldi, poi al potere, ma non ho detto niente.

"Lo sport. Perché lì un uomo capisce il corpo di un altro uomo. Nello sport, cogliamo il dialogo dei corpi che s'intendono."

"Tu sei matto."

"Può darsi. Ma ciò ha un senso. Ti sei mai soffermata a pensare cosa sentivano gli uomini con cui sei stata a letto?"

"Sì, l'ho fatto. Provavano paura. Erano tutti insicuri."

"Era peggio che paura. E non erano soltanto insicuri, ma vulnerabili. Non capivano esattamente ciò che stavano facendo: sapevano soltanto che la società, gli amici, le mogli stesse dicevano che quell'atto era davvero importante. 'Sesso, sesso, sesso': ecco la base della vita, sbandierata dalle pubblicità, dalle persone, dai film, dai libri. Nessuno sa di cosa stia parlando. Giacché l'istinto è più forte della ragione, la gente sa che va fatto. Tutto qua."

Basta. Se avevo tentato di dare lezioni di sesso per proteggermi, lui stava facendo altrettanto e, per quanto le nostre parole fossero sagge – visto che ognuno di noi voleva far colpo sull'altro –, ciò era davvero stupido, indegno del nostro rapporto! L'ho attirato a me perché, indipendentemente da quanto aveva da dirmi, o da quello che io pensavo di me stessa, la vita mi aveva già insegnato moltissime cose. All'inizio dei tempi, tutto era amore, abbandono. Poi il serpente si era presentato a Eva e aveva detto: "Ciò che hai donato, tu lo perderai." Così è successo a me – sono stata cacciata dal paradiso quando ero ancora a scuola e, da allora, ho cercato un modo di dire al serpente che era in errore, che vivere era più importante che non serbare per sé. Ma il serpente era nel giusto, e io stavo sbagliando.

Mi sono inginocchiata, lentamente gli ho tolto i vestiti e ho visto che il suo sesso era molle, addormentato, inerme. Lui sembrava non badarci, e io gli ho baciato l'interno delle gambe, partendo dai piedi. Il suo membro ha cominciato a reagire lentamente; poi l'ho toccato, l'ho preso in bocca e – senza fretta, perché non lo interpretasse come un: "Avanti, preparati ad agire!" – l'ho baciato con la tenerezza di chi non si aspetta nulla e, proprio per questo, ha ottenuto tutto. Ho visto che si eccitava. Ha cominciato a toccarmi i capezzoli, titillandoli come quella sera nell'oscurità più totale; mi ha fatto venir voglia di stringerlo di nuovo fra le gambe, o di averlo nella mia bocca, o di esaudire qualsiasi sua fantasia o desiderio riguardo al modo di possedermi.

Lui non mi ha tolto la giacca. Mi ha fatto chinare bocconi sul tavolo, con i piedi ben saldi sul pavimento. Mi ha penetrato lentamente, questa volta senza ansietà, senza paura di perdermi, perché in fondo aveva capito che si trattava di un sogno – sarebbe stato sempre un sogno, e giammai realtà.

Sentivo il suo sesso dentro di me, ma avvertivo anche le sue mani sui seni, sulle natiche; mi toccava come solo una donna sa farlo. Allora ho capito che eravamo fatti l'uno per l'altra, perché lui sapeva essere donna – come avveniva in quel momento – e io riuscivo a essere uomo – accadeva quando parlavamo o ci iniziavamo reciprocamente all'incontro di due anime smarrite, dei due frammenti che mancavano per completare l'universo.

Mentre lui mi penetrava, e contemporaneamente mi toccava, ho sentito che quegli atti non erano rivolti soltanto a me, ma all'universo intero. Adesso il tempo ci apparteneva, al pari della tenerezza e della conoscenza reciproca. Sì, era stato bellissimo arrivare lì con due valigie e con il desiderio di partire, e ritrovarsi distesa sul pavimento e penetrata con violenza e paura. Ma risultava bello anche sapere che quella notte non sarebbe mai finita, e ora, lì, sul tavolo della cucina, l'orgasmo non era un fine, ma l'inizio dell'incontro.

Il suo sesso è rimasto immobile dentro di me, mentre le sue dita si muovevano rapidamente – e io ho avuto un primo, e un secondo, e poi un terzo orgasmo, uno dopo l'altro. Avevo voglia di spingerlo via – il dolore del piacere può essere così intenso da annichilire –, ma sono riuscita a resistere, ho accettato che fosse così, che potevo sopportare ancora un nuovo orgasmo, o altri due, o forse di più…

… e all'improvviso, dentro di me è esplosa una luce. Non ero più me stessa, ma un essere infinitamente supe-

riore a tutto ciò che conoscevo. Quando la sua mano mi ha portato al quarto orgasmo, sono entrata in un luogo dove tutto sembrava pervaso di pace; poi, al quinto, ho conosciuto Dio. Allora ho sentito che ricominciava a muoversi dentro di me, mentre la sua mano continuava a titillarmi, e ho detto: "Mio Dio", abbandonandomi a chissà cosa, all'inferno o al paradiso.

Si trattava del paradiso. Io ero la terra, le montagne, le tigri, i fiumi che scorrevano fino ai laghi, i laghi che si trasformavano in mari. Lui si muoveva sempre più rapidamente, e il dolore si fondeva con il piacere. Avrei potuto dire: "Non ce la faccio più", ma sarebbe stato ingiusto – perché in quel momento, lui e io eravamo la stessa persona.

Ho lasciato che continuasse a penetrarmi fino a raggiungere l'orgasmo; le sue unghie adesso erano conficcate nelle mie natiche, e io, là, bocconi sul tavolo della cucina, stavo pensando che non esisteva un posto migliore al mondo per fare l'amore. Ancora lo scricchiolio del tavolo, il respiro sempre più affannato, il dolore provocato dai graffi e il mio sesso che batteva vigorosamente contro il suo, carne contro carne, ossa contro ossa, e di nuovo stavo per avere un orgasmo, insieme a lui – e niente, niente di tutto questo era MENZOGNA!

"Oh, sì, veniamo!"

Lui sapeva che cosa stava dicendo, e io ero perfettamente conscia che era arrivato il momento: ho sentito il mio corpo cedere, non ero più me stessa. Ormai non udivo e non vedevo, sperimentavo il piacere del nulla – sentivo soltanto.

"Oh, sì, veniamo!"

E sono venuta, insieme a lui. Non sono stati undici minuti, ma un'eternità: era come se entrambi fossimo usciti dal corpo e camminassimo, pervasi da una gioia profonda, da comprensione e affetto, nei giardini del paradiso. Io ero donna e uomo, lui era uomo e donna.

Non so quanto tempo sia durato, ma era come se tutto fosse immerso nel silenzio, nella preghiera, come se l'universo e la vita avessero cessato di esistere e si fossero trasformati in qualcosa di sacro, senza nome, senza tempo.

Ma subito dopo il tempo è tornato; ho udito le sue grida e ho urlato insieme a lui; i piedi del tavolo battevano con forza sul pavimento, e nessuno di noi ha voluto domandare o scoprire ciò che il resto del mondo stava pensando.

Poi è uscito da me all'improvviso; rideva. Ho sentito il mio sesso contrarsi, mi sono voltata verso di lui, ridendo anch'io, e ci siamo abbracciati come se fosse la prima volta nella vita che facevamo l'amore.

"Benedicimi!" mi ha ordinato.

Ho obbedito, senza sapere cosa stavo facendo. L'ho pregato di fare altrettanto, e lui ha esaudito il mio desiderio, dicendo: "Benedetta sia questa donna, che ha tanto amato." Quelle parole erano davvero belle. Ci siamo abbracciati ancora e siamo rimasti lì, immobili, senza riuscire a capire come undici minuti possano portare un uomo e una donna fino a quel punto.

Non eravamo stanchi. Siamo andati nel salone; lui ha messo un disco e ha fatto esattamente ciò che mi aspettavo: ha acceso il caminetto e mi ha offerto del vino.

Poi ha aperto un libro e si è messo a leggere:

Un tempo per nascere, un tempo per morire.
Un tempo per piantare, un tempo per sradicare la pianta.
Un tempo per uccidere, un tempo per guarire.
Un tempo per distruggere, un tempo per costruire.
Un tempo per piangere, un tempo per ridere.
Un tempo per gemere, un tempo per ballare.
Un tempo per scagliare pietre, un tempo per raccogliere sassi.
Un tempo per abbracciare, un tempo per separarsi.

Un tempo per cercare, un tempo per perdere.
Un tempo per conservare, un tempo per gettare via.
Un tempo per strappare, un tempo per ricucire.
Un tempo per tacere, un tempo per parlare.
Un tempo per amare, un tempo per odiare.
Un tempo per la guerra, un tempo per la pace.

Suonava come un congedo. Ma era il più bello che avrei potuto mai desiderare nella mia vita.

L'ho abbracciato, lui mi ha stretto: poi ci siamo sdraiati sul tappeto accanto al caminetto. Quella sensazione di pienezza continuava a pervadermi: era come se fossi sempre stata una donna saggia, felice e realizzata.

"Come hai potuto innamorarti di una prostituta?"

"Allora non l'ho capito. Ma oggi, se ci ripenso, credo di poter dire che, sapendo che il tuo corpo non sarebbe mai stato soltanto mio, mi era data la possibilità di concentrarmi sulla conquista della tua anima."

"E la gelosia?"

"Non è possibile dire alla primavera: 'Spero che tu arrivi presto e che ti trattenga molto.' Si può solo dirle: 'Vieni, benedicimi con la tua speranza e resta più tempo che puoi.'"

Parole al vento. Ma io avevo bisogno di udirle, e lui di pronunciarle. Ho dormito, anche se non so quanto. Ho sognato: non una situazione o una persona, ma un profumo – che permeava tutto.

Quando Maria aprì gli occhi, dalle persiane cominciavano a filtrare i primi raggi di sole.

'Ho fatto l'amore con lui per due volte,' pensò, guardando l'uomo addormentato al suo fianco. 'Eppure mi sembra che siamo sempre stati insieme, e che lui conosca da un'eternità la mia esistenza, la mia anima, il mio corpo, la mia luce, il mio dolore.'

Si alzò per andare in cucina a preparare il caffè. Fu allora che vide le due valigie nel corridoio e si ricordò tutto: la promessa, la preghiera in chiesa, la sua vita, il sogno che persiste nel trasformarsi in realtà perdendo il suo incanto, l'uomo perfetto, l'amore in cui il corpo e l'anima erano un'unica entità, e un piacere e un orgasmo molto diversi.

Avrebbe potuto restare. Non aveva niente da perdere nella vita, se non un'altra illusione. Si ricordò dei versi che lui aveva recitato la sera prima: "*Un tempo per piangere, un tempo per ridere.*" Ma ce n'erano altri: "*Un tempo per abbracciare, un tempo per separarsi.*"

Preparò il caffè, chiuse la porta della cucina, fece una telefonata e chiamò un taxi. Poi si appellò a quella forza di volontà che l'aveva portata così lontano, alla fonte di energia della sua "luce" che le aveva indicato il momento giusto per partire, che la proteggeva e che le avrebbe fatto serbare per sempre il ricordo di quella notte. Si vestì, prese le valigie e uscì; aveva sperato ardentemente che lui si svegliasse e le chiedesse di restare.

Ma Ralf non si era svegliato. Mentre aspettava il taxi, nella strada, passò una zingara con un mazzo di fiori:

"Vuoi comprarlo?" le chiese.

Maria lo acquistò. Si trattava del segnale che l'autunno era arrivato, che l'estate era ormai alle spalle. Per lungo tempo, Ginevra non avrebbe più avuto i tavolini sui marciapiedi e i parchi affollati di persone che passeggiavano e prendevano il sole. Comunque, non era dispiaciuta: se ne stava andando per libera scelta, e non aveva di che lagnarsi.

Maria arrivò all'aeroporto, prese un altro caffè, aspettò per quattro ore il suo volo per Parigi, continuando a pensare che lui sarebbe presto giunto in quel salone, perché, qualche istante prima di addormentarsi, gli aveva detto l'orario della partenza. Nei film accadeva proprio così: all'ultimo momento, quando la donna sta per salire sull'aereo, compare lui, disperato, la stringe a sé, le dà un bacio e la riporta nel suo mondo, sotto lo sguardo sorridente e compiaciuto degli impiegati della compagnia aerea. Appare la scritta "Fine", e tutti gli spettatori sanno che, da quell'istante, gli innamorati vivranno felici.

'I film non raccontano mai cosa accade dopo,' si diceva Maria, cercando di consolarsi. Matrimonio, cucina, figli, sesso sempre più sporadico, la scoperta del primo biglietto dell'amante, decidere, sollevare uno scandalo, ascoltare le promesse che non si ripeterà più. Poi un secondo biglietto di un'altra amante, un nuovo scandalo e la minaccia della separazione; stavolta lui non reagisce mostrando una grande sicurezza: dice soltanto che la ama. Ma c'è un terzo biglietto, di una terza amante, e lei sceglie di restarsene in silenzio, fingendo di non sapere, perché il compagno potrebbe anche dire che non l'ama più e che è libera di andarsene.

No, i film questo non lo raccontano. Finiscono prima che inizi il mondo reale. Meglio non pensarci.

Lesse una, due, tre riviste. Finalmente fu annunciato il suo volo; dopo un lungo lasso di tempo – un'eternità – trascorso nella sala d'attesa di quell'aeroporto, la ragazza si imbarcò. Immaginò ancora la famosa scena in cui, appena agganciata la cintura di sicurezza, la protagonista del film sente il tocco di una mano sulla spalla, si volta e vede lui, sorridente.

Lì, invece, non accadde nulla.

Nel breve tragitto che separava Ginevra da Parigi, Maria dormì. Non ebbe tempo di pensare a cosa avrebbe detto a casa, a quale storia avrebbe raccontato – ma, di sicuro, i suoi genitori sarebbero stati contenti del ritorno della figlia, sapendo che avrebbero presto avuto un'azienda agricola e la vecchiaia assicurata.

Si svegliò per i sobbalzi dell'atterraggio. L'aereo fece un lungo percorso per raggiungere il parcheggio. La hostess le si avvicinò per comunicarle che doveva cambiare terminal, poiché il volo per il Brasile partiva dal Terminal F mentre lei si trovava al Terminal C. Comunque non doveva preoccuparsi, non c'erano ritardi, e aveva molto tempo per raggiungere il cancello d'imbarco; se avesse avuto qualche dubbio, il personale di terra avrebbe potuto aiutarla a trovare la strada.

Mentre l'aereo si avvicinava al punto di sbarco, la ragazza considerò l'opportunità di trascorrere una giornata in quella città, magari soltanto per scattare alcune foto e poter dire di aver visto Parigi. Le serviva qualche momento per riflettere, per stare sola con se stessa, per nascondere nel suo intimo i ricordi della notte precedente, in modo da poterli usare ogniqualvolta avesse avuto bisogno di sentirsi viva. Sì, Parigi era un'ottima idea. Domandò alla hostess quando sarebbe decollato il volo successivo per il Brasile, qualora avesse deciso di non imbarcarsi quel giorno.

L'assistente di volo le chiese il biglietto e, dicendosi molto spiacente, le comunicò che quel tipo di tariffa non consentiva uno scalo prolungato. Maria si consolò pensando che vedere una città così bella da sola l'avrebbe depressa. Stava riuscendo a mantenere il sangue freddo e la forza di volontà, e non avrebbe certo rovinato tutto con un paesaggio stupendo e la nostalgia di qualcuno.

Sbarcò, e fu sottoposta ai controlli di polizia; il suo bagaglio, invece, sarebbe stato imbarcato direttamente sull'altro aereo – non aveva niente di cui preoccuparsi. Le porte del salone degli arrivi si aprirono, i passeggeri uscirono e abbracciarono chi li aspettava: mogli, madri, figli. Maria, fingendo di non prestare attenzione a quelle scene, ripensava alla sua solitudine, che non era totalmente amara: questa volta aveva un segreto e un sogno, e la vita sarebbe stata più facile.

"Parigi ci sarà sempre."

Quando udì quella voce, le gambe le tremarono. Non era una guida turistica. Non era un tassista.

"Parigi ci sarà sempre?"

"È la frase di un film che adoro. Ti piacerebbe vedere la Torre Eiffel?"

Certo. Le sarebbe piaciuto davvero molto. Ralf era lì, con un mazzo di rose e gli occhi inondati di luce, quella luce che lei aveva notato fin dal primo giorno, mentre le faceva il ritratto, e il vento freddo la disturbava.

"Come hai potuto arrivare prima di me?" gli domandò, solo per mascherare la sorpresa. La risposta non era affatto importante, ma le serviva qualche momento per riprendere fiato.

"Ti ho visto mentre leggevi una rivista. Avrei potuto avvicinarmi allora, ma io sono un romantico, un inguaribile romantico. E così, ho pensato bene di prendere il primo aereo diretto a Parigi, di gironzolare per l'aeroporto, di aspettare tre ore, consultando in continuazione gli orari dei voli, di comprare un mazzo di fiori e di pronunciare quella frase che Rick dice alla sua amata in *Casablanca*, immaginando la tua espressione di sorpresa. E avere la certezza che questo è ciò che avresti voluto, che mi aspettavi, che tutta la determinazione e la volontà del mondo non bastano per impedire all'amore di cambiare le regole del gioco in un attimo. Non costa nulla essere romantici come nei film, non credi?"

Maria non sapeva se costasse o no, ma, in quel momento, il prezzo era qualcosa che non le importava affatto – pur sapendo che aveva conosciuto da poco quell'uomo, che avevano fatto l'amore per la prima volta solo qualche ora prima, che aveva visto i suoi amici solo un paio di giorni addietro, che lui aveva frequentato il locale in cui lavorava come prostituta e che era già stato sposato due volte. Non erano certo credenziali impeccabili. Comunque, lei possedeva il denaro per acquistare un'azienda agricola e aveva la gioventù davanti, oltre a una considerevole esperienza di vita e una grande libertà d'animo. Giacché il destino sceglieva sempre per lei, pensò che ancora una volta poteva correre il rischio.

Gli diede un bacio, senza alcuna curiosità di sapere ciò che accade dopo che la scritta "Fine" è apparsa sullo schermo. Se un giorno qualcuno avesse deciso di raccontare la sua storia, gli avrebbe chiesto di cominciarla come una favola, con le parole:

C'era una volta...

Nota finale

Come tutti – e in questo caso non ho il minimo scrupolo a generalizzare –, ho tardato a scoprire il significato sacro del sesso. La mia gioventù ha coinciso con un'epoca di libertà estrema, di scoperte importanti e di eccessi, seguita da un periodo conservatore e repressivo: un prezzo da pagare per gli abusi che avevano lasciato conseguenze piuttosto pesanti.

Nel decennio degli eccessi, gli anni Settanta, lo scrittore Irving Wallace scrisse un libro – intitolato *Sette lunghi minuti* – sulla censura americana, raccontando degli espedienti giuridici volti a impedire la pubblicazione di un testo sul sesso.

Nel romanzo di Wallace, il libro che è oggetto della discussione sulla censura viene solo accennato, e il tema della sessualità compare raramente. A lungo, ho immaginato cosa avrebbe potuto contenere quel famoso libro proibito. Chissà, forse avrei potuto tentare di scriverlo io.

Comunque, nelle pagine del suo romanzo, Wallace fa numerosi riferimenti a quel libro inesistente, la qual cosa ha finito per limitare – e rendere impossibile – la prova che avevo immaginato. Ne è rimasto solo il ricordo del titolo (nel quale ritengo che Wallace sia stato alquanto conservatore rispetto al tempo, ragione per cui ho deciso di estenderlo), oltre all'idea che fosse importante affrontare la sessualità in maniera seria. Il che, peraltro, è già stato fatto da molti scrittori.

Nel 1999, dopo una conferenza a Mantova, alla reception del mio albergo mi aspettava un manoscritto che qualcuno aveva lasciato. Di solito, non leggo manoscritti, ma quello decisi di leggerlo: era la storia autobiografica di una prostituta brasiliana, dei suoi matrimoni, delle sue traversie con la legge, delle sue avventure. Nel 2000, passando per Zurigo, pensai di incontrare quella donna, il cui nome "d'arte" è Sonia. Poiché nel frattempo si era stabilita in Italia, prese un treno e mi raggiunse: le dissi che il suo testo mi era piaciuto, e insistetti perché lo inviasse alla mia casa editrice brasiliana, che però decise di non pubblicarlo. Durante il nostro incontro, mi invitò – insieme a un amico e a una cronista del giornale *Blick* che mi aveva appena intervistato – ad andare in Langstrasse, nel quartiere a luci rosse. Io non sapevo che Sonia aveva già avvisato le "ragazze" della nostra visita e, con grande sorpresa, mi ritrovai a firmare molte copie dei miei libri, in diverse lingue.

A quell'epoca, ero ormai deciso a scrivere un romanzo sul sesso, ma non avevo ancora la trama, né il personaggio principale. Pensavo a un testo che, pur affrontando la sessualità, era orientato verso una ricerca convenzionale del sacro; quella visita in Langstrasse, però, mi fornì alcuni insegnamenti: per scrivere dell'aspetto sacro del sesso, era necessario capire perché fosse stato tanto profanato.

Chiacchierando con un giornalista della rivista svizzera *L'Illustrée*, gli raccontai di quell'improvvisata seduta di firma in Langstrasse, e lui ne pubblicò un lungo reportage. Il risultato fu che, nel corso di un pomeriggio di autografi e dediche a Ginevra, si presentarono alcune prostitute con i libri che avevano scritto. Una di loro attirò in particolare la mia attenzione, e uscimmo – con la mia amica e agente Mônica Antunes – a prendere un caffè: quel momento di pausa in un bar si trasformò in una cena, che determinò altri incontri nei giorni successivi. Così nacque la trama di *Undici minuti*.

Desidero ringraziare Anna Von Planta, la mia editrice svizzera, che mi ha aiutato fornendomi dati importanti sulla situazione legale delle prostitute nel suo paese, oltre ad alcune "ragazze", che cito con i nomi "d'arte": Sonia, che incontrai per la prima volta a Mantova (chissà che un giorno qualcuno non mostri un sincero interesse per il suo libro!), Martha, Antenora e Isabella, che lavoravano a Zurigo; Amy, Lucia, Andrei, Vanessa, Patrick, Thérèse e Anna Christina, che esercitavano la professione a Ginevra.

Ringrazio anche Antonella Zara, che mi ha permesso di usare alcuni brani del suo libro *La scienza della passione* per integrare qualche parte del diario di Maria.

Infine ringrazio Maria – anche questo è un nome "d'arte" – che oggi risiede a Losanna, è sposata e ha due belle figlie, e che nel corso dei nostri incontri ha condiviso con Mônica e con me la sua storia, su cui questo libro è basato.

Paulo Coelho